寻龙公主 1

最后的纳姆萨拉

THE LAST NAMSARA

［加］克莉丝汀·西卡尔利 著

Kristen Ciccarelli

张涵 译

天地出版社 | TIANDI PRESS

图书在版编目（CIP）数据

寻龙公主.1,最后的纳姆萨拉/（加）克莉丝汀·
西卡尔利著；张涵译.—成都：天地出版社，2018.9
ISBN 978-7-5455-3732-1

Ⅰ.①寻… Ⅱ.①克… ②张… Ⅲ.①长篇小说—加
拿大—现代 Ⅳ.①I711.45

中国版本图书馆CIP数据核字（2018）第034967号

The Last Namsara
Copyright © 2017 by Kristen Ciccarelli
Published by agreement with The Bent Agency, through The Grayhawk Agency
Simplified Chinese translation copyright © 2018
By Beijing Huaxia Winshare Books Co., Ltd.
All rights reserved.

著作权登记号 图字：21-2017-01

寻龙公主1：最后的纳姆萨拉

XUN LONG GONGZHU 1: ZUIHOU DE NAMUSALA

出 品 人	杨　政
著　　者	[加]克莉丝汀·西卡尔利
译　　者	张　涵
责任编辑	陈文龙
装帧设计	思想工社
责任印制	葛红梅

出版发行　天地出版社
　　　　　（成都市槐树街2号　邮政编码：610014）
网　　址　http://www.tiandiph.com
　　　　　http://www.天地出版社.com
电子邮箱　tiandicbs@vip.163.com
经　　销　新华文轩出版传媒股份有限公司

印　　刷	天津文林印务有限公司
版　　次	2018年9月第1版
印　　次	2018年9月第1次印刷
成品尺寸	145mm×210mm　1/32
印　　张	12.75
字　　数	287千
定　　价	39.00元
书　　号	ISBN 978-7-5455-3732-1

献给乔：

我的伙伴，我的爱人，我梦中的英雄

一

阿莎用了一个故事把龙引了出来。

那是一个古老的故事，比她身后的群山更加古老，所以阿莎必须得从内心深处把它挖掘出来。

她讨厌这么干。本来就有规定，禁止讲这种故事，因为它们太危险了，甚至可能致命。但他们悄悄跟着这条龙穿过崎岖的低地，已经花了十天，狩猎奴们已经没有吃的了。她必须做出选择：是没抓到龙空手回城，还是违反父亲的禁令讲出古老的故事。

从前阿莎从未空手而归过，这次，她也没有这个打算。毕竟，她是伊斯卡利，而且工作总是要完成的。

所以她讲出了那个故事。

悄悄地。

此时她手下的猎人还以为她正在磨砺斧子呢。

龙出现了。它狡诈地从玫瑰金色的沙子中钻了出来。沙子从它的身上瀑布般滑下，水一般闪着光，露出了它山石一般的灰色鳞片。

三匹马大小的身躯向阿莎压了过去。它甩动分叉的尾巴，细缝似的眼睛紧紧盯在引来它的女孩身上。那个用故事把它耍了的女孩就在面前。

阿莎吹了声口哨，让身后的狩猎奴们藏在盾牌后面，然后冲着弓箭手们一挥手。这条龙在冰冷的沙子下面藏了一晚上。现在太阳刚刚升起，它的体温还很低，飞不起来。

它被困住了。俗话说，困兽犹斗，何况龙呢？

阿莎左手紧握矩形长盾，右手伸到了挂在腰际的斧子上。坚硬的细茎针茅在她膝下簌簌作响。龙兜着圈子，等待她放松警惕。

这是它犯的第一个错误。阿莎从不放松警惕。

而第二个错误是它喷出了火焰。

龙祖给阿莎的右半边身子留下了一条深深的疤痕。从那以后，她就不怕火了。防火甲从头到脚把她捂了个严严实实，打造这身盔甲的每一块皮革都是从她猎到的龙身上剥下来的。鞣制的皮革紧紧贴着她的皮肤，头上是那顶她最喜欢的头盔，装着黑色的长角，做成龙头模样。这些装备能够保护她免受龙焰的伤害。

她举着盾牌，等待火焰消失。

不久，龙焰耗尽了，阿莎扔下了她的盾牌。接下来的一百次心跳时间里，酸液会渐渐充满龙的肺部，然后它就能够再度喷火了。她需要在那之前杀死龙。

阿莎掏出斧子。弧形的钢刃反射着清晨的阳光。在她伤痕累累的手指下，斧子的木柄磨得光光的，握在手上很舒服。

龙在嘶嘶啸叫着。

阿莎眯起了眼睛，到此为止了。

还没等那条龙做出反应，她就将斧子瞄准龙的心脏，投了出去。斧子嵌入了血肉，龙尖叫着，翻滚着，挣扎着，血喷在了沙地上。它咬牙切齿地瞪着阿莎。

有人从阿莎身边爬了起来，影响了她的注意力。她发现，堂妹萨菲尔正把戟柄插进沙子里，还盯着那条不断挣扎尖叫的龙。她的黑发刚及下巴，这让她高高的颧骨和下巴上的一块擦伤更明显了。

"我告诉你了，待在盾牌后面，"阿莎咆哮道，"你的头盔呢？"

"戴着头盔根本什么都看不见，我把它交给了狩猎奴了。"萨菲尔穿着鞣制皮革制成的狩猎装备，这身甲胄是阿莎赶制出来的。她的手上戴的是阿莎的防火手套。没有时间给她再做一副了。

浑身是血的龙拖着身子穿过沙地，想要攻击阿莎。它的鳞片发出刺耳的刮擦声，喘息也变得吃力了。

阿莎摸到了长戟。上次龙焰之后过了多长时间了？她已经忘记了。

"快回去，萨菲[1]，回盾后面。"

萨菲尔没有动。她盯着垂死的龙，仿佛被迷住了，似乎此

---

[1] 阿莎对萨菲尔的昵称。

时连心跳都变慢了。

咚，咚。

咚……咚……

刮擦声消失了。

龙回过头，怨恨地冲着伊斯卡利尖啸了起来。在心脏停止跳动之前，火焰喷出了它的喉咙。

阿莎冲到了堂妹前面。

"趴下！"

阿莎伸开了没戴手套的双手。火焰吞噬了她的手指、手掌，灼伤了她的皮肤。剧痛刺穿了她的身体，她咬紧牙关没让自己尖叫出来。

火焰消失了，龙倒在地上死了，阿莎转身找到跪在地上的萨菲尔，她安全地藏在沙子里，没被龙焰烧伤。

阿莎颤抖着长出了一口气。

萨菲尔盯着堂姐的手。"阿莎，你烧伤了。"

阿莎推起头盔，把手掌举到面前。烧焦的皮肤上起了水疱，剧痛炽热地灼烧着她。

她感到一阵惶恐。上一次被龙焰烧伤已经是八年前的事情了。

阿莎扫了一眼狩猎奴，所有人都放下了盾牌。他们没有盔甲，只有铁：铁箭头，铁长戟，铁矛，还有颈上的铁环。这些奴隶全盯着龙。他们从未见过伊斯卡利被烧伤。

很好，目击者越少越好。

"龙焰有毒，阿莎，你需要治疗。"

阿莎点点头。然而她并没有带治疗烧伤的药，要知道，以前她是不需要这种药的。

为了维持自己的形象，她转过身去。在她身后，萨菲尔轻声说道："我还以为它们再也不会喷火了呢。"

阿莎僵住了。

要不是听到了故事，它们才不会喷火呢，她这样想着。

萨菲尔站起身来，拍掉了身上的沙子。她躲避着阿莎的目光："现在，为什么它们又开始喷火了？"

阿莎突然希望自己刚才没有救堂妹。

如果没有救萨菲尔，那萨菲尔的身上就不止下巴上的擦伤了，情况会糟得多。

离出发还有两天的时候，阿莎发现萨菲尔被几名士兵堵在房间里。她不知道，没有钥匙，他们是怎么进去的。

阿莎一进来，他们就慌了，在伊斯卡利面前四散奔逃。但下一步怎么办呢？阿莎就要出发去狩猎了，会离开很多天，她的哥哥达克斯还在灌木地，与军队指挥官亚雷克一起与对方进行和平谈判。要是阿莎出去狩猎，就没有人照顾她这个斯克莱尔血统的堂妹了。于是她带着萨菲尔一起出发了。比起两手空空回到家里，回去之后发现萨菲尔又住进了病房里才更让人糟心。

阿莎的沉默丝毫没有阻止住堂妹开口。

"我记得以前，你黎明时分出发，晚餐前就能带回一条龙。最近这是怎么了？"

起满水疱的皮肤一阵阵灼痛，阿莎有些头昏眼花，但她努力保持着清醒。

"也许那时候狩猎太容易了，"她冲着狩猎奴们吹了声口哨，让他们去肢解巨龙，"也许我更喜欢挑战。"

实际上，近些年来，龙的数量一直在减少，阿莎已经越来越难把龙头带给父亲了。正因为如此，她才悄悄讲出了那个故事，引来了那条龙。古老的故事会吸引龙，就像金银财宝会吸引人类一样。没有龙可以抗拒大声讲出的故事。

但故事并不仅仅能引来龙，还能使它们变得更强。

也就是龙焰。

事实就是如此：哪里能听到古老的故事，哪里就会出现龙；哪里出现龙，哪里就有破坏、背叛和火焰。特别是火焰。阿莎对此非常了解。证据就在她的脸上。

萨菲尔叹了口气，放弃了。

"快治治你的烧伤吧。"她把戟立在沙地上，朝那具笨重的尸体走了过去，奴隶们也正在往那边进发。萨菲尔绕着尸体走了一圈，打量着。巨龙那土灰色的鳞片仿佛和群山融为了一体，龙爪和体刺是无瑕的象牙白色，没有一点儿破损龟裂。

看到萨菲尔离开了，阿莎尝试着弯曲烧伤的手指。她咬着下唇忍受着那股剧烈的疼痛。这疼痛让周围的低地在她眼中都模糊成了脏乎乎的红色沙地、淡黄色的草和灰色斑点一般的石头。她们目前正处于交界地带。这里并不完全像西边，是平坦的沙漠；也不完全像东边，是黑暗崎岖的山脉。

"真是太美了！"萨菲尔回头喊道。

阿莎拼命地注意着堂妹，而对方却也开始像其他东西一样变得模糊不清了。她甩甩头，想让视野变得清晰，但并没起作用。摸到萨菲尔的长戟，她才站稳。

"你的父亲肯定很高兴。"堂妹的声音听起来又低又不清楚。

要是父亲知道了真相该怎么办？阿莎苦涩地思索着。

她想让周围的一切不再旋转，于是紧紧抱住长戟，把注意力集中在堂妹身上。

奴隶们手中的刀闪着光，萨菲尔从人群中间穿过。阿莎听到，她抓住了嵌入巨龙身体的斧子。她听到，萨菲尔用靴跟蹬住龙鳞，撑着身子。阿莎甚至听到，她把斧子拽了出来，血咕咚咚流在沙子上，又黏又稠。

但她看不见，什么都看不见了。

整个世界都变成了模糊的白色。

"阿莎……阿莎你没事吧？"

阿莎把额头抵在了戟背上。她未被烧伤的那只手蜷曲得仿佛爪子，箍在戟柄上，她在与眩晕战斗。

我应该还有时间才对。

匆忙的脚步吻过沙子。

"阿莎，你怎么了？"

地面仿佛在下陷。阿莎感觉身子一歪，还没反应过来，她就撞到了那位斯克莱尔血统的堂妹。根据律法，对方是不能触碰她的。

萨菲尔倒吸了一口冷气，退了几步，拉开了二人之间的距离。阿莎努力想要恢复平衡，但失败了，她瘫倒在了沙地上。

就算萨菲尔立刻把头转向狩猎奴那边，就算阿莎知道她是在害怕奴隶们而不是她阿莎的想法，她依旧感觉到内心一阵刺痛。她一直都能感受到这种刺痛。

但是奴隶们已经在议论了。这种情况，她的堂妹比谁都清楚。正是那些搬弄是非的奴隶背叛了萨菲尔的父母。而现在，她们身边全都是奴隶。他们知道萨菲尔不能触碰阿莎，甚至不能与阿莎直接对视。因为她的血管中流着斯克莱尔人的血。

"阿莎……"

突然，所有的一切都恢复了正常。阿莎眨了眨眼。她正跪在沙地上，地平线在很远的地方，一团玫瑰金色的光球挂在绿松石般的天空中，面前还有一条龙，灰色的，已经死了。

萨菲尔蹲在她的面前。太近了。

"没事，"这句话的语气比阿莎想象的要尖利得多，"我很好。"

她站了起来，咬紧牙关忍着手上的灼痛。但这没有用，毒素扩散得实在是太快了。她脱水了。她只是需要一些水。

"你现在根本不应该待在这里，"在她身后，萨菲尔说道，声音里满是担忧，"还有七天你就要结婚了。你应该做好准备，不能逃避。"

阿莎脚步蹒跚。尽管手正在一阵阵灼痛，尽管太阳正在冉冉升起，她依旧感觉到一股寒意。

"我没有逃避。"她望着远方的那片绿色，反驳了回去。那边是大裂谷——阿莎的自由之地。

沉默笼罩了她们，接着又被奴隶们磨刀的声音打破了。萨菲尔慢慢地来到了她身后。

"我听说最近龙心很时尚呢，"阿莎可以听到她正小心地微笑着，"特别适合当结婚礼物。"

阿莎皱着鼻子思索着。她蹲在坚韧的龙皮制成的狩猎包旁边，在里面摸索着，拿出了水袋，萨菲尔站在那里看着她。

"七天之后就是红月朔日[1]了，阿莎。你想过要准备什么礼物了吗？"

阿莎起身想对堂妹大吼，但世界又开始旋转了。凭着坚强的意志，她没有倒下。

她当然考虑过。每当阿莎看到月亮那张恐怖的脸都变得比前一天更弯，她就会去想：想礼物，想婚礼，想她很快就要称作丈夫的那个年轻人。

丈夫，这个词像石头一样在她心中逐渐变硬，让一切都变得清晰了起来。

"你看，"萨菲尔微笑着望着山顶，"血淋淋的龙心？这是给一个没有心的无情男人最好的礼物。"

阿莎摇了摇头。但萨菲尔的笑容有一种感染力。"你怎么这么恶心啊？"

就在这时，萨菲尔头顶，一片玫瑰金色的沙子从远方，从城市的方向飘来。

一开始，阿莎觉得这是沙尘暴，她手忙脚乱地刚要下达命令，又想起这里是一处被岩石包围的低地，并不是空旷的沙

---

[1] 朔日，指每月农历初一，月球恰好运行到与太阳黄经相等的时刻，此时地面观测者看不到月面任何明亮的部分。

漠。阿莎眯着眼睛看向远处，两匹马正往他们这支狩猎队跑来。有一匹马上没有人，另一匹驮着一个藏在斗篷里的人，他那件斗篷蓬乱的羊毛上沾满了马踢起的红色沙子，脖子上金色的项圈在阳光下闪闪发光。他是宫中的一个奴隶。

他越来越近了，阿莎忙把烧伤的手藏在了背后。

沙子落地，她看到老奴隶勒住了母马的缰绳。汗水浸透了他的灰发。在跃动的阳光下，他眯起了眼睛。

"伊斯卡利。"因为骑了很久的马，他有些气喘吁吁的。他紧紧盯着马散乱的鬃毛，乖乖避开阿莎的眼睛。"您的父亲想见您。"

阿莎用另一只手抓住了藏在身后的手腕："现在正是时候。今晚我就能把龙头给他带回去了。"

奴隶摇摇头，他的目光仍然紧紧盯着他的马："您得立刻回宫。"

阿莎皱起了眉头。龙王从未打断过她的狩猎。

她看了看那匹没人骑的母马。是夹竹桃，她的马。褐色的毛上闪着汗水，一片红色的沙子弄脏了额头上的白星。在主人的面前，夹竹桃紧张地摇了摇头。

"我可以帮你处理这边的事情。"萨菲尔说。阿莎转身面向她。萨菲尔不敢抬头看她的脸，不敢在王家奴隶的注视下抬头。"咱们家里见吧。"萨菲尔解开了那双借来的狩猎手套上的带子。"你没必要借手套给我的。"她扯下手套交了出去，"赶紧回去吧。"

阿莎忍住了手上的疼痛，拉上了手套，这样父亲的奴隶就看不到她受的伤了。她转过身去背对着萨菲尔，接过了夹竹桃的缰绳，飞身坐上了马鞍。夹竹桃在她身下烦躁地嘶鸣着，阿莎的脚后跟一踢，它立刻冲了出去。

"我会把龙心给你留着的！"萨菲尔望着阿莎的背影，而阿莎则要策马返回城市，马蹄踢起了一片红色的沙子，"省得你事后后悔！"

起初……

长者很是孤独。所以他为自己造出了两名同伴。他用天空和活力造出了第一名同伴，把他命名为纳姆萨拉。纳姆萨拉是一位灵童。他欢笑的时候，星星在他的眼中闪烁。他跳舞的时候，战争都会中止。他唱歌的时候，疾病都会痊愈。他就仿佛是将世界连缀在一起的针线一样。

长者用鲜血和月光造出了第二名同伴。他把她命名为伊斯卡利。伊斯卡利是悲伤之子。纳姆萨拉为哪里带来欢乐和爱情，伊斯卡利就会为哪里带去毁灭和死亡。伊斯卡利经过的时候，人们都躲在家里。她说话的时候，人们会哭泣。她狩猎的时候，从来不会失手。

因此伊斯卡利感到万分痛苦，她来到了长者面前，要求重塑自己。她讨厌自己，希望自己能像纳姆萨拉那样。长者拒绝了，她问为什么，为什么她的兄弟会创造，而她只会毁灭。

长者答道："世界需要平衡。"

愤怒的伊斯卡利离开了这位至高无上的神，出发去狩猎了。这场狩猎持续了很多天。接着，几天变成了几周。随着愤怒的滋长，她的嗜血愈加严重。她无情地杀戮着，没有一丝怜悯，仇恨在她胸中逐渐膨胀。她讨厌那名被众人所爱的快乐的哥哥。她讨厌造就这一切的长者。

所以接下来的那次狩猎，伊斯卡利亲自为长者设下了陷阱。

这是一个可怕的错误。

长者击败了伊斯卡利，在大地上留下了大裂谷山脉那又长又宽的疤痕。因为她想要取走他的性命，所以长者仿佛剥下绸衫那样轻易地剥夺了她不朽的生命，这样她才能为自己赎罪。他诅咒了她的名字，让她一个人在沙漠中、在狂风下、在沙暴里漫游，让她在燥热的阳光下枯萎，让她在冰冷的夜晚里冻僵。

酷热和严寒没有击倒她。

难以忍受的孤独做到了。

纳姆萨拉在沙漠中寻找伊斯卡利。日出日落，天色变换了七次，他在沙漠中找到她的尸体，她的皮肤被太阳灼伤，她的眼睛被乌鸦吞食。

在死去的妹妹面前，纳姆萨拉跪了下来。他失声痛哭。

二

一般来说，狩猎归来，阿莎都会先去洗个澡。对她来说，洗掉身上的血液、沙子和汗水是一场仪式，可以帮她从宫墙外的荒凉世界返回这种仿佛被一条太短的腰带箍住一般的压抑生活。

今天，阿莎并没有去洗澡。就算知道父亲在召见她，她还是溜过了士兵们的监视，来到了储存药物的病房。这个房间刷得四白落地，里面满是石灰的味道。阳光穿过走廊，照亮了地板上马赛克拼贴出的花朵，还把架子上的土陶罐漆成了金黄色。

八年前，被龙祖木津烧伤的阿莎就曾在这个房间里醒来。她清楚地记得，自己躺在病床上，身上裹满了绷带，那种可怕的感觉像巨石般重重地压在胸口，仿佛在告诉她，她究竟犯了一个多么可怕的错误。

甩掉脑中的想法，阿莎穿过了拱门。她解开战甲，脱掉手套，把盔甲一件件放好，接着把斧子放在了最上面。

除了可以从皮肤到骨骼把人熔化殆尽，龙焰的危险还在于它的毒性。如果没能得到及时、对症的治疗，轻微烧伤也会从内而外将人置于死地。阿莎八年前受过的那种烧伤就需要立即进行治疗，即便如此，伤者生存的几率依旧渺茫。

　　阿莎有一剂排毒秘方，但要花两天时间才能消除烧伤的痕迹。但她没有那么多时间。父亲召见了她，她回来的消息可能已经传到了父亲耳中。剩下的时间可能只有几百个心跳，不可能有几天。

　　阿莎打开柜子，想拖出那个装满了干树皮、干树根之类东西的罐子，寻找需要的药材。匆忙中，她伸出了烧伤的那只手，抓起那只光滑的土陶罐的一刹那，疼痛让她立刻松开了手。

　　陶罐碎了一地，红色的陶片和亚麻绷带散落着。

　　阿莎低声咒骂着，跪下来单手收拾着这片狼藉。她已经头痛得快要昏过去了，甚至都没有注意到有人跪在了她身边，和她一起捡着地上的碎片。

　　"我来收拾吧，伊斯卡利。"

　　这声音吓得她跳了起来。她抬头一瞥，看到了一个银项圈，接着是蓬乱的头发。

　　阿莎看着他把乱糟糟的地面收拾干净。她认识捡起碎片的那双满是雀斑的手。这双手会在晚餐时为亚雷克端盘子，会用亚雷克的玻璃杯为她端来热气腾腾的薄荷茶。

　　阿莎有些紧张。如果她那名未婚夫的奴隶在宫里，那么他本人也肯定在。之前，亚雷克被派去监督达克斯的谈判了，现在他们肯定已经从灌木地回来了。

这是父亲召见自己的原因吗？奴隶的手突然停了下来。阿莎抬头一看，他盯着她烧伤的地方。

"伊斯卡利……"他皱起了眉头，"您需要治疗。"

她的愤怒像火山一般爆发了。很明显，她需要治疗。要是能小心一点儿，她现在应该就正在处理伤口才对。

但让这个奴隶闭上嘴巴与治疗烧伤同样重要。亚雷克经常利用奴隶来窥探敌人。等阿莎把他打发走之后，他很可能会跑到主人面前把所有事情都说出去。

要是亚雷克知道她受伤了，父亲也会听说的。

要是父亲听说了，肯定知道她讲出了古老的故事，还会认为多年以来，她一直都是那个堕落的女孩。

"斯克莱尔人，你要是敢把这件事说出去，死前就只能看见在角斗场上方俯视着你的我了。"

他把嘴巴抿成了一条线，盯着自己的脚下。地板上，优雅的纳姆萨拉精妙的图案不断重复着。这种罕见的沙漠植物是能够治愈一切疾病的万灵药。

"恕我冒昧，伊斯卡利，"他的手指扫过碎陶片，"但我不需要听从您命令。主人的命令才是第一位的。"

她希望自己正握着斧子，但斧子现在还在墙边的地板上，和盔甲放在一起。

她可以威胁他，但这可能适得其反，让他出于报复心理而泄露秘密。贿赂应该是个更好的主意。

"我可以付出一些代价换取你的沉默，怎么样？"

他的手停住了，悬在了那堆陶片上方。

"你想要什么？"

他的嘴角微微一翘，这让她胳膊上的寒毛都竖起来了。

"我的时间可不多。"她突然觉得有些不安。

"不用，"他盯着她满是水疱的双手，"先别急。"因为龙焰的毒性，她的身体瑟瑟发抖。"您先去处理伤口吧，我考虑一下。"

阿莎离开了他身边。说实话，这样的颤抖让她非常担心。于是，等他收拾完地板，她回到了架子旁，找到了需要的药材：龙骨灰。

若是单独使用，龙骨灰就像龙焰一样致命，但也只有它能够以毒攻毒。龙骨毒并不会直接感染人体，而是会浸出体内的营养物质。阿莎从未见过有人用这种东西杀人，但一篇古老的故事讲述了一位龙女王利用它教训了她的敌人。女王把她的敌人奉为贵宾邀请到宫中，每天晚上，她都在他们的晚餐中放一点儿龙骨灰。最后一天早上，他们死在了床上，身体都被掏空了，就仿佛他们的生命被一勺一勺地舀空了似的。

尽管这味药材非常危险，但适当的剂量，再按照药方加入其他几味草药，它就可以将龙焰毒吸出来。毕竟它本来就有浸出物质的能力。阿莎拔出软木塞，量出了适当的剂量。

出色的奴隶能在命令下达之前就明白主人需要自己做什么，而亚雷克只买最出色的东西。所以，等阿莎取出所有药材，将它们粉碎煮成糊状，亚雷克的奴隶撕下了几条亚麻布，准备包扎。

"他现在在哪儿？"为了让药膏快速冷却，阿莎搅拌着。不需要说出亚雷克的名字，他的奴隶就知道她说的是谁。

"他喝得酩酊大醉，已经睡着了。"他突然停下了正在撕亚麻布的手，盯着阿莎的手，"药已经凉了，伊斯卡利。"

阿莎看了一下他盯的地方，手抖得很厉害。她放下了勺子，把手举到面前，看着它们颤抖。

"应该还有时间才对……"

奴隶从她那里接过罐子，显得非常冷静。"坐吧。"他对着桌子一抬下巴，就仿佛他才是主人似的，而她必须得按他的指示行动。

阿莎不喜欢由别人来告诉自己要怎么办，但她也希望自己不要抖得这么严重。于是，她单手撑起身子坐到桌子上，将烧伤的那只手搭在腿上。那个奴隶从罐子里挖出了一勺黑色的药膏，轻轻地吹着。等到药膏上的热气散去，他便把那勺混着药渣的药膏涂在了她起了水疱的手指和手掌上。

阿莎忍着剧痛咬紧了牙关，但还是痛苦地抽着气，这让他好几次停下了动作。她点点头，示意他继续。尽管这药味道难闻得就像灼烧过的骨头似的，但阿莎还是觉得这龙骨灰起了作用——她感觉一股清凉浸了进去，开始扩散，对抗着那股灼痛。

"好点了？"他低头又舀了一勺。

"嗯。"

他又在烧伤处涂了两勺药，然后拿过了一卷亚麻布。

他刚想上前为她包扎，但结果两个人都犹豫了。那个奴隶俯着身子，在她身子上方踌躇着，一动不动，阿莎躲开了。灰白色的亚麻布像一幅帷幔悬在他两手之间，两个人此时的想法是一样的：想要包扎伤口，他就得触碰她。

未经主人许可，奴隶不得触碰龙裔，否则就会被关在地牢里禁食三天。如果犯下了更严重的罪行，比如触碰了阿莎这样的高等龙裔，他还会被施以鞭刑。要是奴隶和龙裔之间传出了什么风流韵事，奴隶将会被扔进角斗场送死，当然这种情况非常罕见。

没有亚雷克的允许，他的奴隶不会，也不能触碰她。

阿莎想接过亚麻布条，自己来包扎，但对方拉开了距离，走到了她够不到的地方。她不发一语地看着他过来小心翼翼地将布条裹在了她的手上，那双灵巧的手巧妙地避开了阿莎的身体。

阿莎抬头看到了那张长满雀斑的瘦削的脸。雀斑仿佛夜空中的星星那么多。他站得那么近，她可以感觉到他身上散发出来的热量；那么近，她可以闻到他皮肤上的盐味。

就算注意到了阿莎现在的样子，那个奴隶也并没有表现出什么异样。沉默填满了他们之间的那片空间，只有他在用亚麻布包裹着她涂满药膏的手掌。

阿莎盯着他的手。手掌很大，手指很长，指尖上满是茧子。

一个家奴会在那种地方起茧子？

"您是怎么受伤的？"他一边包扎一边问。

她可以感觉到，他抬起头，快要看到她的脸了，接着却停了下来。他拿过了另一条窄一些的亚麻布，开始包扎手指。

我讲出了古老的故事。阿莎想知道斯克莱尔人了不了解古老的故事与龙焰之间的关系。

她没有大声说出答案。没有人可以知道真相：这些年来阿莎努力改正错误，却仍然像以前一样堕落。如果让她敞开心扉，你会发现，就像她身体上的疤痕，她的内心同样伤痕累累，丑恶骇人。

我讲了那个伊斯卡利和纳姆萨拉的故事。阿莎的头衔就来自伊斯卡利女神。现在，伊斯卡利的意思是夺命人。

纳姆萨拉的意思也会随着时间的推移而改变。它既代表着映在地板上的治愈之花，也是一种头衔。这个头衔将会授予一名为崇高的事业而战的人，所谓"崇高的事业"就比如他的国家或者他的信仰。纳姆萨拉这个词就代表了英雄。

"我杀死了一条龙，"阿莎最终还是将事实告诉了奴隶，"临死前，它烧伤了我。"

他掖好绷带两端，听着她的话。为了把带子系得更紧一点儿，他的手指在她的手腕上滑动着，仿佛他已经完全忘记了她的身份。

在他的触碰下，阿莎吸了口气。正因如此，他意识到了自己的失礼，停了下来。

一条命令在阿莎的舌头上打转。但是，话还没出口，他就柔声问道："感觉怎么样？"

好像比起自己的性命，他更关心她的伤口。

好像他根本就不怕她。

那条命令消失在了阿莎的嘴里。她看着他的手指缠上了她的手腕。没有颤抖，没有犹豫，温暖而坚定。

他不害怕吗？

看到她没有回应，他做了更糟糕的事情。他抬起了眼睛。

二人的目光相遇的那一刻，她感到心中涌过一股热流。他的目光像刚刚打磨过的钢刃一样锋利。他应该扭过头的，但没有，那钢刃般的目光从她的眼睛那里移开，来到了她的那条疤痕上。疤痕划过了她的脸，她的脖子，最后消失在了衬衫下面。他的瞳仁是黑色的，和母亲一样。

所有人都会注意那条疤痕，阿莎已经习惯了。孩子们喜欢对着它指指点点，目不转睛地看着，但是大多数人会在看到疤痕后立刻把头别开。不过这个奴隶看了好久。他看得很认真，目光中满是好奇，仿佛阿莎只是一条挂毯，他不想错过上面的每一根丝线。

阿莎知道他看到了什么，每次照镜子的时候她都能看见。斑驳的皮肤，上面满是麻点和褪色的痕迹。疤痕从额头开始，向下延伸到右脸上，它切断了眉梢，挖开了一大段发际线，接着穿过了耳朵。结果她的耳朵一直没有恢复原来的形状，变形成了一个大肉包。疤痕占据了她整张脸的三分之一，脖子的一半，还继续在右半边身子上向下延伸。

萨菲尔曾经问过阿莎，她讨不讨厌看到这条疤痕。她并不讨厌。她被最凶残的龙烧伤，结果还活了下来，谁还能对她多说什么呢？

对阿莎来说，这条疤痕就像一顶王冠。

奴隶的目光在继续向下移动，仿佛想象着衣服下面继续延伸的疤痕，仿佛在想象衣服下面阿莎的身体。

阿莎感觉自己体内的什么东西突然绷断了。她的声音尖刻了起来，像刀一样。

"斯克莱尔人，要是继续看下去，你以后就该没有眼睛了。"

他嘴角一翘，仿佛是刚刚她主动发出了挑战，而他接受了。

这让她想起了去年的一场叛乱，一群奴隶控制着一处地穴，他们将龙裔绑为人质，杀死所有敢于靠近的士兵。是亚雷克潜入了奴隶中，结束了叛乱，亲自为每个奴隶处刑。

这个斯克莱尔人与那些奴隶一样危险。

阿莎突然想拿过她的斧子。她把身子从桌子上挪下来，与他拉开了距离。

"我已经决定好索要什么代价了。"他从背后说道。

她的脚步慢了下来，接着转过身来，面对着他。他又折了一块亚麻布，从罐底刮着剩余的药膏。

那样子就仿佛他根本没有违背律法似的。

"为了换取我的沉默，"他刮着药膏，木勺不断蹭着土陶罐壁，"我希望您和我跳个舞。"

阿莎盯着他。

什么？

首先是大胆地盯着她，现在又要求一起跳舞？

他疯了吗？

她可是伊斯卡利，伊斯卡利不跳舞。而且她也不会跳舞。太荒唐了。简直无法想象。

不能这样。

"跳个舞吧。"他抬起头重复了一遍。他的目光滑向了她的眼睛。这个动作让她一惊，又挑起了她的愤怒。"时间和地点由我来挑。"

阿莎的手滑向腰际，但是她的斧子仍然在地板上，在盔甲上面。"换一件事情。"

他摇摇头，看着她的手："我不想要其他东西。"

她瞪着他："我敢确定，这不是真的。"

他马上瞪了回去："傻瓜什么东西都能确定，但这并不能说明她是对的。"

怒火在她心中燃烧着。

他刚才叫她傻瓜？

阿莎迈出三步，抓过了斧子，拉近了他们之间的距离，将闪闪发光的锋利斧刃压在了他的脖子上。如果不得不下手，她会立刻切断他的脖子。

罐子落在了地上，他下巴绷得紧紧的，但没有转开眼睛。他们之间的空气仿佛闪着火花，在噼啪作响。可能他确实高她半头，但是阿莎已经习惯了放倒比自己更大的猎物。

"别试探我，斯克莱尔人。"她把斧刃压得更紧了。

结果，他低下了头。

终于结束了。她一开始就应该这样干。

阿莎用斧柄一顶他的左肩，把他打倒在地。他撞在了满是罐子的架子上，架子摇摇晃晃地吱吱作响。

"你会保守这个秘密的，"她说，"如果你泄密了，连亚雷克也保护不了你。"

他低着头，一言不发。

阿莎转过身，把他丢在了那里。在把这个奴隶拖到亚雷克面前，细数他的罪行之前，还有其他事情要做。她需要先找到她的丝绸手套，把绑着绷带的手藏起来，在父亲面前假装一切正常。父亲还在等着她呢。

她打算之后再处理这个亚雷克的奴隶。

猎人的诞生

曾经，一个女孩被邪物吸引了。

被禁止的邪物，比如古老的故事。

她不在意古老的故事杀死了她的母亲，也不在意古老的故事在她之前杀掉了很多人。女孩引来了古老的故事。她把它们牢牢记在了心里，这也让她变得邪恶。

她的邪恶引来了龙。同样的龙烧掉了她祖先的家园，屠杀了他们的家人。那条会喷火的毒龙。

女孩不在乎。

在夜色的掩护下，她爬过屋顶，穿过废弃的街巷。她偷偷离开了城市，走进了大裂谷，在那里，她一遍一遍大声讲着龙的故事。

她讲了太多的故事，她吵醒了最致命的龙：一条无月之夜般的黑龙，一条和时间一样古老的恶龙。

木津，龙祖。

木津想捉住那个女孩。它想把从她嘴唇里溢出的致命力量囤积起来。它想要让她只为它自己讲故事，永远。

木津让她意识到了自己变成了什么。

她害怕了。所以她不再讲那古老的故事了。

但事情并没有这么容易。木津逼得她走投无路。它抽打着尾巴，嘶嘶地发出警告。它已经表示得很明白了，拒绝是没有好下场的。

她颤抖，哭泣，但一直顽强地站在那里。她一直紧紧地闭着嘴巴。

但没有人敢反对龙祖。

木津暴怒地飞了起来。女孩试图逃跑，结果被它致命的火焰吞噬了。

但这还不够。

它把剩余的愤怒留给了她的家乡。

木津把它的愤怒倾泻在了石灰粉刷的墙壁和美轮美奂的塔楼上。它喷吐着毒焰，而她的人民在尖叫，在号哭，在无助地听着他们的亲人困在燃烧的房子里。

指挥官的儿子找到了那名邪恶的女孩，她被丢在了大裂谷中。男孩带着烧焦的她回到了宫中的病房，而他的父亲拯救了这座城市。

他的父亲集合了军队，赶走了龙祖。他命令奴隶们灭火，整修房屋。这位指挥官拯救了城市，但没能拯救他的妻子。在妻子的濒死的尖叫声中，他冲进了火光冲天的家里，再也没有出来。

而女孩幸存了下来。

她在一个陌生的房间里醒来，房间里还有一张奇怪的床，她不记得发生了什么。一开始，她的父亲隐瞒了真相。你要怎么告诉一个十岁的女孩，她需要对数千人的死亡负责？

不过他一直陪在她身边。他坐在那里，陪她一起度过了许多个痛苦的夜晚。他寻找烧伤治疗专家让她恢复健康。他们说她永远不会恢复从前的运动能力，他就去找更好的专家。慢慢地，他填补了她记忆中的空白。

女孩公开道歉的时候，她的人民站在她的脚下，她的父亲站在她身边。她答应为自己赎罪，但人们依旧愤怒地念叨着那个被诅咒的神的名字，但她的父亲却把他们的诅咒变成了一个称号。

他说，古时候，英雄会获得一位广受爱戴的神的名字作为称号，纳姆萨拉。所以她会被称为伊斯卡利，一位带来死亡的神。

三

王座厅，前面是一条双层拱廊，墙边站满了士兵，一幅幅精致拼贴的马赛克图案嵌在墙上，所有这一切都是为了将人们的注意力吸引到一个地方：龙王的王座。但每当阿莎穿过那扇巨大的拱门，首先吸引她的其实是圣火。在大门和镀金王座的正中间有一座光滑的缟玛瑙底座，上面放着一只浅浅的金属碗，碗内沙沙地燃烧着一朵白色的火焰。

这朵火焰照亮了整间王座厅，它来自长者的洞窟。把它取回来的时候，阿莎还小，但那时，她对这火焰充满了敬畏。

但现在，那种敬畏早已不复存在了。

此时此刻，那火焰似乎正盯着阿莎，就仿佛曾经的阿莎盯着火焰。

无色的火焰仅仅依靠空气就能燃烧？这很不自然。她希望父亲能将它送回去。但这是他的战利品，是他战胜强敌的标志。

"很抱歉，我打断了你的狩猎，亲爱的。"

父亲的声音在房间中回响，吸引了她的注意力。阿莎扫视着闪闪发光的白墙，一张绣着历代龙王和女王肖像的挂毯挂在墙上。

　　"您没有打断我。您送来消息的时候我正好把它杀死了。"

　　阿莎戴着一副及肘的丝绸手套，靛蓝色的长袍在她身上沙沙作响，阿莎穿过大厅，挂毯上的一双双眼睛注视着她。她轻轻踏过海水般蓝绿色的地板，阳光透过铜拱顶上的天窗，照亮了悬在空中的灰尘。

　　等待着她的那个男人光看样子就像一名真正的国王：礼袍的右肩处绣着王家纹章——一把长剑刺穿了一条龙的心脏，脖子上还挂着一枚黄水晶勋章，满是精美的白色刺绣的金色拖鞋藏住了他的双脚。

　　这就是八年前她在病房里醒来时看到的那个人。他的目光又让她想起了那段时光。

　　木津炽热的火焰吞噬了她。烧灼过的毛发和血肉发出刺鼻的臭味。尖叫声堵在了喉咙里。阿莎只记得这一件事情：燃烧。所有其他东西都消失了。

　　"这是你耗时最长的一次狩猎，"阿莎在镀金王座前停下了脚步，"我都开始担心了。"

　　她低头盯着地板。一种羞辱感让她如鲠在喉，就仿佛吞下了一大把仙人掌的刺。

　　除阿莎以外，父亲有太多事情需要担心了：与灌木地人的战争准备，另一次奴隶叛乱无时无刻的威胁，与神殿之间的紧张关系，还有手下的指挥官日益增长的权力。最后这一点，父亲从未向阿莎提起过。

缠着绷带的那只手在丝绸手套中颤抖着，仿佛想大声喊出她早上犯下的错误，仿佛想要背叛她。她把手放在身侧，希望父亲不要问手套的事情。

"父亲，您没必要担心我。我总能找到猎物的。"

龙王冲着她露出了笑容。在他身后，一幅华丽的马赛克拼嵌画刻蚀在金色的王座上，图案嵌套着图案，线条交织着线条，仿佛城市迷宫般的街道或宫殿迷宫般的秘密通道和走廊。

"我希望你今晚公开展示狩猎成果，向咱们的客人致敬。"

阿莎抬起头："客人？"

父亲的笑容消失了："你还没听到消息吗？"

阿莎摇摇头。

"你的哥哥带着灌木地的代表团回来了。"

阿莎觉得自己嘴巴很干。灌木地人住在沙海对面，他们拒绝承认王的权威，不同意猎龙，同样也不同意蓄奴，甚至会派人来暗杀他。这些问题一直让父亲疲于应付。

"他们同意休战，"父亲解释道，"这次是来进行和平谈判的。"

和灌木地人和平相处？怎么可能！

阿莎走近了王座，她的声音里透着紧张。"他们就在宫墙之内？"达克斯怎么能把他们一直以来的敌人带进家里？

没有人觉得达克斯能在灌木地取得成功。如果让阿莎实话实说，她肯定会说根本没人觉得达克斯能活着回来。

"父亲，这太危险了。"

龙王在王座上向前探出身子，盯着她，目光中有一股暖意。他的鼻子又长又细，胡须修剪得整整齐齐的。

"别担心，亲爱的。"他的目光滑过她脸上的疤痕，"只要看你一眼，他们就不敢袭击我了。"

阿莎皱起了眉头。弑君之罪是要杀头的。要是他们连杀头都不怕，为什么要害怕伊斯卡利呢？

"但这并不是我召见你的原因。"

龙王站起身来，迈下了七步台阶来到了地板。他双手交叉在背后，慢慢走到了大厅左侧墙上的那幅挂毯前。阿莎无视了二人之间的士兵，跟了过去。士兵们的面孔都藏在头盔下面，阳光穿过灰尘把他们的胸甲照得闪闪发光。

"我想谈谈亚雷克的事。"

阿莎一挑下巴。

在木津的火焰之下，费尔嘉德人失去了生命，失去了家园，失去了亲人，他们呼吁处死那个邪恶的女孩。国王不能将自己的女儿处以死刑，所以便为她准备了另一个赎罪的方法。他答应，让她与救了她的那个男孩亚雷克结婚。那个男孩在大火中失去了父母，这是她的错。

他说，他们二人的联姻意味着阿莎最终得到了救赎。等到了结婚的年纪，亚雷克将会和阿莎结合在一起，表明他已经原谅了她。这样，因为阿莎而几乎失去一切的亚雷克就可以向费尔嘉德人展示，所有人都可以原谅她。

此外，因为亚雷克的英勇表现，国王任命由他来接替他的父亲，担任军队的指挥官。

这是信任和感激的体现。

这些年来，那个英勇的男孩已经成长为了一个强壮的年轻人。二十一岁的亚雷克掌握着军队。他的士兵非常忠诚。阿莎觉得他们都对他过于忠诚了。娶了她以后，亚雷克非常有可能登上王位。王位可是很容易用武力夺取的。这让阿莎非常担心。

"他绝不能知道这场谈话，明白吗？"

阿莎沉浸在了自己的想法中，抬起头才发现，她已经来到了绘着祖母的挂毯前，这位女王征服和奴役了她最强大的敌人——斯克莱尔人。艺术家选择了深红色和栗色作为背景，把她的头发画成了荧光银和深蓝色。龙女王似乎盯着孙女，眼神里满是非难，仿佛这双眼睛可以看穿阿莎的内心，看见隐藏里面的所有秘密。

阿莎把受伤的手贴近身体。

"我跟你说的这些话，你绝对不要说出去。"

她把目光从老女王身上移开，望着她的父亲。他温暖的目光就落在她身上。

秘密？她每一份忠诚都会献给父亲。她欠了他两条命。

"当然，父亲。"

"你出去狩猎的时候，一条龙出现在了大裂谷里。"他说道，"已经八年没人看到过它了。一条黑龙，其中一只眼睛上有一条疤痕。"

阿莎仿佛被闪电击中了似的晃了几下，为了不让自己跌倒在地，她差一点就伸手去扶墙了。

"木津？"应该不可能啊。自从那次袭击城市之后，从没有人见过龙祖。

她的父亲点了点头。"这是一个机会，阿莎。咱们必须抓住这个机会。"他慢慢露出了一个灿烂的笑容，"我希望你能为我把木津的头带回来。"

突然，阿莎似乎闻到了烧焦的血肉的味道，似乎有尖叫声噎在喉咙里。

那已经是八年前的事情了，她想要赶走这段记忆，八年前，我还是个孩子。现在，我已经长大了。

龙王看出了她内心激烈的斗争，抬起了手，仿佛要抚摸她。他从前从未这样做过。但突然他的眼中闪过了某种神情。一直以来，见到她的时候，同样的神情也曾闪过每个人的眼睛。

父亲不喜欢把这种感觉表现出来，因为他爱她，因为他不想伤害她。但有时候，它还是会在不经意间流露出来。

龙王害怕自己的女儿。

一次心跳时间之后，那种神情消失了。父亲的手又放回了身侧，放在了军刀的镀金柄球上。

"如果你能干掉龙祖，宗教狂热分子们将不再有理由质疑我的权威。灌木地人也将被迫承认，古道行不通了。所有人都会屈服于我的统治。不过，阿莎，最重要的是这样你就不需要和亚雷克结婚了。"他回头继续望着墙上的挂毯，望着他的母亲，"这将成为你的救赎。"

阿莎吞了一口唾沫，把刚要出口的话又咽回到肚子里。

讲古人，就是过去那些神圣的说书人，曾经警告过人们。他们说，木津是故事的源泉。因此，他是长者与他的人民活生生的纽带。

如果木津被杀死，所有古老的故事都会被困在大脑、舌头或者卷轴里，仿佛从未存在过一样。长者会被忘记，他和他的人民之间的纽带会被切断。但只要木津活着，故事就活着，将阿莎的人民与长者束缚在一起的枷锁就不会被打破。

即便最不敬神的猎人也不敢狩猎木津。她的父亲知道这一点。正因如此，他才会让她去。阿莎比其他任何人都有理由杀死龙祖。

这就是最终的道歉了，一种让一切返回正轨的方法。

"听到我的话了吗，阿莎？如果能把木津的头带回来，你就不需要和亚雷克结婚了。"

放下脑中的胡思乱想，她抬头看着父亲，发现他正微笑地看着自己。

"告诉我你是怎么想的，阿莎。你会去吗？"

她当然会去的。唯一的问题就是，她能在红月朔日之前完成任务吗？

最后的纳姆萨拉

曾经，龙裔是一股强大的力量。他们是夜晚的羽翼，他们是从天而降的火雨，他们是残留在眼中最后的形象。

没有人敢反对他们。

但一场风暴正掠过沙漠。来自大洋彼岸的入侵者，自称斯克莱尔人的部族征服了北方诸岛，他们还想要更多的土地。斯克莱尔人觊觎费尔嘉德，沙漠王国内一颗闪亮的明珠。这座繁华的都市正好坐落在将大地分成白色沙漠和荒凉山地的分界线上。如果可以占领费尔嘉德，他们就可以统治全世界。

斯克莱尔人希望能给龙裔们来个突然袭击。于是，他们在夜幕掩护下出发了。

但是夜幕落下，长者点燃了火焰。

长者听到了敌人的靠近。他把目光投向了尘土飞扬的村庄和沙丘，直到找到了一个符合他要求的人。

这个人的名字叫尼什兰。

低语着这个名字，长者唤醒了沉睡的龙祖。龙祖飞快地飞过沙漠，寻找名字的主人。

尼什兰是一名织布工。龙祖找到他的时候，他正坐在织布机前。这位织布工抬头看见了仿佛无月之夜般黑色的鳞片，踏板声停止了，梭子声消失了。

恐惧充满了他的内心。

但是长者选中尼什兰成为纳姆萨拉，他无法拒绝长者。

为了帮助他，长者赋予了尼什兰夜视之力。尼什兰不再受到夜幕的阻挡，一弯新月之下，他带领龙女王和她的军队穿过沙漠，径直来到了斯克莱尔人的营地。

来自北方的入侵者醒来时发现自己对箭矢和龙焰毫无准备。他们被自己打算征服的人击败了。

一切都结束以后，龙女王并没有把敌人赶出她的国度。要是放走了斯克莱尔人，他们只会在其他地方继续肆虐，甚至变得更强之后回来复仇。她拒绝为其他人的毁灭负责。所以，在纳姆萨拉的陪伴下，龙女王命令每一个斯克莱尔人都要戴上项圈，惩罚他们从北方诸岛释放的恐怖。

随着斯克莱尔人被套上了铁项圈，和平又降临到了龙裔们身上。战胜侵略者的消息迅速传开了。远方国度的统治者们也穿过沙漠，穿过群山，穿过海洋，对龙女王宣誓效忠。

但欢乐是短暂的。

黑暗又降临在了费尔嘉德上空，龙毫无征兆地和它们的骑手们反目，开始袭击他们的家人，烧毁他们的房子。此时的费尔嘉德没有了欢庆胜利的歌舞，而是被龙焰点燃了。房屋、田野和花园，全都大火滔天。白天，烟雾凝结着空气，黑色的影子笼罩着狭窄的街道，龙飞进了大裂谷，再也没有回来。

混乱撕裂了费尔嘉德。一些龙裔和女王结盟，诅咒龙的背叛；

另一些人和大祭司站在了一起，认为女王才是毁灭的根源。

龙裔与龙裔对立。更多的房子燃起了火焰。费尔嘉德变成了废墟。

那是第一次背叛。

而第二次是利用故事发生的。

四

一直以来，费尔嘉德都有这样一个传统，猎人在杀掉一条龙以后，会把它的头献给龙王。这是整个狩猎过程中阿莎最喜欢的部分。凯旋入城，到处都是崇拜的围观者，最重要的是父亲那一脸的自豪。

然而，今晚，一条更大更老的龙正漫游在城墙外的荒野中，阿莎很不耐烦，想赶快把斧子砍进它的胸口。

就快了，她一边思索着，一边和萨菲尔一起来到了宫中最大的一座庭院入口的拱门处。音乐雾般飘荡着。在低音号声和鼓点的节奏中，琉特琴在低语。

进入庭院之前，阿莎察看着堂妹的身体，发现她的身上并没有新鲜的瘀血。萨菲尔穿着一件绣着金银花的淡绿色长袍，仿佛整个人都在闪闪发光。

"我以为你讨厌那些东西呢。"萨菲尔指了指阿莎的丝绸手套。这双手套很有异域风情，是去年亚雷克给阿莎的十七岁生日礼物。

她恨这双手套。它们让她的手满是汗水，还总是往下滑，但可以遮住她的烧伤痕迹。

阿莎勉强耸耸肩："还有一件长袍呢。"

那件长袍装在她床边的一个带盖的银色盒子里，也是亚雷克的礼物。

"对，"萨菲尔猜测着真正的原因，"就像那双靴子。"

阿莎低头看了看长袍下伸出的脚。她匆匆忙忙地忘记了把狩猎靴换成金色的拖鞋了。她低声咒骂着，但现在已经来不及去换了。

庭院的游廊上，青铜灯台闪着光，灯光透过彩色玻璃照耀着舞者们。中间，一汪宽阔的水池横跨过整座庭院，平静的水面在繁星照耀下闪着光。

平时，这条游廊都很喧闹，华丽的沙发上坐满了啜饮甜茶畅谈八卦的人们。但今晚却并非如此。为了庆祝继承人归来，一个月前，游廊就清空了，院子里挤满了龙裔，他们瞥着空荡荡的沙发，低声议论着什么。

萨菲尔首先发现了事情的原因。

"看。"她指着游廊里那些奇装异服的客人。他们看着庭院里的龙裔，仿佛预料到会有埋伏似的。露天的夜空下，龙裔们穿着鲜艳的长袍或是及膝的短袍，衣服上都装饰着繁复的刺绣和精美的珠子。游廊下的客人都穿着朴素，棉质纱巾松散地披在肩膀上，弯刀也都插在腰上的刀鞘内。

"灌木地人。"

敌人就在宫殿的中心，在这个他们曾三次试图刺杀的国王家里。

达克斯在想什么？

令人惊奇的是，这些尊崇古道的灌木地人似乎允许自己渎神，不顾那条禁止弑君的古老律法采取行动。这一条是古代律法中她的父亲唯一允许留下的一条。这条律法源于那位试图刺杀长者的女神伊斯卡利的神话，它的内容是，任何敢于杀害龙王或龙女王的人都将被判处死刑。所以所有试图暗杀阿莎父亲的灌木地人都知道，自己的行动无异于自杀。

萨菲尔叫着她的名字，把她从沉思中惊醒。

"怎么？"阿莎转过身。

"嗯？"萨菲尔喝着酒，注意着每一名灌木地人，打量着哪些是受过训练的，哪些最有可能在衣服里藏着武器。每当走进这个房间，萨菲尔都会首先这么做。这已经变得如同天性一般，成了一种生存本能。

"你刚刚叫我了。"阿莎说。

"没有啊。"

阿莎回头望着刚刚穿过的拱门，望着阴影中的游廊，望着手握长矛沿墙站立的士兵。附近并没有其他人。

但还没等阿莎继续发问，吓人的沉默就突然笼罩了整个会场。音乐声消失了。没等回头，阿莎就知道原因了。

人们看到了伊斯卡利。

这种状况还是最好先处理一下。她从拱门下来到了庭院内。

每一双眼睛都盯在了她身上。阿莎感觉到了他们目光中的重量，就像自己那颗丑陋的心脏在体内跳动的重量。有些人愤怒如尖利的匕首，有些人疯狂如逼入绝境的小动物。阿莎也盯着他们。

他们一个接一个地把目光移到了地板上。他们一个接一个地为她让到了一边，默默地开出了一头通向父亲的通道。父亲的目光穿过大厅，盯着她黑色的眼睛。

在他身边，站着一位一身金色衣服的年轻男子，他长得和龙王一模一样：一头鬈发，温暖的棕色眼睛，以及受过两次伤的鹰钩鼻子。那两次受伤都是他自己的错。

这个年轻人是阿莎的哥哥达克斯。

但有哪里似乎不对。

在灌木地待了一个月，达克斯已经不是原先那副无忧无虑的样子。曾经的他眼中满是顽皮，那副微笑简直能把女孩子们融化，而拳头则在一直寻找着对手。这个男孩仿佛变成了其他人，变得疲惫、瘦弱而且……沉默。

阿莎把萨菲尔留在了后面。她的这位堂妹不能离龙王太近。她是前代女王的奴隶莉莉安和儿子拉扬的孩子，能活下来就已经是一个奇迹了。人们允许她活下去，不介意她在这个滋生了那种禁忌关系的宫中长大。只有受到国王的恩典，她才能踏入这处庭院里，但他的恩典只延伸到那个位置。萨菲尔将永远站在她家人的那个圈子之外。

阿莎上前来到父亲身边。她关切地看了达克斯一眼，接着，四名狩猎奴吹着喇叭走了出来。他们托着一个华丽的银色托盘，献上了龙头。细长的黄色眼睛已经没有了生气，舌头从嘴的一边耷拉下来。它只是那个凶狠的家伙投下来的影子。

随着龙头的靠近，阿莎受伤的那只手感到一股灼痛。她咬紧牙关。为了忍住剧痛，她想象着托盘里放的是木津的头。这更让她想要越过宫墙，出去狩猎了。

接着，又有人叫了阿莎的名字。

她转过身，在人群中搜索着。每个与她有眼神接触的人都扭过头去，仿佛直直地看着阿莎的脸会引来龙焰似的。

她听着，看着，但是那个叫她的人保持着沉默。

我真的听到了有人叫我吗？半次心跳的时间里，她感受到了一股恐惧。也许她接受治疗的时候为时已晚，也许龙焰的毒已经蔓延到了她的心脏。在父亲的宫中死于龙焰，这是何等的屈辱啊。

阿莎摇摇头。这不可能。她及时处理了烧伤。

也许这是故事的代价。就像毒害母亲一样，它也要毒害我。但阿莎仔细察看着自己的身体上是否出现了中毒的迹象。目前还没有发现。

父亲对他的伊斯卡利狩猎的成果表示赞赏。他像往常一样，发表了演讲，讲述了龙的危险和背叛。龙曾是他们的盟友，但在他母亲统治期间，龙背叛了它们的骑手。每次狩猎归来，他都会发表类似的演讲。正因如此，阿莎只是心不在焉地听着，直到最后他抓住了她戴着手套的手，烧伤的那只，这疼得她差点儿叫出声来。

龙王紧紧握着阿莎的手，把有些畏缩的阿莎拉到了他身前，向灌木地人展示着。

"你们看，它们对我女儿做了什么？这就是和龙打交道的结果。"他放开了阿莎的手，无疑是想起了城市被焚烧的景象。那一天，亚雷克带回了烧焦的阿莎。"我的伊斯卡利把她的生命献给了猎龙这项事业，她会一直努力，直到最后一条龙死去。那样，只有那样，我们才能迎来和平。"

他朝着她微笑着。阿莎努力回以微笑，但发现自己做不到。她烧伤的那只手就在他鼻子底下，疼痛灼烧着她，证明了她大声讲出了那些古老的故事。

最后，龙王遣散了她的狩猎奴，音乐又一次响起，达克斯走近阿莎。他闻起来有股薄荷茶的气味。

"我可怜的妹妹。"他冲她露齿一笑，这时，阿莎注意到了他嘴边深深的皱纹。他离开之前并没有那些皱纹。"你看见了吗？看我带来了什么。"

他朝着灌木地人的那个方向一点头，就好像有人看不见他们似的。

"没有龙那么让人印象深刻。"

他穿着最喜欢的短袍，袖子长到手腕，下摆只到膝盖上面，白色滚边绣在领口和胸前的纽扣那里，衬着闪闪发亮的金色衣料。

金色的衣服配着一颗金子般的心，阿莎想着。

以前，这件衣服非常合身，能展现出他强壮的臂膀和高挑的身材。但现在，它仿佛松松垮垮地挂在破旧的架子上。他平常星星一般的眼睛也变得石头般呆滞。

灌木地的压力，再加上穿越沙漠的漫长旅行，让他精疲力竭。看他的样子，那么瘦，那么疲惫，让阿莎想起了某个人，但她想不起来究竟是谁了。

"你错过了互相介绍的环节。"他以同样的方式打量着她。

"我有事要做。"比如隐藏我背叛的证据。

"你想见见咱们的客人吗？"他拿过了一个家奴端来的葡萄酒。

"并不想。"阿莎拒绝了同一个奴隶拿来的另一杯酒。

"很好！"达克斯说，"我要向你介绍……"

阿莎小心翼翼地跟着哥哥穿过拥挤的人群，接着，他停下了脚步。他向旁边一让，一名年轻女子出现在了他们面前。她穿着一件精心制作的棉布裙，奶油色的。这名女子拨开了脸上的纱巾，露出了清澈的黑眼睛和优雅的翘下巴。她戴着手套的手攥成了拳头，上面落着一只白鹰，那颜色就仿佛清晨大裂谷中的薄雾一般。

阿莎盯着那只鸟，对方也用那双可怕的银色眼睛盯着阿莎。

这个女孩是一名灌木地人。

阿莎本能地退后了一步。但那女孩并没有注意到她的动作，只是专心地看着阿莎的疤痕。

"这是我的妹妹，"达克斯对女孩说，"伊斯卡利。"

他一边说话，一边用指背抚摸着那只鹰白色的胸部。他们之间已经很熟悉了，那只鸟用头顶的鸟冠蹭着他的手。

"阿莎，这是罗阿。歌家族的女儿。他哥哥没法抽身过来，但他也想要见声名狼藉的伊斯卡利。我答应他下次带你过去。"

他眨巴着眼睛，知道她会对此作何感想。

阿莎并不想去灌木地。那里平淡，枯燥，穷困，反正别人是这么告诉她的。最糟糕的是，灌木地人依然尊崇古道。达克斯到底是怎么怂恿他们到这里，到这个他们讨厌的世俗首都来的，阿莎想不明白。

阿莎爱她的哥哥，但他不是一名外交官。他会被送到灌木地的唯一原因是有人想把他赶出城市。他酒后与亚雷克的副官打了一架，让对方从屋顶上掉了下来，摔断了脊椎。这场大丑闻加剧了国王和军队之间的紧张局势。

但达克斯像收集战利品一般挑起丑闻。他总是去打架，要么就是用国库的钱赌博，还可能去调戏父亲最喜欢的官员的女儿。

继承人是个麻烦，国王逐渐开始失去耐心了。所以他派达克斯处理灌木地人，并且让亚雷克陪着他一起去。国王知道他的指挥官因为失去了副官而大发雷霆，他会管束他的儿子的。

罗阿手握拳紧紧贴在胸口，这是灌木地人打招呼的方式，但她的眼睛依旧盯着阿莎的疤痕。

"伊斯卡利。"她的声音洪亮而甜美。接着，她松开了手，放回了身侧。"达克斯说你可以空手打败一条龙。"

阿莎差一点笑了出来，但一个年轻人的出现打断了她。他的影子落在他们身上，阿莎感觉似乎有什么东西攥住了自己的胃。

亚雷克。正是他抓住了三个灌木地刺客，并把他们处以死刑。正是他结束了上一次奴隶叛乱。在红月朔日，他会和阿莎结婚。

除非她先杀了木津。

在指挥官的面前，达克斯就仿佛一个小孩。亚雷克比他高得多，他的身体十分强壮，站在那里就仿佛一座堡垒似的。丝绸衬衫盖住了他宽阔的胸膛，显示出了他有多么壮实。阿莎看着罗阿，发现她眯起了眼睛盯着指挥官。

这不是应有的反应。一般而言，亚雷克的完美无瑕的身体总能给女孩子留下深刻的印象。但罗阿似乎……有些恼怒。

亚雷克看到了王位继承人和他来自灌木地的新朋友，他把胳膊环过阿莎的腰，把她搂在了怀里，捏了捏她的屁股，都把阿莎捏疼了。

亚雷克是少数几个敢于触碰她的人之一。

"交朋友了，阿莎？"他满嘴酒气。

她很清楚，自己最好不要扭开身子或是用其他方法暗示自己被弄疼了。

"达克斯刚刚介绍了……"

"我们见过了。"亚雷克的注意力转向了阿莎的长袍，他的目光满是贪欲，就像她只是一杯酒，"我发现你找出了我送你的礼物。"

阿莎盯着达克斯和罗阿之间的那片空间，凝视着游廊下戴着项圈正在侍茶的奴隶。她把铜壶提在了空中，金色的液体划出一条优雅的弧线，让杯子里充满了泡沫。

亚雷克靠了过来："告诉我，你喜欢吗？"

他知道问题的答案。

相比于庭院中其他所有优雅而庄重的长袍，阿莎的这一件非常耀眼。噢，它的制作非常精美，可能要花一名士兵一个月的工资，但这对亚雷克来说并不算什么，他的父亲给他留了一大笔遗产。

这件长袍是华丽的靛蓝色，像沙子一样笼着她的身体，只有一条宽大的腰带紧紧地高绑在腰部。如果让阿莎猜的话，她觉得这是在达尔穆尔买的，那是她父亲最大的贸易港。但是长袍是为美丽性感的女孩准备的，不适合她这种满身疤痕的可怕女孩。

深深的领口和半透明的料子让她感觉受到了冒犯。这让亚雷克看见的太多了。但是上一次她拒绝礼物，萨菲尔受了伤。所以阿莎还是穿上了它。

"你就仿佛一位女神。"

阿莎感觉自己的身子僵住了。他看过来的目光让她想立刻原地消失。她希望自己能隐身穿过人群，找到她的装甲和斧子，去狩猎木津。

但她没有，她说："你应该早点见到我，一身龙皮甲。"

亚雷克没有停下。他走得更近了，小心翼翼地不让自己背对着她的哥哥和灌木地人。指挥官绝对不能背对威胁。

"一起跳个舞吧。"

阿莎又在盯着奴隶倒茶了。"你知道，我不跳舞的。"

"什么事情都有第一次。"亚雷克把阿莎搂得更紧了，这样他很容易就可以把她从她的哥哥以及灌木地人朋友面前带走。

"嘿！吃砂子去吧。"达克斯抓住亚雷克衬衫的袖子，"她不想跟你跳舞。"

亚雷克眼光一闪。他推了达克斯一把，没花多大力气。

继承人绊倒在了罗阿身上，他的一杯葡萄酒洒在了他们身上。罗阿惊讶得张大了嘴巴，赶紧去擦渗入了奶油色亚麻连衣裙的褐红色污渍。

"不好意思。"亚雷克笑了一下，拽着阿莎走进了人群，走向了音乐传来的那个方向。正在这时，阿莎回头一瞥，瞥见罗阿眯起了眼睛。

"我已经一个月没见你了，"亚雷克在她耳边说，"我花了三倍的价钱买下了这件衣服，现在，你要听我的话。"

阿莎打算再次拒绝，这次要讲得清楚一点儿。这时，那个声音又出现了，正在叫她的名字。她没有去看。她知道自己谁也找不到。而且，她要往哪里找？那声音正从四面八方呼唤着她。

阿莎。阿莎。阿莎。

这让她想起了一个故事……

亚雷克拽着她往音乐传来的那个方向前进，她强迫自己不要胡思乱想。他把她拉到怀里，胳膊紧紧抱在她的腰间，所以她能够感受到他的情欲坚硬地戳着她。

真恶心，阿莎把脸转到一边。她不应该这样。在指挥官面前展示自己脆弱的一面很危险。但是，在大裂谷中经过十天的狩猎之后，阿莎没有任何余力再玩下去了。

"我不跳舞。"她又说了一遍，用手紧紧推着黑丝绸衬衫，似乎想拉开二人的距离。

"我不答应。"他的手搂得更紧了。今晚，他的眼神似乎太饥渴了，就像一头饥饿的动物。

阿莎把头转向一边，目光越过亚雷克的肩膀，正好看到他的奴隶那张满是雀斑的脸。那个斯克莱尔人站在庭院中央乐师们站成的半圆里，他们都背对着那宽阔平静的水塘。

亚雷克说话的时候，阿莎仿佛被迷住了，奴隶的手指仿佛蜘蛛一般扫过那把破旧的琉特琴。他专注地闭着眼睛，思绪仿佛已经完全去了其他地方，一个离这里很远很远的地方。

感觉到她的目光，奴隶睁开了眼睛。在伊斯卡利的注视下，他的手指笨拙地摸索着琴弦。但他很快就恢复了正常，接着看到了那个抱着她的男人。

那个梦幻般的遥远的表情消失了，变成了暴风雨般的愤怒。

"你在听我说话吗？"亚雷克问。

他的声音很遥远。

那天晚上的最后一次，她听见了有人叫她。她的名字在风中飘荡。只有这一次，声音回响在整个庭院里。

肯定每个人都听到了，阿莎想。

但是她环顾四周，发现他们跳着舞，欢笑着，喝着茶。

肯定是哪里不对劲。阿莎能够感觉到有什么东西正在她骨头里嗡嗡作响。她得离开这里。

阿莎从亚雷克怀中挣脱出来，他没想到事情会这样，所以很轻易就放开了手。接着她被那些舞者绊倒了，音乐也停止了。

呼唤声敲在她耳朵里，敲在她血液里，把其他东西都挤到了一边。

阿莎，阿莎，阿莎。

这声音让她头昏眼花。她抬起头，亚雷克那个奴隶的眼睛盯着她。

别看我，她警告说。但是现在傍晚的天空正在下沉，庭院的地板正在上升，阿莎闭上眼睛想让它们停下来，但却发现自己正在摇晃。然后她跌倒了。

在撞到地面之前，奴隶抓住了她。

整个世界天旋地转，阿莎把脸颊压在他胸前，想让这旋转停下来。

大声讲出古老的故事，就会发生这样的事。

这让她想到了她的母亲，她被故事杀死了。但是随着黑暗袭来，仿佛她看见的已经不是母亲的死亡了，而是她自己的。

就是这种感觉。

"我接住你了，"她耳边的声音说道，"没事的。"

她听到的最后的声音是脸颊上传来的平稳的心跳声。

大割裂

在大割裂之前，讲古人保护故事。这些神圣的说书人会大声讲出那些古老的故事：关于长者的神圣故事，他的龙祖，还有他的英雄纳姆萨拉。讲古人将这些故事一代代传下去。他们从一座城市来到另一座城市，在人群中编织着故事，换取硬币、房间或餐点。在家里安置一名讲古人，给他热面包吃是一种荣耀，因为他是一名有着神圣使命的圣人。

龙背叛之后，讲古人都慢慢死光了。古老的故事开始毒害它们的讲述者，侵蚀着他们的身体，背叛他们，就像龙背叛了骑士。

但是，讲古人继续大声朗诵着他们的故事。他们这么做着，他们这么死去。随着他们渐渐生病，恐惧根植到了每一名龙裔心里。这一次，他们没有攻击他们的邻居。这一次，他们把自己关在家里获取安全。他们担心古老的故事传到耳朵里时会发生些什么。他们担心长者放出的瘟疫。

这时，龙女王介入了进来。

她抛弃了背叛了他们的长者。她宣布古老的故事是非法的，任何继续讲述古老故事的讲古人都将被监禁。这并没有阻止讲古人，大祭司本人说服他们继续讲故事，保护子民免受长者的邪恶侵蚀的任务就落在了龙女王身上。

她做了三件事。

首先，她剥夺了大祭司的权力。

其次，她修改了律法。龙女王站在广场上，向所有的费尔嘉德人宣布，大声讲出古老的故事是一项刑事犯罪，需要处以死刑。

龙女王做的第三件事呢？

她向人们灌输了新的神圣传统：猎龙。

五

　　烟雾徘徊在阿莎身边，紧贴着她的头发，刺痛着她的眼睛。她的呼吸就像达尔穆尔的潮汐一样安静，随之而来的是灰烬的苦涩味道。

　　黑暗包围着她。她的手撑着的那面冰凉的墙满是裂缝。它是石头的，和她脚下的地面一样。

　　我死了，她想。

　　但要是真的死了，杀死她的究竟是龙焰还是故事呢？

　　阿莎以为她已经对它们的毒性免疫。她第一次用那些故事引来巨龙之后，就曾拼命地寻找着身体受到影响的迹象：有没有体重快速下降，有没有无理由的疲惫、颤抖……但她一直讲着古老的故事，却从没出现过任何症状。故事根本不像影响母亲和讲古人那样影响她。

　　也许是因为阿莎和古老的故事是由同一种物质构成的。两种恶互相抵消了。

　　但也许是之前她找得不够细致，也许它们一直在慢慢杀死她。

如果我死了，我就永远无法为父亲带来木津的龙头了。

如果我死了，我也就永远不必与亚雷克结婚了。

真是个苦乐参半的结局。

阿莎跟着烟雾和灰烬前进着，往里走得越深，周围的环境就变得越熟悉。这并不是因为她以前来过这里，更像是她一直在梦到这个地方。

这些年来，她一直压抑着心中的故事，而这个地方又很快让故事浮现了出来。它们汹涌澎湃，活生生地出现了，低语着龙祖、神圣的纳姆萨拉和长者本人。忍着不让它们从嘴里吐出来，这让她的牙齿一阵剧痛。

她不由自主地走到了一个男人的影子前，那个男人蹲在一朵噼啪作响的小小火苗前面。他站了起来，火光照亮了他的脸，可以看到他的眼睛仿佛黑色的玛瑙，头顶光秃秃的，下巴上还有一撮灰胡子。一件白色的礼袍罩着他的身体，兜帽甩在后面。

看到他之后，阿莎长出了一口气。

她认识这个人。他的形象就挂在那个她不应该进去的房间的墙上。小时候，她听到有人在黑暗中念出他的名字，是母亲的声音。

"埃洛玛。"这个名字从她口中说出。

他是第一位纳姆萨拉。就是这个人从沙漠中取来了圣火，建立了费尔嘉德。他是长者的信使，但现在，长者背叛了阿莎他们。

"我一直在等你。"他天鹅绒般柔和的声音回响在洞窟中，"靠近点。"

阿莎没敢动。

他们之间的火苗跃动了起来，她举起手来遮住脸，挡住热量。埃洛玛冲着她一笑。让阿莎感觉非常不安，那副笑容就仿佛一个打算发动叛乱的奴隶。

"如你所愿。"他把手放进了白热的火焰中。

阿莎抽了一口冷气，她敢肯定，火焰从骨头上把他的皮肤吞噬殆尽。但他的手再次出现时，上面一点烧伤的痕迹都没有，还握着两把闪光的黑色战刃，仿佛两弯半月。白色的火焰在刀刃上起舞，然后消失了。

"长者的屠戮之刃。"他把双刀交给了她，"收下吧。"

阿莎知道，不应该信任他，不应该接受长者的礼物。她把手放在了身侧。

"我手里武器很多，根本用不上这个。"

"这样啊，"他说，"但这是专门为你打造的，阿莎。握在你的手中，它们会那么与众不同。它们会服从你的意志，比那把斧子更快击倒敌人。"

你怎么知道我的斧子？但如果他连她的名字都能知道，为什么会不知道她喜欢的武器？

"一旦拥有它们，你就不会想用别的武器了。"

阿莎想象着用这样灵活、锋利、致命的武器屠龙是多么让人心满意足。她摇摇头。大声讲出古老的故事已经够可怕的了，直接与长者进行交易呢？肯定会更糟糕。她已经想象出父亲发现之后脸上那恐怖的表情了。

她退后了一步。

"你不是被称作伊斯卡利吗？"埃洛玛问道，"在我看来，这个称呼并不合适。伊斯卡利勇猛无畏，你却那么胆小。"

她盯着他。在火光中，他仿佛一尊神。他的皮肤闪着光，仿佛被内心的光芒照亮一般，他的眼中满是沧桑。一双全视之眼。

她回头看着战刃。

用这对武器来让木津的心脏停止跳动得多么有成就感啊。拿着长者给她的武器，再用它反抗长者，这是多么完美的事情啊。就像他利用她来反对她的人民、她的父亲一样。

父亲曾告诉过她，抗拒邪恶需要忍受极大的痛苦。

没错。但这一次，她的眼睛瞪大了。这一次，她不会让自己被利用了。

她的父亲不会知道的。等到事情结束，等到她把木津血淋淋的头放在他脚下，那时，他会理解的。他会称赞她的聪明。

阿莎碰到了屠戮之刃。埃洛玛轻轻一笑。随着装着嵌饰的刀柄滑进了她的手中，阿莎的血液仿佛开始噼啪作响。白色的火焰舔舐着她的胳膊，形成了一条无形的纽带，就像螺栓合适地拧在了正确的位置上。他没有撒谎。它们仿佛融化在她的手中一般，完美和谐，像空气一样轻。

"当然，这件礼物还附带着一条命令。"

阿莎抬头看到对方露齿一笑。

"这对屠戮之刃只能用来纠正错误。"

"什么？"

他仍然笑着："咱们会很快再见的，阿莎。"

接着他融入了黑暗之中。

阿莎呼喊着他，但埃洛玛已经消失了。火光摇曳着熄灭了。洞窟正在褪色，扭曲，最后洞窟的墙壁吞噬了她。

阿莎独自站在黑暗中，故事嗡嗡地在她耳中响起，神圣的武器紧紧握在她手中，一种糟糕的感觉戳着她的肋骨。

我都干了些什么？她将神圣的屠戮之刃扔到了地上。

六

临近破晓，阿莎醒了，周围飘满了香橙花的气味。

夜晚的寒意还没有散尽，阿莎把羊毛毯围在身上，坐了起来。她拨开罩在大床上的帷幔，眯着眼睛望着窗外的曙光，整个房间都笼上了一层蓝色阴影。对面的那面墙壁上，武器从地面到天花板整齐地挂着，那是她最喜欢的地方。挂在墙上的武器大部分是斧子和刀子，里面夹着几把狩猎匕首，还有一些木剑，是她和萨菲尔对练的时候用的。

墙上并没有那组漆黑的弯刀。

阿莎闭上眼睛，长出了一口气。

只是个梦。阿莎把她缠满绷带的手举了起来，拉开亚麻绷带，里面是起满了水疱的皮肤。手指可以活动了，但疼痛让她头晕目眩。如果手指还能活动，等到伤口愈合，她就依旧可以继续挥动斧子。在那之前，她只能靠着另一只手了。因为现在最重要的事情就是尽快找到木津。

杀掉它之后，她就什么都不必再隐瞒了。

"告诉我一件事……"一个熟悉的声音说道。

阿莎望向了窗台，那里藏着一个影子。

"那条龙为什么会喷火？"

萨菲尔从窗台上跳了下来，撩开床上的帷幔。她没有避开阿莎的眼睛，私下里没必要那样。

"大割裂已经是五十年前的事了，"萨菲尔说，"那些故事也消失五十年了。"

龙也有五十年不曾喷出龙焰了。但是这里所说的"龙"要除掉龙祖木津，它是故事的源泉。不需要听到故事，它就能将城市化为一片火海。

萨菲尔从床头桌上拿起火柴，点亮了蜡烛。但阿莎并没有回答堂妹的问题，而是转移了话题："你整晚都待在这里吗？"

"我在问你问题呢。"萨菲尔转身摘下了墙上的木剑，"赶紧穿好衣服，咱们去屋顶。"

"萨菲，今天不行。我的手……"

她举起了缠满绷带的手，意识到有人把她的手套脱下来了。她吓了一跳。脱手套的那个人肯定看到了绷带。

他们看到绷带下面的伤口了吗？

"你觉得亚雷克会因为你一只手烧伤了就手下留情吗？"

阿莎看着她的堂妹。萨菲尔承受着伊斯卡利的目光。烛光下，她的眼睛闪闪发亮。

萨菲尔知道发生了什么，她知道是谁为她脱下了衣服。

如果阿莎去和堂妹对练，她就能知道有谁看到了她的烧伤。一旦确定没人会泄露秘密，她就可以安心去狩猎木津了。

阿莎掀开帷幔，滑下大床，赤着脚踩在冰冷的大理石地板上，激得她一哆嗦。她一边解着睡衣的扣子，一边瞪着堂妹。每当这种时候，阿莎就很感激她几年前遣散了自己房中的家奴。在她面前，他们总是体若筛糠，做什么都要花平常两倍的时间。

萨菲尔拿着两把木剑，不耐烦地用剑尖敲着靴子。等阿莎穿好衣服，二人来到了栏杆围住的露台上，一列狭窄的台阶通向屋顶。露台下面是一处花园，里面种着干巴巴的枣椰树和鲜花盛放的香橙树，还有很多芙蓉花。这座花园曾经属于阿莎的母亲。枣椰树能让那位王后想起她灌木地的家乡。

阿莎闻着这甜蜜的气味。

但是朔日越来越近了，她的时间也越来越少了。她还剩六天时间来狩猎木津。

"咱们来吧。"她从萨菲尔那里接过木剑，摆好了架势。

起码她的堂妹会立刻出手进攻。

若是阿莎没去狩猎，清晨时分二人在此进行练习仿佛已经成了一项例行功课，萨菲尔可以提高自己的战斗技巧，而阿莎可以学着保护自己。毕竟她是一名猎人，不是战士。

威胁主要来自亚雷克。

萨菲尔甩掉了橘黄色的连帽斗篷，把它扔到了盖满卵石的屋顶上。阿莎注意到，斗篷的线缝都磨烂了，下摆也破破烂烂的。她的堂妹不应该穿这样的衣服。

我要命令裁缝做一件新的，告诉她是给我做的，再拿给萨菲尔。她们周围，屋顶上空无一人。萨菲尔身后，地平线上露出了朦胧的金色，天空从深蓝变成了紫色。日出之后，奴隶们就要开始一天的工作了。屋顶上很快就会繁忙起来。

不过现在呢，这里只有阿莎和萨菲尔。

"你为什么不告诉我龙又开始喷火了？"

萨菲尔挥舞着她的木剑，阿莎提剑一挡，木剑碰击产生的振动传到了她身体上。

面对龙的时候，她的这位堂妹可能派不上什么用场，但要论战斗，她可是比阿莎强得多。在这个不希望她存在的世界中，萨菲尔必须变强。而她也确实做到了。她的手臂上满是虬结的肌肉，在她纯粹的力量之下，阿莎正在后退。

"因为……你会……胡乱担心的。"阿莎咬紧牙关。

但她再也站不稳了，赶紧躲到了一边，把她的木剑从堂妹的攻击下抽了出来。

"看来我现在有理由担心你了。"萨菲尔也收招站好，然后又摆出了战斗的架势。"你在你父亲的庭院里晕倒了。别跟我说这与烧伤无关。"

阿莎紧紧握着木剑光滑的剑柄。她希望那只是自己的一个梦。"父亲看见了吗？"

"当然看见了。"

"他是怎么说的？"

萨菲尔绕着阿莎转着圈，谋划着下一次要如何出手。"什么也没说。亚雷克倒是一直喋喋不休。或者应该说，他对他的奴隶大吼大叫了半天。顺便说一句，是那个奴隶抱住了你，否则你就会在地板上撞碎脑袋了。"

阿莎一翻白眼，她可不是从那么高的地方掉下来的。

萨菲尔突然出现在了她面前，木剑划过空气，这一下又重又急。阿莎差一点就被击中了，她勉强挡下了这一击，但还是被打得后退了几步。

"我告诉医生你只是脱水了。要是我没能说服他，他肯定会认真检查你的身体，这样他就会看到那处烧伤了。"她冲着阿莎缠着绷带的手一点头，"所以这是你欠我的。"

阿莎放下了木剑。

这么说她的父亲还不知道。

阿莎擦掉了额头的汗水，终于放心了。

"谢谢。"

"为什么要隐瞒呢？没人会觉得你很弱，阿莎。你是伊斯卡利。你杀死了那条龙，之前更是杀过上百头。"

烧伤并不意味着她很弱，至少不是萨菲尔说的那个意思，而是说明她堕落了。

堂妹的剑也放低了，这暴露出了她的弱点。阿莎看到了机会，于是开始猛攻。

萨菲尔一下一下地格挡着，疾如闪电，她的眼睛仿佛在放光。

木剑相击的声音在阿莎耳中回响着，她转着圈猛攻着，希望能找到破绽。但是，萨菲尔就站在那里，仿佛阿莎面前的一扇门。

"不管怎么说，"萨菲尔气喘吁吁地拨开攻击，"我能去告诉谁呢？"

"达克斯。很明显啊。"

她的哥哥会惊恐地发现，妹妹大声讲出了古老的故事，继续做着那件杀死母亲的事情。虽然达克斯和父亲的关系不是很好，出于关心，他还是有可能把事实告诉龙王。

达克斯不知道。那就没人知道了。

破绽。阿莎抓住机会，递剑猛击了出去。

还没等破绽消失，她的小腿就被踢中了。

"啊！"阿莎丢下了武器。"一次就好！我真希望能打中你一次……"

"祝你好运，"萨菲尔摇了摇头，"我真希望知道为什么龙会喷火，还有为什么你坚持要我保守秘密。"她退后了几步，观察着阿莎，看着她忍耐着小腿上的疼痛。"而且你那个没脑子的哥哥还把灌木地人带到家里来了。"她将剑尖戳在屋顶的鹅卵石上，倚着那把木剑，"说到达克斯，你觉得他那个朋友怎么样？不怎么说话的那个。"

"罗阿吗？"阿莎气喘吁吁地瞄着萨菲尔带来的水袋，走了过去。"我还没怎么了解她就被亚雷克打断了。"

阿莎一边喘着粗气，一边擦着头上的汗水，萨菲尔却清清爽爽地站在那里。

"你看到她身上带的东西了吗？"

阿莎喝了一大口水，然后塞上了水袋。"刀子？"罗阿是唯一一个没在腰上带武器的灌木地人。但是，阿莎看到了那个女孩大腿那里有一个刀柄状的突起，她把武器藏在了衣服下面。

"不是，我说的是吊坠。"

阿莎并没有注意到什么吊坠。

"一个石头做的圆环，好像是雪花石膏的。"

阿莎皱着眉头："那又怎样？"

"像是达克斯做的。"

除了外貌，达克斯还自父亲那里继承了一样东西，那就是对雕刻的喜爱。他们的母亲还活着的时候，龙王曾为她用骨头雕刻了很多东西，什么梳子、小珠宝盒、戒指，应有尽有。而为了讨父亲喜欢，达克斯也学会了雕刻这门手艺。

"你说什么？"

萨菲尔在阿莎面前站稳脚跟，接过了水袋。"我觉得这件事挺有意思的。那个叫罗阿的女孩，她是歌家族的女儿。以前达克斯夏天是不是就在那个家族避暑？那是……"

话到了嘴边又被咽了下去。

但是阿莎知道她要说什么。

那是你母亲去世之前的事了，那时候灌木地人还没有与咱们为敌。

作为一个孩子，达克斯寡言少语，又生性好奇，但学东西很慢。他很晚才学会走路和说话。到了学习阅读和写字的时候，无论他多么坚决，多么努力，都学不会。他的导师对他失去了耐心。他们告诉国王，他的这位儿子肯定有问题。他们说达克斯很笨，教他根本是浪费时间。

所以他们的母亲就把达克斯送到了她童年的伙伴，歌家族的女主人戴丝塔的家。多年以来，每到夏天，达克斯都会在灌木地避暑，与戴丝塔的孩子们一起学习，他们的导师更加耐心。

但是他们的母亲去世了。接着，费尔嘉德人和灌木地人之间的和平也被打破了，歌家族开始与他们为敌。所以，达克斯从一位客人变成了一名人质。阿莎不了解全部情况，因为达克斯从来不会谈起那时候的事情。但她知道，那段时期给她哥哥带来了极大的痛苦。

"我只是说，"萨菲尔仰头喝着水，"那东西似乎……"喝完水，她擦了擦下巴，"像是个定情信物。"

这些话像大裂谷中崩落的石头一样敲着阿莎的心。"达克斯？"她嘲笑道，"爱上了一个灌木地人？"

萨菲尔摊开双手，仿佛在说，她只是说出了自己看到的事实。

"就算他没有为她雕刻吊坠，你也知道他是什么样的人，"阿莎说道，"达克斯谁都调戏。你说的这些没有什么意义。而且罗阿……"华贵、优雅、自信……"感觉不像能受得了这种事的女孩。"

"我不是担心罗阿。"

阿莎皱眉，听着萨菲尔话里的意思。

他带着灌木地人和他一起回来，这很奇怪，并不像是达克斯会做的事情。那么如果是罗阿影响了他呢？这样的话，要是罗阿知道这一点，而且打算利用他，那怎么办呢？利用达克斯的感情来到方便刺杀国王的距离上？

想到这里，阿莎感觉仿佛有人抓住了她的心脏。因为在她的这位哥哥各种虚张声势的荒唐行为下面，都跳动着一颗金子般无私的心。

达克斯与亚雷克的副官冲突的真正原因究竟是什么？并不是因为他喝醉了。而是因为那位副官打了萨菲尔，让她三天下不了床。

阿莎的这个哥哥可能是一个鲁莽的傻瓜。但是他是一个会尽其所能从痛苦中拯救他爱的人的鲁莽傻瓜。

她看着堂妹。"我需要你看住他。跟在他身边，不要让他卷入麻烦。"

"咱们可以一起看住他。"

但阿莎不能。她还有一条龙要杀掉。

她走到屋顶的边缘，目光越过城墙，望着高耸的山脊。晨雾聚集在灰色的山涧和绿色山谷中。褪色的红月紧贴在天空中。

还有六天月亮就要完全消失了。在那之后，阿莎就是亚雷克的了。

要是她的时间再多一点儿多好……

"我还有一些事情要做。"

阿莎收回了视线，捡起了木剑。她感觉到了堂妹射在她背上的目光。这一次，萨菲尔没有问出那个一直在她内心烧灼的问题。

但这并不意味着阿莎没有听到它们。

"一旦事情结束，我会把一切都告诉你的，"阿莎说，"我保证。"

她知道萨菲尔不会泄露她的秘密。阿莎非常了解这一点，就像了解埋在心底的古老的故事一样。但是，如果龙王发现了萨菲尔知道女儿违背了律法，那她的末日也就到了。阿莎不能让堂妹时时需要龙王的恩典，因为已经不再有恩典可以赐予萨菲尔了。

　　堂妹知道得越少，就越安全。

劝诫

曾经，有一个名叫莉莉安的奴隶。就像所有受过良好训练的奴隶一样，她一直低着头，按主人的吩咐行事。她耐心而小心地服侍着龙女王，为她穿衣、洗澡、编好长发，还在她的脖子上洒上最好的玫瑰水。像所有训练有素的奴隶一样，莉莉安仿佛是隐形的。

龙女王的次子叫作拉扬。像所有年轻的高等龙裔一样，他穿着最漂亮的衣服，喝着最醇香的美酒。他会下注斗兽场里最强的龙，驯服马厩里最烈的马。像女王其他英俊的儿子一样，拉扬吸引了所有女人的注意力。

有一天，拉扬早早地从沙漠巡逻归来，他大步穿过母亲的香橙林，却突然停下了脚步。有人在唱歌，声音仿佛夜莺般婉转动听。

拉扬悄悄躲在了盛开的树下，窥视着。一名赤脚的奴隶脚跟旋转着，伴着自己的歌声，她朴素的裙子正轻快地飘动。拉扬看呆了。

从此以后，每天拉扬都会回到香橙林等着他母亲的奴隶。他只想去看看她，从来没想过自己也会被对方看到。

但莉莉安看见了他。她的舞步停住了。她的歌声中断了。

莉莉安逃了。

拉扬追了过去，他想要解释一下，说他当时并不是有意在树下等她的，他以后也不打算来这里了；他只是喜欢看她跳舞，听她唱歌。她就仿佛一汪止水，一处平静舒缓的庇护所。

莉莉安背靠着墙，颤抖着扭开了头，不去看他的脸。她跪下乞求。这让拉扬有些窘迫，他不断地告诉她快起来。

接着，他一下子就明白了。

她以为他是来强行带走她的，就像牡马带走一匹母马。

这个想法把拉扬吓呆了。

这一次，轮到拉扬逃跑了。

莉莉安抬起头时，她发现这里只剩自己一人。她从女主人院子的大理石地面上站起身来。她寻找着龙女王的儿子，但什么都没有找到。

第二天早上，莉莉安醒来时看到了一束香橙花，朵朵鲜花就仿佛一颗颗星星，花瓣是白色的，随着鲜花还附了一张纸条，上面写着：我很抱歉。

莉莉安回到了香橙林。她发现拉扬在等她。拉扬背对着她，抬头看着深绿色的树枝。她本来是可以离开的，反正他也不会知道。

但她没有走。

莉莉安叫出了龙女王次子的名字，拉扬转过了身。看到她以后，他脸上的表情变了，变得满面红光。他走向她时，她也没有逃跑。她让他看着自己。他静静地看着，莉莉安伸出了手，摸到了他的头发，他的脸颊，他的脖子。

那天之后，在庭院里，他们目光交汇。在黑暗的大厅里，他们双手交握。在夜幕的掩护下，在秘密花园里，在被遗忘的角落里，在隐蔽的露台上，莉莉安和拉扬结合在了一起。

没过多久，一个小生命开始在她身体里成长。但女王不允许奴隶中发生这种事情。

一个斯克莱尔同伴的背叛让莉莉安来到她的女主人面前乞求怜悯。此时拉扬正在城外，和他的马在一起。人们找到了他。他穿过狭窄的鹅卵石街道。他跑过宫殿的走廊。他闯进了母亲的王座间。

"我爱她，"拉扬坦白道，"我打算娶她。"

也许这就是他的青春。也许这就是爱的愚蠢。

他的母亲笑了。

拉扬想为自己辩护：他对莉莉安如此迷恋才不是昏了头；他们之间的感情甚至不是爱，而比爱更深。爱是男人和他的妻子之间的感情。但那天在香橙林里看到莉莉安，拉扬感觉这仿佛是最初的纳姆萨拉看到了由长者为他塑造的席卡——他神圣的伴侣，他神圣的另一半。

拉扬宣称，莉莉安是他的席卡。

母亲赶走了拉扬。

宝宝出生以后，龙女王采取了行动。她拖着她的奴隶来到了城市中心，在儿子的注视下，活活把她烧死在了市民广场。而拉扬被士兵看得紧紧的，他毫无办法。

三天后，拉扬开始了自己的生活。他把哭叫的女婴丢在了宫中。女孩的妈妈曾为她起了名字：萨菲尔。

三天之后，女王死在了她的床上。有人说她死于耻辱，也有人说她死于悲伤。但重点不是什么杀死了她，而是这样：

龙女王的儿子敢于与一个奴隶相爱，对所有人来说，这都是一件糟糕的事情。

七

　　阿莎选了最快的一条路线前往北门，她穿过一片新建的建筑群，穿过神殿，飞快地沿着狭窄的街道前进着。木津攻击了这片区域，让这里烧了三天三夜，之后她的父亲下令重建。这项工作花费了近六年时间，成千上万个奴隶参加了劳动。

　　此时，阿莎的周围仿佛一片绿色的海洋。绿色，代表新生的颜色。奴隶们将墙壁刷成绿色，为那些在龙焰中死去的人志哀。

　　街道不宽，大概只能容下一辆驴车通过，城里最大的一座市场就在这里，围墙边挤满了卖东西的摊位。藏红花、茴芹和辣椒粉小山似的堆在粗布袋前，皮革的刺鼻气味从鞋匠摊上飘出，色彩艳丽的萨布拉绸在微风中起着涟漪。

　　白色围墙的尽头，神殿高耸直指蓝天。阿莎刚要走过去，一个女人就来到了她面前。那个人跪在了地上，挡住阿莎。她的身上满是铁的味道，从落满烟灰的皮肤和指甲缝里，阿莎猜测她是一名铁匠。

"伊……伊斯卡利。"她深深低着头，怀中抱着一个长长的布包袱，厚实的黑色大手颤抖着，"这……这是给您的。"

为主人跑腿的奴隶们都在她的附近慢下了脚步。阿莎觉得他们都瞪大了眼睛。跪在街道中央的铁匠吸引了太多关注的目光。

"起来吧！"

铁匠摇了摇头，高高举起了手中的包袱。

"请您收下。"

铁匠举过头顶的那个包袱长长的，裹着烟灰色的亚麻布，用绳子捆着。熟悉的形状。阿莎脖子上的寒毛都竖起来了。

阿莎双手接过包袱，感受着这份重量，她知道里面装的是什么了。

"我干了一晚上，终于在清晨时分完成了。"铁匠说，"长者本人指导了我要如何打造它们。"

阿莎的身子僵住了。她扫视着周围围墙上的大门和二楼阳台。她的目光落在哪个看过来的人身上，哪个人就会退到蓝黑色、黄色的窗帘或是木制窗格后面。

阿莎把包袱抱在胸前："你进行打造的时候有没有人听到？"

铁匠低头盯着鹅卵石路面："我经常晚上工作，伊斯卡利。就算有人听到什么也不会觉得奇怪的。"

"不要告诉其他人。"

铁匠没有抬起眼睛，她点了点头。阿莎绕过了跪在地面上的她，紧紧抱着包袱走向了城门。

城门口的士兵并没有为难她，但是阿莎听到了他们在打开沉重的铁门时的牢骚。

她的奴隶呢？他们很好奇，她不是刚刚狩猎归来吗？

伊斯卡利去狩猎的时候总会有一大群奴隶前呼后拥。今天，她身着重甲，腰挂猎斧，独自一人前往大裂谷。她昨天刚刚回来啊，真是让人怀疑。

他们可能很想知道她要去哪里，但是并没有人阻止她。因为阿莎是伊斯卡利。

不过，亚雷克依旧会得到消息。

那就让他知道吧。循着小径，阿莎走进了深深的森林，她更加坚定了要反抗亚雷克的想法。带着木津的头回来以后，我就不用再理会亚雷克了。

不过她依旧走得很快，防止有人追上她。

阿莎飞快地穿过簌簌作响的针茅草，身边的雪松时而静默，时而沙沙作响。如果想引来龙，如果想引来最危险的龙，她必须得尽可能远离城市。她需要纠正犯下的错误，不能同样的错误一犯再犯。

临近傍晚，她爬上了大裂谷谷底被太阳晒得发白的山崖，回头看着来时走过的路，城墙在很远的地方，显得很小。她把铁匠的包袱放在面前的石头上，解开绳子，打开麻布。

一对双刀出现在了她眼前，漆黑如夜晚，优雅如银月。刀柄是镶嵌着铁和金的骨头制成的。此外还有另一个包袱。阿莎解开那个包袱，发现了肩带和刀鞘。她绑好带子，把战刃插在了鞘里，两把刀交叉背在了背后。

接下来就是危险的工作了。她只有六天的时间寻找木津，把它杀掉。不能再浪费时间了。曾有人在大裂谷中看到木津，所以如果她在这里讲出古老的故事，就有可能把它引出来。

但最古老、最邪恶的龙会喜欢什么故事呢？它自己的故事？第一位纳姆萨拉埃洛玛的故事？

阿莎离开小径，砍掉挡在面前的藤蔓，走进了松林。她一边前进，一边从内心深处挖出了一个故事，就像从井中提上一桶毒液。

阿莎跌跌撞撞地走出了松林，来到了一片裸露的岩石上，开口把故事讲了出来。

一条瘦削的米色巨龙盘成一圈，仿佛融入了周围的页岩似的，吸收着太阳散发的热量。远处，大裂谷内，一条河流蜿蜒穿过，河边全是茂密的绿色。

巨龙把脑袋转了过来，阿莎僵住了。一股臭气直扑过来。它的角似乎刚刚生出来，这是一条幼龙。从它柔和的鳞色看，应该是雌龙。

这条龙弯过身子看着阿莎，危险地发出刮擦声。年轻的龙更具侵略性，比起逃开，它们更喜欢战斗。这条龙也不例外。

它张开翅膀，就像在敌人面前展示羽毛的鸡，让自己显得更大，更可怕。翅膀的阴影笼在阿莎身上，阳光穿过半透明的皮膜，显出了能够让它巨大的身体飞离地面的有力锁骨。

龙嘶嘶地叫着。

阿莎的手指环着斧柄。若是平常，突然碰到一条龙肯定会让她激动万分，但今天除外。

阿莎咬紧牙关，她要赶紧杀掉这条龙，引来木津。

她把头盔扣在了头上，抓过斧子，但又改变了主意。

她用没烧伤的那只手把斧子塞回腰带，然后从背上的刀鞘里抽出了一把战刃。握住刀柄的那一瞬间，她就感觉血液正在沸腾。

这对屠戮之刃只能用来纠正错误，一条警告在她心中响起。

我现在就是在纠正错误，她这样想着。

阿莎挥动着神圣的战刃，将阳光反射到巨龙眼中，然后向前一戳。龙躲开了攻击，绕了个圈转到了阿莎身后。它的鳞片擦着岩石。阿莎差一点没有躲开，长满尖刺的尾巴挥向了她的背后，她勉强滚到了一边。要时刻注意龙尾的位置，在之前的狩猎课程中，阿莎学过这一点。

还没等她爬起来，龙就又冲了过来，露出毒牙准备撕咬。阿莎赶忙又滚到了一边，毫厘之差躲过了攻击。她又一滚，来到了巨龙的正下方，现在她背对着破碎的岩石，面对着蛋壳一般苍白的龙腹。

阿莎把战刃刺进了柔软的肉里。

接着发生了两件事。首先，龙一边尖叫，一边扑打着薄薄的翅膀，想要爬走；接着，一阵无与伦比的剧痛刺穿了阿莎的胳膊，她也随着龙一起尖叫了起来。

她松开了刀柄。龙恢复了自由，朝着悬崖边挪了过去。

阿莎坐了起来。她呼吸急促，胳膊垂在身体一侧。疼痛消失了，变成了一种可怕的麻痹感。

　　她感觉不到自己的胳膊，无法弯曲手指，就好像它已经消失了似的。

　　这对屠戮之刃只能用来纠正错误。她继续尝试着移动手臂，还是没有反应。

　　埃洛玛欺骗了她。

　　阿莎愤怒地发泄着对长者的仇恨。"骗子！"这个声音在山谷中回荡，最后飘散在了风中。

　　阿莎望向悬崖边，那条幼龙一动不动，没发出一点儿声音。也许它还没有死。也许她只是受伤了。

　　也许她可以纠正这个错误。

　　"请活下去。"阿莎低声说着，走了过去。她用烧伤的那只手握住了刀柄，拔出了战刃，血积聚在了靴子周围。

　　龙把头靠在一块石头上，闭着眼睛。阿莎在龙头前跪了下来。

　　她的左臂动不了，右手烧伤了。现在她要如何才能狩猎木津呢？

　　沾满血的黑色战刃躺在她的膝前。阿莎想把它从悬崖上扔下去。

　　如果长者觉得可以通过欺骗来阻止她，肯定是低估了她。十岁的时候，阿莎曾引来最邪恶的龙，差一点儿毁灭整座城市。比起其他猎人，阿莎带来了最多的杀戮。

　　阿莎很危险。她才不会被嘲弄。因为不管是否已经残废，她都要狩猎木津，把它的头献给父亲。如果余生只允许她做一件事情，那她要做的肯定就是永远废除古道。

八

"先别乱动。"

阿莎把头靠在壁龛凉爽的石膏壁上，听着堂妹的命令。她双膝并拢，胳膊挂在紧紧绑在身上的固定带上。一从大裂谷回来，她就径直来到了萨菲尔的房间，穿着全新斗篷的萨菲尔把阿莎痛骂了一顿。

虽然这里是王宫内女眷的居住区，这个房间还是显得狭窄而沉闷。石膏墙龟裂发黄，房间没有露台，虽然有玻璃窗，但很少有光线能照进来。叛乱发生之前，龙女王的奴隶们就在这里生活。现在，他们每天晚上都被关在地穴里，被看得严严实实的。

"我希望你能告诉我这是怎么回事。"萨菲尔皱着眉头，看着阿莎的胳膊，眉毛都挤到一起去了。她又拿了一些亚麻布包扎阿莎烧伤的那只手，看看阿莎的这只手是不是还能动——能稍稍动一动就好。阿莎看着堂妹折着亚麻布，接着一圈一圈缠在了她的手上。她想起遥远的往日，她们藏在花园的忍冬下面，听着阿莎的保姆疯狂地叫着她的名字。她们一起忍住笑声，手肘和屁股会不时相碰。她想起了深夜，她们并排躺在屋顶上，给每一颗星星取着名字。

那是在阿莎的母亲去世之前的事情了。她的母亲并没那么在意那些管理斯克莱尔人的律法。

"这样，"萨菲尔把亚麻布捆了起来，"感觉如何？"

阿莎的手肿成了白色，完全被绷带裹了起来。她伸手拿起了放在壁龛内的斧子，手上的皮肤抗议着。她没法长时间握住武器，但这总比完全拿不起来要强。

阿莎刚要感谢堂妹，外面就传来了敲门声。

"萨菲！"

听到达克斯急切的声音，萨菲尔和阿莎抬起了头。

萨菲尔赶紧站了起来，穿过房间。

门开了，达克斯跌跌撞撞地跑了进来，似乎很憔悴。汗水润湿了他太阳穴两侧的鬈发，他的皮肤仿佛在闪光，淡金色的短袍正面染着血。

当时就是这样的，看着他这样子，阿莎突然想起了一个人。

母亲。

去世前的那几天，母亲一副皮包骨头的样子，眼睛仿佛一对黑黑的空洞。阿莎记得她整晚地咳嗽，记得最后她咳出的血。

整碗整碗的血。

阿莎站了起来。一只手严重烧伤，而另一只胳膊无力地挂在固定带上，对她来说，连站起来都成了困难的动作。

"怎么了？"萨菲尔问道，"你受伤了？"

"我犯了一个可怕的错误。"他眼神空洞，显得非常不安。

看到阿莎的表情，他看了看衣服上的血迹。"受伤的不是我。"接着，他看见了她的固定带，她裹满绷带的手。

他还没来得及问这是怎么回事，萨菲尔就打断了他："你怎么了？"

他盯着阿莎的眼睛："我需要你的帮助。"

灌木地人做了什么吗？他们伤到了他？

阿莎站直了身子，准备打倒那个伤到了哥哥的人。

"是托文。"

阿莎并不熟悉这个名字。"谁？"

"亚雷克的奴隶。"萨菲尔解释。

阿莎记得他——目光锐利，雀斑像星星，长长的手指拨动着琴弦。

托文。

"我以为我可以阻止他呢。"达克斯双手滑到了脖子后面，抓在了一起，"你也知道亚雷克是什么样的人。一旦在他面前流露出你在意……"

"他就会去伤害你在意的东西。"阿莎接完了后半句。

达克斯把胳膊放回了身侧，走了过来。

"我需要你帮助他。"

阿莎难以置信地摇摇头："你是王位继承人，达克斯。你不需要为他做什么。他是个奴隶。"

萨菲尔盯着她。

"怎么？"她看到了堂妹的眼神。和达克斯在一起，这里很安全。"你又不是奴隶，萨菲。"

说起达克斯的弱点，那肯定就是这个了。更糟糕的是他会肆意地战斗、调情和赌博。他的思维方式并不像个国王，而是像……一位英雄。他太善良了，太高尚了，内心太柔软了。这会让他受伤的。

"阿莎。"达克斯又上前一步，"我求你了。"

国王不会乞求。

"如果我去让亚雷克放过托文，他肯定会杀了他。但是如果你去……"

"你真的想让我把一个危险的斯克莱尔人从他应得的惩罚中拯救出来？"阿莎看着她的哥哥。之前的几个月，在灌木地，达克斯与一群拒绝蓄奴的宗教狂热分子一起生活。

难道结果并不是他说服了灌木地人，而是他被说服了？

"他不是……"达克斯摇摇头，双手握拳，然后松开了手，似乎他想抓住她的肩膀，"他已经因为你受到了惩罚，阿莎。因为他在亚雷克面前，在所有人面前触碰了你。"达克斯深吸了一口气，鼻翼优雅地翕动着，"如果他没有抓住你，你就受伤了。"

"他可不只是抓住了我。"她咆哮着，想着他那双眼睛盯着自己的样子。跳个舞吧，他要求说，时间和地点由我来挑。

"明天他就要被送进角斗场，再也没办法出来了。"达克斯说。那样子就像在说角斗场里死去的奴隶应该激起她的同情。奴隶一直死于角斗场。

阿莎不敢相信地摇摇头："犯错的奴隶就应该属于那里。"

但是，就算嘴里这么说，她也想起了在她的脸颊上方跳动的那颗心脏，想起了抱着她的强壮的臂膀。

离她上次这么听着别人的心跳声已经八年了。八年来，任何人都不曾这样温柔小心地抱着她。

"你又不会有什么损失，阿莎。"

她讨厌达克斯看过来的表情。仿佛她很让他失望，仿佛他现在才意识到阿莎有多恐怖。

这让她想起了那个两兄妹的故事：一个由天空与活力构成，另一个由鲜血与月光构成。

纳姆萨拉给哪里带来欢乐和爱情，伊斯卡利就会给哪里带来毁灭和死亡。

萨菲尔站在了达克斯那边："我同意达克斯。"

阿莎盯着她的堂妹，感觉自己被背叛了。

"亚雷克是指挥官，"阿莎提醒他们，"他有责任执行律法，那个奴隶是他的财产。"她突然想起了那个斯克莱尔人仔细为她包扎伤口的手。她很快就甩掉了这段记忆。"我什么都做不了。"

"屁话，"达克斯说，"你可以试试啊。"

她皱着眉头看着他。

"求你了，阿莎。我要怎么求你，你才会答应？"

她记得，上一次哥哥求她时候，他们还都是孩子。她偷走了亚雷克最喜欢的剑，把它扔进了下水道。达克斯在亚雷克惩罚她之前主动站出来承担了责任。亚雷克强迫他乞求怜悯，把他按在地上殴打，阿莎眼中含泪，看着他们，不敢承认是自己干的。

达克斯肯定感觉到了他的话起了效果，因为他继续说了下去。

"你是他的弱点，阿莎。要利用这一点，迷住他，诱惑他。去……去像其他女孩那样，得到想要的东西。"

听到这些话，萨菲尔吓得走开了。

阿莎嘴唇一噘。诱惑亚雷克这个想法让她觉得胃痛。

"或者……不想要的东西。"达克斯注意到了她们脸上的表情。

"我没有时间了。"阿莎想着一点点消失的红月。她要去捕猎一条龙，现在只有六天了。她要回到大裂谷。

阿莎躲过了她的哥哥，走向了门口。

"等等！"

然而她没有停下脚步。

"要是我把这个送给你呢？"

阿莎停在萨菲尔房间的门前。随着时间的流逝，木头已然腐朽，黄铜门把也变得黯淡。如果有人想伤害萨菲尔，他们可以很容易地打破这扇门。这扇门该换了。

"是母亲留下来的。"

她转过身来，看到达克斯正从纤细手指上退下一枚戒指，然后，他把戒指捧在了手里。骨头雕刻的戒指躺在他的手掌上。但首先引起她的注意的并不是戒指，而是他的指尖的茧子，和亚雷克那个奴隶手指上的一样。

"父亲为她做的。"

嫉妒的爪子撕扯着阿莎的内心。母亲死后所有的东西都被烧了。为什么单单剩下了这个？为什么它会在达克斯手里？

"我去灌木地之前父亲交给我的。"达克斯走了过去，"要是你能把托文救出来，我就把它送给你。"

阿莎想到了躺在床上生命垂危的母亲。她深受古老的故事的毒害。

她手里一样母亲的东西都没有。为什么父亲会把戒指给达克斯？

因为我不配。因为如果没有我，她永远不会大声讲出那些故事。如果没有我，她肯定还活着。阿莎可能不配去戴母亲的戒指，但她想要拥有这枚戒指。

而她永远不会承认，她甚至不明白，她想要的是别的东西，是能让那颗心脏继续跳动。

"好吧。"

达克斯露出了一个明媚的笑容。这没有让她感觉舒服一些，反而更突出了他瘦削的脸和失去的体重。

究竟发生了什么？她很好奇。

她没去问这个问题，而是去推开门。

萨菲尔跟了过来，但阿莎露出了一个警告的表情。她没有办法带着堂妹去交换一个犯罪的奴隶的生命。如果阿莎想要干涉一项合法的判决，她应该让萨菲尔离这件事远远的。阿莎不会让亚雷克想起，若她提出反对，他要如何才能最有效地惩罚她。

　　昏暗的走廊上，火炬把阴影投在墙上。阿莎刚要走出去，就听到达克斯问："她的胳膊怎么了？"

　　"她不告诉我。"萨菲尔说。

　　阿莎紧紧关上了门。

九

只敲了一下，亚雷克家的门就开了。一个老得弯了腰的灰发奴隶蜷缩在门洞里，黑色脸颊上，泪珠在闪闪发亮。

这名斯克莱尔人吓了阿莎一跳。律法规定，所有的奴隶日落之后都要回到地穴。

"我要见指挥官。"她推开门，走进了满是玫瑰水气味的绿松石走廊，脚下是精细编织的地毯。

愤怒的喊声回荡在大厅里，接着传来的声音谁都不会搞错：沙克萨刺耳的抽打声。沙克萨是一截绑着骨片的绳子。阿莎听到沙克萨一下一下地打在某个人背上。

那个老奴隶痛苦地呜咽着。阿莎穿过精心雕刻、镶着象牙和黄铜的雪松木门，穿过了一个又一个房间，最后来到了指挥官家中心位置的小庭院里。月亮花的扑鼻香味包围了她。

然后，她看到了那个奴隶。

他倒在浅浅的喷泉池里。走廊里的灯笼投下的影子罩在他身上，但是她可以看见，他被绑在喷水孔那里，双手也捆着。

血流过他的后背，淌进了池子，把池水都染成了粉红色。

亚雷克走进了她的视线，挡住了那边的奴隶。他没穿袍子，背上闪着汗水，抽打着那个属于他的东西，肌肉随动作震颤着。

"斯克莱尔人，"他含糊不清地说着，"值得吗？"

阿莎退到了一边，后背紧紧贴着墙，心怦怦跳着。

她可能确实是伊斯卡利。她可能确实会去猎龙，带回龙头，但是亚雷克掌握着父亲的军队。城内的每一名士兵都听命于他。出于某些她无法理解的原因，他从不怕她。

她可以转身离开。她没必要出手的。毕竟犯了错的是那个奴隶，他不应该触碰她。

"伊斯卡利，求您了。"这些话像斧子一样斩断了她的思绪。阿莎睁开眼睛，发现老奴隶不断绞着她长着皱纹、满是肝斑的双手。她灰色的头发绑成了一根粗粗的辫子。她心形的脸上露着痛苦的表情，仿佛在乞求着阿莎。"求您帮帮他吧。"

沙克萨的抽打声，接着是一阵嘟哝。阿莎小心地又环顾了一下四周。亚雷克的一张坏掉的沙发扔在那里，断掉的沙发腿在一丛紫色的曼陀罗旁，花瓣张开着，迎着月光。达克斯建议要迷住他，诱惑他。但是阿莎不知道该怎么做。她是一名猎人。她知道如何捕猎，却不知道如何诱惑。

阿莎想到了奴隶在病房里触碰她的动作。他在父亲的庭院里抓住她的样子，那么小心地抱着她。仿佛他根本不害怕似的。

这让她感到羞愧。如果他不怕阿莎，不怕律法，也不怕他的主人会把他鞭打到死亡之门前，那她还有什么可怕的呢？她可是伊斯卡利。

亚雷克吐了口唾沫，依旧背对着她。他勒住了沙克萨，准备继续抽打。阿莎等的时间越长，奴隶的生命流逝得越快。

沙克萨抽打着空气，撕裂着血肉。撕心裂肺的喊声在院子中回荡，传进了阿莎耳中。她紧紧闭着眼睛。她的左臂无力地绑在身体上，用另一只被烧伤但已包扎好的手抽出了战刃。手因为剧痛而颤抖着。她咬紧牙关，紧紧握刀。

亚雷克又一次收回了沙克萨，阿莎走进了院子，用刀挡住了鞭子。亚雷克又挥下了胳膊，沙克萨没动。阿莎忍受着痛苦，紧紧握着刀。

亚雷克踉跄了一下。他转过身，醉眼蒙眬地看着，脸上充斥着愤怒和汗水。

"是谁？"

喷泉池里已经满是血液。轻柔的流水声似乎有些不合时宜。

"已经够了，"她比想象中更有勇气，"我会杀了他的。"

亚雷克脸一黑："这是我的权利。"他拽着沙克萨，想要夺过来。但鞭子一动不动。

"你这是在杀死他。"

阿莎控制不住自己颤抖的声音了，亚雷克恢复了那副冰冷的表情。"你什么时候开始关心我的奴隶了，阿莎？"他看看阿莎，又看看那个斯克莱尔人，嘴角扭曲着。"你以为我已经忘了你们家的那件事了吗？”

她花了三次心跳的时间才意识到对方的意思。

拉扬，她的叔叔。一个爱上了斯克莱尔人的龙裔。

"咱们结婚以后，我还要见到这种事吗？"他摇晃了一下，靠在柠檬树上，"见到我的妻子和我的奴隶一起在我家里胡闹？"

她想让自己的声音听起来平静一些："你怎么能这么胡说八道！"

他看了一眼濒死的奴隶。"真恶心。"他放下沙克萨，抽出一把双刃匕首，朝喷泉走了过去，"我不会容忍那种事的。"

阿莎感到一阵恐惧。她扔掉了缠着沙克萨的战刃，拔出了另一把，这让她烧伤的手疼了一下。她紧紧握住刀柄，朝喷泉走了过去。

她冷静而迅捷地抢先到达了那里。

阿莎转身面向亚雷克，抬起了战刃，站在了他和奴隶之间。

可能亚雷克确实是喝醉了，但他比她高得多，也强壮得多。而她只有一条胳膊勉强可用。

他没有武器，大手往前一推，阿莎则做了她当时唯一能想到的那个动作。他撞过来的时候，她拼命把刀背往他的太阳穴砸了过去。

阿莎狠狠撞在了地板上，震得她差一点喘不过气来。被击中的亚雷克把她固定在了地上。他满身肌肉，又壮又沉，像一块巨石般压在她身上。

阿莎躺在他身下，一边脸紧紧贴在冰冷的瓷砖上，另一边脸靠着他胸前灼热的汗水。眼前的景象终于清晰了起来，她试着呼吸，但做不到。

　　他把我勒住了……她又踢又打，试图把他推开。她的战刃只有几步之遥，但完全够不到。

　　她的肺里仿佛在燃烧。她的视野模糊不清。阿莎拼命吸着空气，但却吸不到，她奋力挣扎着，用最后一点力气移动着腿和臀部。在周围的一切暗下来之前，她看到了有一双手伸了过来，饱经沧桑的手上满是斑点和瘤结。这双手想把她拉出来，却没有成功，接着，它们用惊人的力量把亚雷克从阿莎身上推了下去。空气冲进了阿莎的肺部。她像喝水一样狼吞虎咽地喘着气，让空气充满整个身体。

　　指挥官躺在地板上那一堆垃圾里。血液染红了他太阳穴周围的头发，但是他的心仍在跳动。她可以看到他喉咙处的脉搏。她不知道他伤得有多严重，也不知道他会昏过去多久，所以她站在那里，拿起她的战刃，插进了鞘里。接着，她又赶紧从地上抓起了亚雷克的匕首，赶紧来到了倒在池子里的奴隶旁。

　　蹚过晃动的血水，阿莎砍断了绑住他双手的绳子。所有的绳子全被砍断，奴隶倒在了水里。

　　阿莎扔掉了匕首，池子里溅起了一朵水花，匕首沉了下去。她蹲了下来，想要抓住他的胳膊搭在肩上，但一只手做这个动作太难了。

　　"我需要你帮我。"

　　他抬头望着她的脸，但没有回答。他的眼睛慢慢闭上了，仿佛他失去了意识，正在慢慢倒下。

"别。我在这里呢。"

他的眼睛睁开了，但没有焦点。"伊斯卡利？"他的嘴唇干燥破裂，"我在做梦吗？"

"把你的胳膊搭在我肩膀上。"

他照做了。

"现在紧紧搂住我，站起来。"

她并没有等待回应，而是直接用她没有受伤的那只手搂住他，帮他站了起来。穿过血腥的水池，他走得摇摇晃晃的。阿莎帮他从池边迈出来的时候，他差点儿摔倒。她紧紧抓着他的腰，烧伤的那只手在痛苦地尖叫。

"听我说，"她咬着牙说道，"如果你想活着离开这里，就得自己走。"

他点点头，深吸了一口气，空气流进他的嘴巴，帮他集中力量。他每一步都倾斜着僵硬的身体，嘶嘶地吸着气。

他们得在亚雷克恢复意识前离开这里。而且黎明即将到来。太阳升起以后，阿莎就不能带着未婚夫半死不活的奴隶穿过大街了。人们会看到他们，会有人说闲话的。

她得快一点儿。

老奴隶拿着一件亚雷克的连帽斗篷出现了。深红色的那件。她把斗篷搭到了那个奴隶的肩上，将帽缨[1]绑在他的脖子上。

"您要把他带到哪里，伊斯卡利？"

---

[1] 帽缨，系在脖子上的帽带。

阿莎不知道。她不能把他藏在宫殿里，也不能把他带到地穴里，那里锁着，而且满是卫兵。他们小心翼翼地沿走廊往前门走去，阿莎思索着哪里比较安全，哪里没有人能找到他。

她想到了自己的秘密，想到隐藏那些秘密的地方。

大裂谷，但太远了。阿莎并不打算再在自己的罪状中加一条解放奴隶。

"神殿。"奴隶喃喃道。

阿莎盯着他。

多年来，神殿一直与龙王对立。但是阿莎怀疑，守护者是否会帮忙庇护一名囚犯。

"伊斯卡利，"他轻声说，"请相信我。"

她没有理由相信他，但他想要让自己生存下来的意志比她要让他活下去的想法要强烈得多。所以阿莎遵从了他的建议。

她把他拖进了寂静的街道。汗水的咸味混着刺鼻的血味。她得赶紧把他带到安全的地方，这样就能立刻告诉哥哥，她已经可以带走母亲的戒指，回去狩猎木津了。

她这样想着，帮着奴隶前往黑暗中升起的那座珍珠白色的神殿。

这座神殿曾经是这座城市最高的建筑，建在山崖上。现在宫殿已经超过了它。曾经费尔嘉德的权力中心变成了一个空壳，一个过时的遗物。

走在路上，天开始下雨了。如果阿莎相信祈祷，她的词肯定已经传上了天空。雨水会在人们醒来之前冲走血迹。

接着，她麻痹的胳膊开始刺痛。好像有人在上面插了很多针似的。他们来到了神殿，阿莎已经可以稍稍动一动手指了。

她想到了背在背上的屠戮之刃。

它们只能用来纠正错误。阿莎认真看着被她撑着的奴隶。在兜帽下面，他的下巴绷得紧紧的，眉头也皱着。他的视线因痛苦而模糊。

看着他那样努力地站直身体，继续前进，阿莎觉得可能自己的想法没有意义。是的，他违反了律法。是的，他触碰了龙王的女儿。但他这么做是为了防止自己受伤。要是他不这么做，就不会受到这么严厉的惩罚了。但像这样自己没有受伤不是更好吗？

"没关系。"阿莎紧紧搂着他，"我不会让你摔倒的。"

奴隶看了看她，紧皱的眉头舒缓了下来，放松地靠在了她身上。

神殿墙外没有士兵把守，白墙已经变得灰暗褪色，满是裂痕了。门前宽阔的街道空旷而寂静。

阿莎帮着奴隶来到了拱门前。长者的徽记刻在雪松木门上：一条钢铁铸造的龙，心脏部位是一块血红色的玻璃，像一朵火焰。

一只手悬在固定带上，另一只手撑着奴隶，所以她没法敲门。她大声喊着，但没有人出现。于是她提高了音量。本来她的精力就都全花在了承担肩上的那份重量上了，而这次努力则耗尽了她最后的力气。

最后，门打开了，一个拿着蜡烛、戴着兜帽的人往外看了看。那个女人穿着深红色的礼袍。在烛光下，阿莎看不清她的脸。但是礼袍表明她是神殿的一名守护者，负责神殿内诸如结婚、火化、分娩之类仪式的人。

守护者意识到站在门槛上的人是谁，她迅速退了一步。

"伊斯卡利……"

"这座神殿曾经是一座庇护所，"阿莎快要被压垮了，"求您了，他需要庇护。"

这个女人把目光转向了那个奴隶，似乎在思考要做些什么。在阿莎倒地之前，守护者做出了她的决定：她低头抬起了那个奴隶的另一只胳膊，把他大部分体重都放在了自己身上，帮他们走进了神殿。

沉重的大门在他们身后砰的一声关上了。

神殿内有一股老旧破碎的石膏的味道。蜡烛在墙上的壁龛中燃烧，长长的阴影跨过黑暗的走廊。阿莎和守护者一起帮着那个奴隶前进，脚步声回响着。

"这边走。"守护者说。她带领他们穿过拱门，走过走廊，来到了一个狭窄的旧楼梯处。

楼梯的顶部有一扇雪松制成的小门。一朵七瓣花雕在木头上。一朵纳姆萨拉。古时候，这种花用来标记伤病员接受治疗的地方，特别是病房。

守护者打开了门。黑暗笼住了远处，但是那个女人轻松地走了过去，昏暗的烛光一直照着前面一点点的位置。她放下了奴隶，让他坐在了柔软平坦的地方。

"他怎么了？"守护者把黄铜烛台放在了旁边。她解开了兜帽的带子，把羊毛布从他背上轻轻揭了下来，奴隶痛苦地叫着。

"指挥官打的。"阿莎瘫坐在了地板上。

女人察看了他的伤口，血液汇聚在一起向下滴着。奴隶紧紧抓着床帮，痛苦地颤抖着，汗水流过他的脸。他的胳膊和前胸裸露着，上面满是血迹。

"我叫玛雅，"她拉下了兜帽，露出了高高的颧骨和明亮的大眼睛，"我要去烧一些水，再拿一些消毒药膏。马上就回来。"

她出去了，奴隶将他的目光锁定到了阿莎身上。他眼睛一眨不眨地盯着她，好像伊斯卡利是唯一能够不再让他陷入昏迷的那个人。

这有什么用呢？告诉他别看了吗？

"为什么？"这个问题从他开裂的嘴唇中问了出来。

她皱起了眉头："什么？"

"您为什么这么做？"

阿莎想起了达克斯要把母亲的戒指给她这件事。

"我哥哥叫我做的。"

他皱起眉头："您绝对不会听您哥哥的话的。"

阿莎张了张嘴。他怎么知道？

他向前一倾身子，眯起了眼睛，还眨了几下，阿莎知道他现在视线很模糊。"真正的原因是什么？"

她瞪着他："我刚刚告诉你了。"

他的目光落到了她的胳膊上。

阿莎看到了他看的地方：固定带。她试图弯曲手指。令她惊讶的是，手指按照她的指示动了，虽然幅度不大。在奴隶的注视下，阿莎解开了固定带。她的胳膊无力地落在了腿上。但如果专心一点儿，她就可以稍稍动一动这只手了。

门吱呀呀开了，奴隶坐直了身子，目光从伊斯卡利身上移开，来到了床边的地板上。他看到玛雅端着一碗水走了进来。干净的亚麻布搭在她胳膊上。

阿莎想离开，想回宫。

她不应该待在这里。

但她的身体像石头一样沉重，不断滋长的各种想法让她不知所措。

所以在守护者冲洗处理斯克莱尔人的伤口的时候，阿莎蜷缩在了小床脚下，胳膊抱在胸前。现在，她只想休息一下。

但她没打算睡着的。

十

　　"伊斯卡利,已经快到中午了。"

　　阿莎睁开眼睛,发现玛雅正蹲在她身边。她的兜帽已经拉了下来,灯光映出了她脸上柔和的曲线。

　　阿莎的身体痛苦地呻吟着,仿佛在抗议。她很累,浑身酸痛,连坐起身来都得耗费相当一番力气。首先她动了动烧伤的那只手,一阵剧痛让她立刻清醒了过来。接着,她又赶紧尝试着去动麻痹的那只手。

　　阿莎愣住了。她坐在那里,把手抬到了面前,一根接一根地屈伸着手指。胳膊不再麻木,不再无力了。

　　没有时间惊讶了,她还有更急迫的问题需要解决:她的衣服沾满了干涸的血液。她不能就这样离开神殿。特别是现在,天已经亮了。

　　"附近有一汪泉水,"玛雅说,"守护者们都在那里洗澡。"她的胳膊夹着一个蓝布包,"你可以穿我这件干净的长袍。"

"你为什么要帮我？"阿莎站起身来问道，"我闯进了未婚夫的家，对他刀剑相向，还偷走了他的财产。我是个犯罪分子。"

　　"你不是说了吗，"玛雅微微一笑，"这座神殿是一处庇护所。"

　　阿莎看着奴隶，他瘫在小床上睡着了，赤裸的上身绑满了被血浸透的绷带。他的对面是一个堆满了卷轴的架子，卷轴的木制轴头冲着外面。

　　阿莎记得玛雅把房间上了锁，记得他们走了很久才来到这个房间。这里已经是神殿深处了。卷轴上的内容可以保证她们的安全吗？

　　"你需要先去洗个澡，然后再走。全城的人现在都在角斗场那里。"

　　"有角斗吗？"

　　玛雅点点头。

　　她的哥哥也会在那里。阿莎要告诉他，她已经听从吩咐，完成了任务。接下来，她终于可以回去狩猎木津了。

　　她接过蓝色的布包。"告诉我泉水在哪儿。"

　　角斗场坐落在城市的另一端，南门附近。这座建筑建设于阿莎祖母统治期间，高墙利齿般耸立着，前门就好像大张的嘴巴。像往常一样，今天也有很多龙裔站在外面，抗议着正在进行的角斗。就在几个月前，一场抗议活动失去了控制，士兵们无法阻止抗议人群，一场角斗被迫取消。

　　现在，抗议者向士兵扔着石头，冲着观众喊叫着。阿莎赶到的时候，一多半抗议的龙裔都被捆上了锁链。其中有个人在被士兵们拖走的时候还瞪了阿莎一眼。

　　这些龙裔希望能够解放斯克莱尔人，如果他们知道阿莎要为父亲狩猎木津，肯定会大发雷霆的。他们相信人们应该继续尊崇古道，不能让它们消失，简直就和灌木地人一样。

　　但所有人都知道，如果解放斯克莱尔人，他们会奋起攻击他们曾经的主人，完成他们在阿莎祖母统治期间未竟的事业。他们会征服费尔嘉德。

　　这些人竟然不这么觉得，他们肯定是傻瓜。

　　角斗场内，阿莎像灌木地人那样醒目，因为她穿着一件朴素的蓝色长袍，上面没有珠子和刺绣做装饰，款式也已经过时很多年了。但更糟糕的是她没穿盔甲，没带武器。她把两把战刃留在了神殿里，得之后再回去取。

　　阿莎走进了角斗场内，周围满是掌声和嘶吼。太多的男人挤在一起，味道很臭。整座竞技场仿佛一个大碗，里面坐了个半满，龙裔们都准备好欣赏下面的战斗。

　　伊斯卡利到来的消息传播得比风还快，很快，嘶吼声变成了紧张的低语，鼓掌的手都紧握成拳头。所有人都转头看了过来，人群在她面前分开了。谁都不想靠近那个为自己的家招来龙焰、夺走他们爱人的女孩。

　　"嘿。"身后有人叫她。阿莎抬头看到了堂妹的脸。萨菲尔尽职尽责地盯着地面，盯着脚下散落的橄榄核和干果壳。新斗篷上的兜帽遮住了她的脸，帮她融入了人群。"你去哪了？

我们很担心你呢。"

"我很好。"阿莎跟着萨菲尔一起经过了一排铁笼，笼子里都是等待被送进角斗场的奴隶。这些奴隶都是罪犯，她有些好奇，他们都犯了什么罪？"达克斯在哪里？"

萨菲尔冲着竞技场顶部的绯红色华盖一扬头。角斗场里摆满了一圈圈的长椅，仿佛石头在水里溅起的涟漪，龙王的帐篷就在这圈圈涟漪的上方。从那里，可以最清楚地看到下面角斗的场景。

她们沿着通道朝着那边走了上去，离装奴隶的笼子越来越远。等到她们被龙裔的欢呼声包围，萨菲尔靠近了一些，把嘴巴凑到了阿莎耳边。

"到处都是流言，"萨菲尔瞥了一眼身边，看看有没有人正在窃听，"人们都说有人闯进了亚雷克家中，攻击了他，还带走了他的一个奴隶。"

阿莎感到不寒而栗，恐惧在她的体内蔓延着。

她想起了她的哥哥，被固定在宫内一个小房间的地毯上，想起了亚雷克用厚实的双手锁着他的喉咙，达克斯拼命挣扎着想要呼吸，双腿乱踢着。

亚雷克不喜欢他的东西被人拿走。

阿莎盯着前方的帐篷。红色的绸墙被风扯起，滚着浪头。现在只需要把事情的结果告诉达克斯，然后她就可以走了。

姐妹俩走进了绯红的华盖，更多的观众在她们面前分开。阿莎走进了帐篷，萨菲尔跟在后面。

她的父亲坐在镀金宝座上。看到阿莎进来，他点了点头，但眼中充满了疑惑。你怎么没去狩猎？

我在努力了，她想这么告诉他。接着，她看到了达克斯跟他的那个灌木地人一起待在华盖的前部。蓝色的纱巾围住了罗阿的头和肩膀。在沙漠中，纱巾可以保护人们免受风沙和极端温度的伤害。

阿莎看到，达克斯紧靠着那个女孩，手抓着她身后的长凳。他一直盯着她，接着目光移开了，他咬着嘴唇，抖着腿，皱着眉头。

在面对女孩的时候，达克斯通常都信心十足。他知道应该说什么，知道什么可以让女孩开心，可以让她们在晚上想起他。

但是这次……情况有些不同。

罗阿似乎很紧张，身体显得非常僵硬。她双手握拳，放在大腿上，仿佛对目前的状况不是很满意。她好像根本不在意达克斯，只是直直地盯着前方，盯着角斗场，白鹰落在她肩膀上的一块皮革上。她似乎正在思索，根本没注意身边的男孩。

也许她打算等人们睡着之后杀掉所有的费尔嘉德人，阿莎心想。

把她带到这里很危险。离国王太近了。

突然，有人来到了阿莎面前，挡住了达克斯和罗阿。

她抬起头盯着面前的未婚夫。

富有光泽的头发、坚毅的下巴、刚刮过胡子的脸颊。唯一不太对劲的地方就是他太阳穴附近一道黑色的伤痕。

"阿莎。"他钳子一样握住了她的手，表示尽管他喝醉了，但依然什么都记得。他的军刀绑在腰上。"你去哪了？"

汗水沿着她的发际线淌了下来，一股刺痛。

"睡觉，"她模仿着他的语调，"我没睡好。"

他靠得更近了。阿莎绷紧了身体，就像准备发动攻击的龙。

"还回来吧。"他的嘴唇掠过了她没有伤痕的那半边脸颊，"这样咱们就可以把这件事忘了。"

阿莎想抽回双手，但没有成功，他抓得很紧。他的声音很小，旁边的人也可能会觉得他在轻声说着情话。

"如果不把他还回来，等找到他，你会看到我要怎么惩罚他。我肯定能找到他。"

他觉得她对那个奴隶的感情就像拉扬和莉莉安一样。这让她很惊讶。

"继续啊。"她说。

她的父亲朝这边看了过来，亚雷克放开了她。

阿莎看见了父亲眼中的烦恼。她摇摇头，告诉他不用担心。绕过亚雷克，她坐在了达克斯身边，在玛雅粗糙的蓝色长袍上擦干了汗涔涔的手。

把他们的冲突公开对亚雷克没有什么好处。亚雷克想要阿莎。他想要她，就像想要最锋利的刀和最烈的马。他想征服她，想拥有她。而且，如果传言是真的，他确实计划夺取王位，他们的婚约会大大促进这项计划的进行。他不想揭露阿莎的罪行，毁掉这个机会。而且现在，他还有其他方式来惩罚她。

亚雷克跟着她坐了下来，把腿贴在了她的腿边。

看到这样的情景，阿莎身旁的达克斯紧张了起来，接着，他们的目光相遇了。

她还没来得及告诉达克斯，她已经完成了他的要求，亚雷克就靠了过来。"我的士兵告诉我你昨天出去打猎了。"

阿莎赶紧坐直了身子。

"他们说，你一个人出了城门。"

如果亚雷克产生了怀疑，如果他发现了父亲用木津的头作出的承诺……

"也许她只是需要呼吸一些新鲜空气，"一个柔美的声音打断了阿莎的思索。阿莎看着达克斯另一边的灌木地人，她正盯着亚雷克紧贴住阿莎的腿。

亚雷克眼睛一眯："我问你的想法了吗，灌木地人？"

罗阿的鹰挺起了白色的胸脯，一双银眼瞪着指挥官。

"在灌木地，"罗阿说，"女人的想法不需要别人去问，谁都可以自由地发表意见。"

阿莎看看达克斯。他应该警告罗阿，亚雷克会如何对待敢冒犯他的人。

亚雷克嘲笑道："所以你们一直以来才只能住在那个垃圾堆里。"

罗阿的脸沉了下来。但只有这个表情说明她听到了他的话。达克斯则是非常愤怒。他瘦弱的身体充满了危险而冲动的干劲，这让阿莎想起了他小时候就会挡在亚雷克面前。他一直让自己去吸引注意力，以此来保护别人。

在他又一次出手之前，阿莎把头转向了哥哥。

"他在神殿，"她的声音只有达克斯能听到，"去找一个叫玛雅的守护者。"

这句话起作用了。

达克斯看着阿莎的脸，他身上不断蠢动的能量渐渐消失了。在这个距离上，她看着哥哥那张瘦脸，看着他皮肤下突出的骨头，和他们的母亲最后那些日子的样子一样。

谢谢你，他做了个口型。接着，想起了他们的交易，他从手指上扯下了母亲的骨质戒指。把戒指递出去的时候，他的手轻轻地抖着。

阿莎接过戒指，把它戴到了无名指上。

这不是一枚漂亮的戒指。但它的存在有一种力量，和黑暗中母亲的声音同样的力量。仿佛母亲正手捧阿莎的脸，告诉她不要害怕。

这枚戒指能让她想起，人们并不是一直害怕触碰她。

或是害怕去爱她。

母亲的戒指戴在了手指上，阿莎稍稍放松了一些。

达克斯站了起来。罗阿看了阿莎一眼，也跟着站了起来，随着达克斯一起消失在了人群中。

亚雷克朝着华盖边的两名士兵点点头，那两个人立刻转身跟了过去。

阿莎也打算跟过去，去警告他们，但人群开始骚动了。龙裔们站起身或是跳上长凳，大声冲着角斗场喊叫着。亚雷克也站了起来，一只手按住了刀柄，另一只手遮着阳光。

阿莎不需要去看。她知道要发生什么：一个奴隶就要死了。

不再与龙战斗以后，阿莎就失去了对角斗的兴趣。自从开始猎龙，到现在根本没有足够的龙供人们娱乐。罩着角斗场的金属栅栏仿佛一道大门，防止醉醺醺的龙裔掉下去摔死。以前龙参加角斗的时候，为了防止它们飞走，栅栏的高度会放得更低。

"你可能会对战斗的结果感兴趣。"亚雷克说。

另一声嘶吼飘过了人群。阿莎一哆嗦，站起身来。在下面的角斗场深处，一个年轻的斯克莱尔人让一个老斯克莱尔人跪在地上。她的灰色头发绑成了一束辫子，她年龄很大了，双手骨节突出。

看到她之后，阿莎愣住了。

"昨天晚上，有人闯入我家，把我打昏过去，还偷走了我的奴隶。"亚雷克冲着灰发斯克莱尔人一点头，向所有人大声说道，"是格蕾塔放那个人进来的。"

阿莎屏住了呼吸。

"只要她告诉我那个入侵者去了哪儿，我就能放过她，但她坚决不说，"亚雷克解释说，"所以恐怕我要惩罚她了。"

在她借来的长袍下，阿莎紧紧握住了拳头。

"现在还不晚。"他转身看着阿莎，"就算是现在，只要她告诉我，我的奴隶去了哪儿了，我依然可以原谅她。"

现在，在这里，阿莎应该说出真相，她应该宣称，下面的斯克莱尔人是无辜的，她才是罪魁祸首。告诉他们，他们要找的奴隶藏在神殿里。

但即便她说出一切，格蕾塔仍然会死，她是阿莎的同谋罪犯。尽管亚雷克嘴里说会宽恕她，但他根本不是那种仁慈的人。而阿莎承认真相的那一刻，亚雷克那个目光坚毅的奴隶就会和她一起死去。神殿的守护者玛雅也是。

阿莎紧紧抿着嘴唇。

她回头看着角斗场。

战斗的双方彼此认识。这也是战斗持续了这么久的原因。如果他们互不相识，战斗早就结束了。

但这位年轻的奴隶认识格蕾塔，所以他很难下手。

格蕾塔扔掉刀子跪了下来。闪闪发亮的刀刃躺在红色的沙子上，远远的，根本够不到，男孩也在她面前跪了下来。他空着的那只手捧着格蕾塔的头，阿莎看见他的嘴唇在动，在问她问题。

格蕾塔点了点头。

男孩用刀子划过了她的脖子。

绯红的血溅在他的手上。他把格蕾塔紧紧抱在身边，直到她生命之焰最终熄灭。

胜利或失败的叫喊在角斗场上空回荡着。至于是胜利还是失败，这取决于在哪边下了注。龙裔们从长凳上跳下来。那些押中了的人拿到了他们的奖金。其他人在后面磨蹭着，茫然地盯着满是血迹的沙子。

阿莎一动不动，喉咙灼热，她看着奴隶将他的脸压在格蕾塔的脖子上，鲜血浸透了他的衣衫。他吻了吻她的额头，低声祈祷着，直到最后，士兵们从他手中夺过了尸体，把它拖走了。

接着，他把刀指向了自己。

十一

阿莎只认定一件事情，那就是她绝不要和亚雷克结婚。如果在狩猎过程中死于木津爪下，那也算死而无憾了。比起和怪物结婚，她宁愿选择死亡。

阿莎匆忙穿过聚集在街头的龙裔，想赶紧把斧子嵌进巨龙的胸口。人群拥挤异常。她希望自己已经站在了大裂谷中，来自沙漠的风正吹拂着她的身体。最重要的是，她想在全体人民面前提着龙祖的头颅，听父亲宣布取消婚礼，欣赏亚雷克脸上的表情。

现在其他人都在角斗场，而阿莎却跑到了宫廷厨房找吃的。还有五天时间就要结婚了。她需要足够的补给。

一个盖着盖子的银盒出现在她的房间里。打开盖子，一条镶满红宝石的金项链正闪闪发光。又是一份亚雷克的礼物。

阿莎重重地合上了盖子。

她换好猎装，抓过盔甲，打包整理好，前往神殿。神殿内，她穿过重重阴影。烛光中，守护者们正低声祈祷。她悄悄地在走廊中行进着，琉特琴微弱的声音从远方传来。

那个灰发奴隶的身影一直在她眼前晃来晃去。她的血液洒在对手的手上。她的尸体向前倒下。格蕾塔保护了一个斯克莱尔同伴，而这让她死于非命。

很快，阿莎就来到了她要找的那处狭窄的楼梯前。现在，歌声更嘹亮了。她爬上台阶，在顶端的雕花大门前停下了脚步，抬手准备敲门，但房间内的声音使她的拳头停在了半空中。

歌声就是从这里传来的。

在门的另一边，有人正在拨动琉特琴的琴弦。歌声与琴声交织在一起，仿佛雨水轻柔地落在沙滩上。

一个故事在她内心迸发出来，想要倾泻而出。她想起了拉扬在香橙树丛中偷看莉莉安跳舞……

她就仿佛一汪止水，一处平静舒缓的庇护所。不，阿莎强行打断了这个故事，把它藏在了黑暗的内心深处，用拳头猛砸面前的木门。歌声突然停止了。

门开了，阿莎抬头看到了对方脸上的雀斑。这个斯克莱尔人的眼睛被半圆月投下的阴影遮住了。

"你想死吗？半路上我就听到你弹琴了。"她指着他手中那把苍白古旧的琉特琴，"从哪里搞来的？"

她来到了他的身边，停下了脚步。她的哥哥达克斯一身金色，正蹲在满是卷轴的架子旁边。

奴隶关上门："您哥哥带来的。"

阿莎看着她哥哥，期待着某种解释。

达克斯只是看了看她，就又继续阅读卷轴去了。

到底是怎么回事？她很好奇。

但问问题只会耽误时间，所以还是不要问了。阿莎谨慎地看了看他们两个，来到了小床旁，拿出了床下的战刃。

达克斯看着阿莎正往猎装外面穿盔甲，便问道："你要去哪里？"

她没有理会。

她把防火羊皮像纸一般缠在了胳膊和腿上，确保没有皮肤暴露出来，接着，又把皮带都绑紧扣好，最后将胸甲套在了身上。

"看来她要去狩猎了。"坐在床上的那个奴隶说。接着，他又开始弹起了琴，这一次，阿莎注意到了格蕾塔的名字优美地刻在了琴底。每隔一会儿，这个奴隶都会因为疼痛而颤抖，接着又因为弹琴的快乐而把痛苦遗忘。拨动琴弦的间隙，他还和着节奏拍着琴体。歌曲越来越临近高潮，达克斯开始跟着节奏用脚踏着拍子，脸上露出了一抹微笑。

阿莎无语地盯着他们。

她不知道为什么会这么愤怒，是哥哥对自己身份的漠视，还是他对噪音的漠不关心，这噪音可能让那个奴隶再次陷入危险，而阿莎才刚刚把他救出来而已。

她想拍醒她的哥哥。这不是未来的国王应该做的事情，他简直像个傻瓜。

她真是忍不了了。

"这就是你的计划吗？"阿莎俯视着那个斯克莱尔人，

"让亚雷克直接找到你？"

他用手指按住了琴弦，抬头看着她。

"今天某人真是话中带刺啊。"

她一下子就炸了。但还没来得及回话，他就继续说道：
"您这是要去打猎吗？"他上上下下打量着她，"律法规定，
您得让狩猎奴们休息三天才能让他们再度启程。"

阿莎皱起了眉头。为什么一个家奴会知道猎龙的律法？反
正阿莎总是让她的狩猎奴们休息五天。他们好好休息才能好好
狩猎。

"我不打算带他们去。"

奴隶把他的乐器放在一旁，站起身来，朝着阿莎走了过
去，他的眉毛好奇地挤在了一起。

"您要一人去吗？"他冲着阿莎眨巴着眼睛。他站得太近
了，甚至可以让她数清楚他的脸上有多少雀斑。"那告诉我，
咱们两个谁更想死？"

她眯起眼睛望着他。

达克斯把卷轴放回架子，来到了奴隶身旁。

"阿莎。"哥哥脸上的笑容消失了，"独自一人狩猎不安
全。"

"去偷亚雷克的奴隶就安全了？"

她想起了那条沙克萨，想起了亚雷克眼中嫉妒的怒火，想
起了自己被困在他身下，无法呼吸。

房间里一片静寂。

回忆一旦开始，阿莎就完全无法阻止它继续了。她看见格

蕾塔推开了亚雷克，看见格蕾塔让她的对手杀死了她，看见格
蕾塔的血洒在了沙地上。

"伊斯卡利？您没事吧？"

奴隶的眼睛首先出现在了她的视野中。他的目光中有一种
亲切感，有一丝担心。出于习惯，她差点儿告诉他别看过来。
但实际上，从来没有人曾经像这个奴隶这样看她——很小心，
似乎能够减轻痛苦；很轻柔，完全不会带来伤害。

阿莎也看着对方。她认真看着他坚挺的鼻子，高高的颧
骨，优美的下巴。他敏锐而可靠，就像她最喜欢的斧子。

就像她最喜欢的斧子，他也很危险。

危险……但令人安心。

不。这种想法让阿莎一阵恐慌，她赶紧把他推到了一边。
她抓起了地板上的头盔，戴在了脑袋上。头盔挡住了一切，只
露出了一扇门。她打开门，走了过去，然后把门关在了身后。

阿莎靠在木门上，等着她心跳平复。接着，她一步两级台
阶，发誓要尽力远离那个斯克莱尔人。

十二

一般而言，出城的路有两条：一条是北门，面对荒凉崎岖的大裂谷；另一条是南门，面对无情的沙漠。两条路都由重兵把守。

实际上，还有另一条路。

一条秘密隧道。

神殿的地下室里有一条密道通往长者的神圣洞窟。地下室的墙壁上，满是封在陶罐里的骨灰。但其中一堵墙上还有些别的东西：一处小小的壁龛，足以让阿莎这样好奇的小孩子在随同母亲访问神殿的时候找到。壁龛后面藏着一条直通大裂谷的隧道，可以避开重兵把守的城墙。

正是这条隧道引发了龙乱。

亚雷克已经明确表示了对她的怀疑，所以她决定不走城门。她穿过拱顶楼梯走进了神殿深处。楼梯尽头，她推开了一扇古老而腐朽的门。身后的光线流进了地下室，把她的影子拉得很长。

没有火把照亮前路，阿莎把手按在地下室的墙壁上，让冰冷的岩石引导她穿过黑暗。童年，她花了那么多时间在神殿地下潜行，她还记得这条黑暗而潮湿的隧道有多长：九十三步。

而隧道尽头呢？神圣洞窟。

已经多年没人踏进洞窟了。自从阿莎引来木津，烧毁了半座城市以来，再没有人去过那里。更早之前，这处洞窟是一处圣地。圣火就是神殿跳动的心脏。

进入洞窟之前，一名龙裔需要禁食三天，用圣泉洗濯全身。即便如此，她也得赤脚进去，而且绝对不能踏入密室。除了守护者，谁都不能进去。

正是在那间密室里，阿莎第一次看到了埃洛玛的面庞。如果长者因为她的冒犯将她击倒，她也不会在意的。实际上，她希望自己被击倒。那一天，阿莎非常生气，一边尖叫，一边胡乱砸着东西，把自己的愤恨向长者的圣地发泄着。

她的母亲死了，被古老的故事杀死，就像之前那些讲古人一样。

阿莎的悲伤让她在那天变得软弱，在她的身体上留下了一条裂纹。踏进密室的那一刹那，长者发现了她身上的裂纹。他顺着裂纹打开了她的内心，在里面埋入了邪恶的、贪婪的饥渴。这种饥渴让她反抗她的父亲、她的人民、她的国家。

从那时起，古老的故事就埋进了阿莎的体内，随时有可能溢出来。木津并不是主动找到了她，而是被埋在她体内的故事吸引了过来。故事需要讲出来。这让她差一点儿摧毁了整座城市。

然而现在，密室里已经空了，圣火在其他地方跃动着。

她不喜欢回想大火之前的那段日子。她不喜欢回想她如何被长者操纵，听从他的蛊惑，偷偷溜出城，去填补木津对故事的无尽渴望。她可能不怎么记得被烧伤的那天都发生了些什么，但是她记得之前的那些日子。她等待太阳下山，悄悄从屋顶上溜下来，穿过隧道来到大裂谷。

现在，在穿过隧道的时候，她强迫自己回想着那时的情景：她如何一夜一夜地背叛了父亲，她如何变得这么堕落。

她抵达了大裂谷，被雪松、被鸟鸣包围。她强迫自己去回想那些她不愿回想的事情，沿着当年木津烧伤她时走的路前往那处旷野。

阿莎仿佛可以看到自己体内，那个赤脚的小孩站在月光下，她仿佛可以听到故事从她的嘴中溢出来。她在逼近那个古老的邪物，她的心疯狂地跳着。

阿莎讨厌那个女孩，但她现在需要她。这次，她没有犯错的余地了。她担心，大声讲出古老的故事会引来听到声音的龙。而阿莎没有办法应付另一条龙。阿莎需要引来木津，只要木津。那段记忆是找到它的最好办法。

太阳开始落山了，阿莎还没抵达那片旷野。已经有些看不清东西了，所以她打扫了一下，打开睡袋，卸下盔甲。

她不敢点火，只能从那堆衣服里拉出一件厚厚的羊毛短袍，披上来保持温暖。最近这几天可能热得冒泡，但是夜晚依旧可以冻死一位猎人。

阿莎并不害怕闭上眼睛。这些年来，她一直在训练自己睡觉要轻一些，要是听到什么声音就得立刻醒来。就算真的有什么生物发现了她在睡觉，阿莎依旧是大裂谷中最危险的生物。

没有什么可怕的。

沉眠把她带进了梦里。阿莎梦到了一处洞窟，里面，烟雾扼住她的喉咙。她听到远处火焰燃烧的噼啪声，感觉到了热量侵入了她的皮肤。比火焰燃烧的声音更大的是讲出的故事，它们响亮而嘈杂。声音太大了，很难把它们挡在耳朵外面。

阿莎很清楚自己现在在哪里。还没看见，她就知道谁在那边等着她。

她走了过去，埃洛玛盯着火焰，仿佛在读着里面的文字。她走近了火光，对方抬起眼睛看着她的脸，摘下了兜帽。

他粗暴地说："这些战刃只能用来纠正错误。"

"我就是在纠正错误。"阿莎想起了她杀死的幼龙，"还有什么更大的错误要纠正吗？"

他嘴唇一噘，好像吃了什么特别酸的东西。"阿莎呀，猎龙正在侵蚀你的想象力。"

阿莎的脾气一下子上来了。但她没有时间应付这些胡说八道。

"长者可以尽其所能来阻止我，但我依旧要去寻找木津。找到它以后，我要杀了它。"

"你这第一句话算是说对了，"他说，"但是第二句还是等等吧。"

巨大的碎裂声打破了沉默，仿佛沉重的踩踏下，树枝折断的声音。肯定是火，因为这里没有树。树木不会在洞窟里生长。

　　"长者今晚将要送出他的第二件礼物。和第一件礼物一样，这次也附带着一条命令。"埃洛玛站了起来，"你必须让它远离伤害。"

　　黑暗中传来了嘶嘶声。阿莎的胳膊上的寒毛都立起来了。

　　这不是真的，她告诉自己，这只是一个梦。但这不是梦。而且她也并没在什么安全的地下洞窟里。她在大裂谷中露天睡觉。

　　睁开眼睛之前，她就知道了身边出现了什么。

十三

阿莎醒了。过了一会儿，她才适应周围的黑暗，一只黄色的眼睛仿佛一条细缝，正盯着她。

因为恐惧，她的心跳得飞快。最好还是不要用战刃，于是她伸手拿过了斧子，从睡袋里溜出来，悄悄站起身。

在黑暗中传来了一串尖利的刮擦声，阿莎借此估计着那条龙离她有多远。她慢慢后退了一步，回想着这块空地的大小，以及树林的尽头在哪里。但她扎下营地时，天已经黑了。

眼睛消失了，树上传来了一阵动静。树枝啪啪地折断，只剩下树叶擦过鳞片传出的沙沙声。阿莎紧紧握住斧柄，激起了龙的咆哮。

一次心跳之后，火焰点亮了空地，干叶和枯枝燃烧了起来，阿莎低头滚到一边，看到了最大的那条龙。这条龙大得足以塞满亚雷克家的院子。

只有一条龙不需要故事的力量就能喷吐龙焰，那就是木津，龙祖，故事的源泉。

他们上次这样面对面对峙已经是八年前的事情了。八年前那一次，阿莎吓坏了，抖得体如筛糠。那时，她不过是个孩子。

现在，她长大了，已经杀死了数百头龙。

龙祖绕着她兜着圈子。火光下，阿莎看到，穿过它瞎掉的那只眼的恐怖疤痕跨过它的脸，一直延伸到下巴下面，和自己的疤痕一样。

她站定姿势，准备战斗。她做好了万全的准备。今晚，她就要纠正自己的错误。今晚，她就将永远地终结旧律法。她要带回那条烧伤了她，把她留在那里等死的龙的头颅，把它扔到父亲脚下。

空中，不知什么在嗖嗖作响。随着重重的一击，阿莎的身侧一阵剧痛。木津长满体刺的尾巴嵌进了她的肋骨，把她横着打飞了出去。

她重重撞在了地上，肺里的空气全被挤了出去。她躺在地上，感觉一阵天旋地转。

时刻注意龙尾巴的位置。这是猎龙的第一法则。

阿莎提起斧子砍了下去。木津尖叫了一声。炽热的紫铜色血液让她血脉偾张。

木津收回尾巴的时候，阿莎已经砍了它两斧。

血液溅在她的身上，阿莎的羊毛短袍都被浸透了。她站起身来，发现火已经快要灭了。

木津在黑暗中嘶嘶叫着，尾巴也不再甩动了。它受伤了，正在流血，她也是。

阿莎兜着圈子，等着它犯错。她整个右半边身子都沾满了血，脑袋里面嗡嗡作响。失血太快了，得赶紧止血才行。

又是呼的一声，阿莎一低头，木津的尾巴从她头顶上扫过，擦过了她的头发。龙尾扫过，炽热的血液滴在了阿莎身上。

木津不再绕圈了。阿莎听到自己的心脏响亮而缓慢地跳动着。木津又在嘶嘶叫了，但没有攻击。

三步。这是把斧子嵌进它的胸口需要跨过的距离。三步。

她要抓住机会。

阿莎猛地冲上前去。

在击中之前，一条影子挡在了他们之间，拦住了阿莎的致命一击。她的斧刃击中了龙角，那条影子低吼了一声。被击中的并不是木津。阿莎发现面前是细缝般的苍白双眼。双眼。

她跌跌撞撞地后退着。

又一条龙？

那条影子嘶嘶叫着，强迫她退后，把她从木津身边赶开。黑暗中，阿莎看到了它分叉的尾巴气愤地来回甩动着。

一股愤怒窜过她的血管。敢闯进她和她的猎物之间的家伙到底是谁！

她紧紧握住斧子，但感觉有些头晕目眩。地面仿佛在上下震动。阿莎低下了头。她身体的右半边在黑暗中闪闪发光。

短促的龙语回荡在夜空下。它们——木津和那条龙——正在商量着什么，计划下一步行动。

阿莎迅速找到了她的铺盖卷，从上面撕下了一根布条。她用牙齿咬着把它缠在了身上，裹住了身侧可怕的伤口。她绑得太紧了，疼痛让她有些呼吸困难。

吼声让阿莎抬起了头，她以为自己会看到两条龙正向她扑来。

但没有，她发现它们在……战斗。

它们在互相战斗。

那条龙比木津的体形要小，也更年轻，但速度是木津的两倍。木津发起了攻击，那条年轻的龙躲开了，绕了个圈子回到了龙祖和伊斯卡利之间。木津的尾巴上滴着血。猛力攻击让它露出了破绽。那条年轻的龙低头冲了起来，绕着那条巨龙转着圈子，似乎在玩似的，似乎想要累倒龙祖。

如果没有大量失血，阿莎肯定会利用这个大好机会的。两条龙缠斗时，她可以发起攻击的。

但她感觉自己正在失去意识。她想低下头。她需要闭上眼睛……

不行！要保持清醒。如果没能回到城里，如果在大裂谷中倒下，她会失血过多而死的。

不然龙也会把她杀死。

伸向战刃的时候，她的手在颤抖。她丢下了所有不需要的东西，包括斧子。家里还有很多斧子。

木津一直想冲过来，想要追上她，想要完成多年前它未能完成的那项任务。那条龙挡住了她，占得了先机，把木津赶进了树林里，一阵叮叮当当，咔嚓咔嚓，消耗着龙祖。

最后，木津不再前进了。阿莎跌跌撞撞地穿过黑暗，往前走着，她感到那双眼睛正凝视着自己。

尖利的声音撕开了黑夜，阿莎吓了一跳。这是哀鸣。通常只为一个死掉的伙伴或被杀的幼龙而鸣的，饱含着悲伤与忧愁。

这声音让阿莎打了个冷战。她回过头，循着声音的方向望去，却发现木津已经消失了。

但那条龙还在。

"你过来，"她咆哮着，"我要挖出你的心脏。"

龙看着她，仰着头，甩着尾巴。她一走，它也走；她一停，它也停：仿佛一只流浪的小狗想跟着她回家。

阿莎回想着木津身上的疤痕，回想着它那可怕的心跳声。要是再有一点时间，她就能给出致命一击了。但这条龙阻止了她。要是它继续靠近，她就要杀了它。

但是随着她愈加沸腾的愤怒，一个声音在脑中响起：

长者今晚送出了他的第二份礼物。

阿莎停下了脚步。

她把目光锁定在了树上的那条阴影上。

你必须让它远离伤害。

这……这条龙……就是给她的第二份礼物？

"不……"

阿莎甩开了脑中的想象，愤怒地尖叫着，冲着埃洛玛，冲着长者，冲着逐渐消失的血月。尖叫完之后，她发现那条龙依然待在那里，歪着头，盯着她，仿佛在说：你要去哪儿？我可以一起去吗？

十四

　　阿莎拖着伤痕累累的身体穿过神殿，踏上了黑暗中尘土飞扬的楼梯。身后的走廊被火光照得通亮，她跌跌撞撞地一级一级爬着台阶。心跳声缓慢地回响在她的耳中，双腿仿佛灌了铅一样沉重。

　　一定要保持清醒。再坚持一会儿就好了。

　　仿佛花了几年的时间，她才爬上这段楼梯。最终，她靠在了门上，闻到了雪松木那香甜的气味。阿莎把额头抵在雕花木门上，让大门撑着身体。

　　"斯克莱尔人！"

　　回答她的只有沉默。她重重地拍着门。

　　"快点……"

　　门后传来了划火柴的声音。锁咔嗒一声，门吱呀呀地开了，一张照亮的脸从黑暗中探了出来。一脸雀斑，一脸睡相。

　　支撑着她的东西立刻不见了，阿莎努力撑着，但还是差点儿摔倒在地。

　　"伊斯卡利？"

　　他抓住她，把她拉了过来。

"您这是怎么了？"

但阿莎一句话也说不出来。斯克莱尔人放下灯笼，撑住了她，关上了门。

直到晚上阿莎才醒过来。旁边亮着一盏昏暗的灯，斯克莱尔人弯着腰。有人换掉了她身上裹着的那些已经发黄的绷带。现在，绷带很白，很干净。

一阵疼痛猛戳着她的身侧，阿莎弹了起来，肋部的伤口疼得她直喘粗气。

"先别动。"他用温暖的手抓住了她的肩膀，扶她躺了下来。他另一只手上有一根针，在灯光下闪闪发光，"已经快结束了。"

因为他的触碰，她全身绷紧，但依旧照他的吩咐做了。他放开了她的肩膀，低着头，弯着腰，皱着眉，轻轻缝合着她的伤口。血又开始流了。

"谁为我洗了身子？"她那条被血浸透的短袍不见了，头发是湿的，编在一起搭在肩膀上。但更糟糕的还在下面。

她穿着一件奴隶的衬衫。朴素的薄亚麻布蹭着皮肤，感觉很粗糙。

她发现，这是他的衬衫。

而且她浑身上下只穿了他的这件衬衫，没有别的。

为了缝合她身侧的伤口，他将衣服推到了胸前，用一条毛毯盖住了她的腰腿。她的整个躯干都露在外面，当然也包括横穿过她整个身体，一直延伸到肚脐上的疤痕。

他看到了她惊恐的眼神，但什么也没说。他也不需要说什么。那一刻，阿莎知道了是谁洗掉了她身上的鲜血。

他只是个奴隶。他一直在为他的主人脱衣服、洗澡。所以没关系的。但情况并非如此。她这副丑陋的身体，他全看见了。

一直以来，阿莎从未因她的疤痕而骄傲。

她因其而羞愧。

仍然躺在床上的她只能把脸扭到了另一边。

"拿着。"他从地上拿起了一个托盘，放在了她的腿上。托盘上有一条面包、橄榄油，还有一小碟橄榄在旁边闪闪发光。"你失了很多血，需要吃东西。"

"我不饿。"

"伊斯卡利。"

阿莎抬头望着他的脸。

"求您了！"

阿莎咬紧牙关撑着坐了起来。她撕下一块面包，浸在油中，然后放进嘴里。

"怎么了？"下一次下针的时候他问道。

阿莎狠狠吞下了面包。"我找到它了。或者说，它找到我了。"

"你要猎的龙？"

阿莎点点头，又撕下一块面包，浸在了橄榄油里。"这，"她指着他正在缝合的伤口，"就是它的尾巴留下的。"

奴隶正在缝合伤口的手停了下来。"您杀了它？"

她把面包放在嘴里，摇了摇头，回想着树上的影子。分叉的尾巴甩动着。

这是我第一次空手而归。 想到这里，她握紧了左手。

看到她陷入了沉默，奴隶又开始干活了。他哼出了一段调子，又停了下来，重新排列着音符，又用不同的顺序哼了一遍。他一遍又一遍地重复着。好像他正在试着作出这首曲子，却一直没有成功。

阿莎躺了下来，他的歌声缓和了缝合带来的刺骨疼痛。

一个故事不知不觉地擅自浮现在了她的心中。

拉扬穿过母亲的香橙树丛，却突然停下了脚步。有人在唱歌，声音仿佛夜莺般婉转动听。阿莎摇头似乎想甩掉脑中的故事。"我可以问你一些事情吗，斯克莱尔人？"

歌声停止了。他凑近了他的作品，挑起眉毛，抬起眼睛望着她，这让他的额头上浮现出了一条条皱纹。

"你相信长者吗？"

这个问题只吸引了他一半的注意力，他又继续开始缝合伤口。"你们的神对我来说没什么用。"

"但是你认为他是真实存在的吗？"她用胳膊支起身体。这个动作又给她带来一阵剧痛。他眯起了眼睛表示不赞成对方的说法。

"对很多龙裔来说，他是真实的。"

"我想问的不是这个。"

他叹了口气，将线从针中抽了出来，打了个结。"为什么要问这个？"轻轻地，他用手指滑过她身侧缝合好的伤口，察看着他的作品。

在他的触摸下，一股奇怪的暖意在她腹中绽放。

橙色的灯光下，阿莎认真观察着他。脖子周围的银色项圈在他锁骨下的凹陷处投下了阴影。他是一个逃亡奴隶，已经丧失了活下去的权利。如果她愿意，什么都可以告诉他，不会带来任何问题。

但她没有回答，于是他在地上水盆中洗净了手指上她的血。"我相信的，"他甩了甩手，"是仁慈的死神。"

她坐起来面对着他，衬衫滑了下去，遮住了她的身体，藏住了她的疤痕。

他冲着伤口点了点头，白色的亚麻绷带已经拿在他的手中了。"我还得包扎呢。"

"死亡是一个小偷。"她想起了一个古老的故事。一个关于埃洛玛的故事，婚礼当晚，他的爱人被死亡偷走了。

奴隶把空托盘从她的腿上拿下来，放回了地板上。阿莎又把她的衬衫拉了起来，露出刚刚缝合好的伤口。

"也许对您来说他是小偷。"他一边缠绷带，一边说。白色绷带绕上了她的身体。不止一次，他的手指擦过她的皮肤。"对我们来说，有些人会觉得，死亡是一种拯救。"

阿莎抬起了眼睛。他靠得太近了，她可以感受到他身上的温暖。像热火一样。为了把绷带从一只手交到另一只手上，他靠得更近了，脸颊擦过了她的耳朵。

阿莎的心跳得很厉害。他停了下来，把脸转向她。但什么东西阻止了他，他摆正了脑袋。继续包扎的时候，阿莎觉得他紧张地努力让他的脸和她平行，一圈一圈地绕着，把伤口绑好。

阿莎长出了一口气，她都没注意，刚刚她一直屏着呼吸。

在一个没有窗子的房间里，人们很难猜出时间。所以阿莎第二次醒来的时候可能是早晨，也可能是午夜。但不管是什么时候，现在她都不困了。昏暗的灯光下，她看着满是卷轴的架子。她想要起来，却发现肋部一阵剧痛，所以她在那里待了好久。最后，她还是忍不住了，小心地转过身来。有人在她脚边的地板上睡着了。

是亚雷克的那个奴隶。

他睡着了，就仿佛一朵月光花，只在夜晚，在星光下盛开，罕见而美丽。阿莎伸出手，调亮了灯光，仔细看着他睫毛投下的影子。她的目光划过他瘦骨嶙峋的身躯。他的头发让她想起了达尔穆尔的大海：桀骜不驯，满是波浪。

她想着拉扬在香橙树丛里偷看莉莉安。接着，她迅速扭过头，盯着天花板，希望这幅图景赶紧消失，但她失败了。于是，她把身上的衬衫一直拉到头顶，深吸了一口气。他的气味还渗在亚麻布里面。一股让人反胃的盐味。

她迅速地将衬衫拉了下去，转身来到床对面堆满卷轴的架子旁，试图分散注意力。她触摸着轴头，手指沿着油亮光滑的木头抚过——是新的，刚做好的。阿莎可以从强烈的柏木香味中闻出这一点。

接着，她发现她坐了下来，身体被奴隶的衬衫完全遮住了。她拉开卷轴，铺到了大腿上，完全无视了身侧的刺痛。太暗了，看不清上面写了什么，所以她把灯拿到了床上，调亮了火焰。

她刚开始读就停了下来。

这是一个古老的故事，第三位纳姆萨拉的故事。那个人在持续一年的旱灾中设计了城内的输水管道系统。就像轴头一样，羊皮纸新鲜而清脆。黑色墨水仿佛在闪闪发光……但笔触却有些奇怪。笔画抖得很厉害。有些地方还写错了。

阿莎抬起头望着架子，几百张卷轴小心地堆在上面。她又拿了几张，展开，里面同样是令她害怕的东西：故事。全部是禁止的故事，关于纳姆萨拉的故事——纳姆萨拉一共有七位——他们奋起抗争，保护了人民，赶走了敌人，推翻了僭主。关于龙祖的故事，它是每一位纳姆萨拉的同伴，是长者与他的人民活生生的纽带。

阿莎一张一张地把卷轴铺在腿上，阅读着，读完一张就扔在地上，再拿起另一张。这可不只是犯罪了。古老的故事早在阿莎诞生之前就已被清除和烧毁了。把它们抄写下来存在这里就是背叛。

她展开了下一张，却没有放下，而是紧紧抓住了轴头。

"上面写了什么？"

阿莎看了一眼。地板上的奴隶打个呵欠，拢了一把头发。她从他身上看到了羊皮纸上拙劣的笔迹。

"薇拉的故事。"她说。母亲的声音在她的心中响起。或者说那是母亲声音的回声。尽管已经过去了许多年，尽管她母亲做了那些事，关于她的记忆依旧点燃了阿莎心中的某样东西。

小床沉了下去，阿莎又抬头一看，奴隶正在看她腿上摊开的卷轴。她的膝盖从衬衫的下面露了出来，他的大腿悄悄地靠了过来。阿莎差一点赶走他。但现在，发生了这么多事情，他为她沐浴、清理伤口，再赶他走似乎没有什么必要了。

"我小时候，"她说，"每天晚上都会做噩梦。"她已经很多年没有说过这些事了，"我的母亲管它们叫恐惧，因为我睁开眼睛也能看到它们。"

她寻找着羊皮纸上那些写错的字。

"我妈妈咨询了这座城市里所有的医生，他们每个人都提出了不同的看法。有些人让我睡前喝下温热的山羊奶。还有人在我的床柱上挂树根和草药。甚至有人把龙牙放到我的枕头下面。"

她皱起了鼻子。

"管用吗？"

阿莎摇摇头："噩梦越来越频繁。所以我妈妈用了她自己的方法。"告诉他也没有关系。反正所有人都知道，因为当时就有奴隶在门外偷听。在她去世之后，传播这种传言的就是奴隶们：龙王后为了拯救女儿经常给她讲古老的故事，正因为如此，她这么年轻就去世了。

"每个晚上，我都会尖叫，把她吵醒。她离开自己的床，赶走奴隶们，把她和我两个人锁在屋子里。"阿莎瞥了一眼，发现他正看着她，"她给我讲那些故事，直到她的声音嘶哑，阳光从窗户里爬进来。只有它们能够赶走噩梦。"

正是那时，症状开始出现：头发变稀，体重减轻，浑身颤抖，咳嗽。

最后，她死了。

阿莎收起卷轴。她不想再说这件事了。一旦向别人说起这件事，它们就再也挥之不去了。

"我也会做噩梦。"

阿莎看到，他盯着自己摊在大腿上的手。她有一种奇怪的冲动，想要伸手触摸，抚摸着他的手掌，把手指沿着他手上的老茧滑过。

"自从我记事以来，我会梦到同样的事情，夜复一夜。"

"你每天晚上也会做同样的梦？"

他点点头。"开始的时候，并不是一场噩梦。我小时候有段时间非常喜欢睡觉，因为这样的话我就可以看到她。"

"她？"

他的肩膀随着呼吸而起伏着。

"是的，"他轻声说，"她。"

他从阿莎那里拿过卷轴，展开，又卷起来，仿佛他需要让自己的手去做些什么似的。

"我曾经认为她是某位女神。我曾经认为，她因为我将背负伟大的命运而选择了我。"他的手紧紧握在卷轴上。意识到了手上的动作，他立即把卷轴还了回去。"我是愚蠢的孩子。"他强装着做了一个微笑的表情，但其中并没显出什么轻松的感觉。他避开了阿莎的眼睛，说："现在，她是一场我无法摆脱的噩梦。"

他的大腿触到了她的膝盖。阿莎屏住呼吸，低头看了看他们的身体相碰的地方，等着他让开。

但他没有。

"您哥哥是对的，您知道，您不应该独自去狩猎。"

这句话让她心烦意乱。

木津。阿莎不知道现在是什么时候了，但是她敢肯定：红月比睡着的时候更弯了。时间正在从她掌中滑落。

"我得走了……"

阿莎站了起来。卷轴撞到了她的脚。她身上的那件衬衫一直滑到了她的膝盖处，她的双腿，一条满是疤痕，一条很光滑，从衬衫下摆伸出来。

"等等，"奴隶推开小床，从地板上拿起了什么，"您不能就这样离开。戴上这个。"他递给了阿莎另一条由粗糙的料子制成的长袍。"您睡觉的时候玛雅带来的。"

接过衣服的时候，她的手指碰到了他。

她穿衣服时并没有叫他转过身去，但他还是那样做了。

收好盔甲，阿莎去拿床下的战刃。她碰到了冰冷的大理石地板，那里没有别的，她跪下来寻找着，身侧剧痛着。

她的战刃不在那里。

但我把它们带回来了，我敢肯定。她环顾整个房间……依然没有。她的战刃消失了。

在这个房间里，晚上除了她只有一个人。阿莎的目光固定在他身上，就像猎人盯着猎物。奴隶站在门口看着她，白色的绷带缠在他裸露的胸前。

"它们在哪儿呢？"

"您在说什么，我不懂。"但他的语调却与话中的意思相反。

阿莎起身穿过房间，怒火向上涌起——因为他骗了她，也因为她放任他。

她狠狠地把他推到了木门上。

奴隶嘶嘶地吸着气。因为疼痛，他弯着脖子，这让阿莎想起了他被绑在亚雷克家的喷泉旁边的样子，想起了沙克萨在他的背上留下的伤痕。她可能会再次撕开他的伤口。

"你这个贼，"她咆哮着，双手按在门的两侧，把他固定在那里，"告诉我它们在哪里。"

他的眼睛像钢铁一样闪闪发光，双手抓住了她那件松散的长袍，把她拉近。这让阿莎想起，他并非无害。他是一个斯克莱尔人。从现在开始，她需要更加谨慎地保护自己。

"告诉我，您是怎么在没人发现的情况下越过城墙的。"

"我没有。"她撒谎道。

他上前一步，逼到了她的面前。他们离得那么近，鼻子都快要碰到了。"士兵们知道您要独自狩猎，还让您出去了？您的未婚夫是不会允许这种事的。"

"允许？"她的手放了下来，攥成了拳头，"亚雷克又不是我的主人。"

"以后会是的。"奴隶说。

阿莎张开了嘴，想对着他大吼，但是……她不正是在害怕这种事吗？

这不正是她要去狩猎木津的原因吗？

阿莎低下了头，盯着他的喉咙，疯狂跳动的脉搏表明他的心脏也在狂跳。

"你说得对，"她最后说，"我并不总是走城门。"

"我的主人找到我只是时间问题而已，"他说，"如果留在这里，我就死路一条了。"

阿莎的拳头松开了："你是在问我逃出去的路线吗？"

他点点头。

告诉他又如何？反正他没法在大裂谷中生存下来。

"把我的战刃还给我，我会告诉你。"

"什么时候？"

"今晚？"

除了盔甲以外，她把一切都留在了大裂谷。她需要一身新猎装，一条新睡袋，还有一把斧子。

"那就今晚吧。"他说。

她抬起头来，发现他的目光柔和了起来，凝视着她的脸。

阿莎突然感觉自己像一条被古老的故事吸引的龙，就算知道这是陷阱，也仍然被引出来了。

抗拒邪恶需要忍受极大的痛苦。

一直以来，阿莎身上总是问题重重。她有着那种容易堕落的特质。童年时代，她痴迷于古老的故事，而正是这些故事杀死了母亲，这是她堕落的第一个迹象。木津的事情是第二个。现在呢……

出于某种原因，她没有办法对这个对她哥哥来说很重要的斯克莱尔人说不。

　　他的嘴角一弯，她的脉搏加快了。

　　"我会等着的，伊斯卡利。"

王后的背叛

王国被沙海分开：一边是费尔嘉德，那里有着高大的城墙、铺着鹅卵石的街道和精致的建筑；另一边蔓延着灌木丛，那里狂野、凶猛和自由。两边是敌人，是死对头。

母亲去世后，龙王想要和平。谁都知道这一点，但谁也没觉得他能做到。

但他做到了。

沙海对面，五大家族中有一个叫阿米娜的灌木地女孩，她是星家族的女儿。阿米娜将是他连接新旧世界的桥梁，连接街道上铺着鹅卵石的世界和辽阔的沙漠世界。

龙王在沙漠与她结婚，把她带回到首都，觉得自己同时也带回了和平。

阿米娜温柔睿智。费尔嘉德人并不在意她是灌木地人，都很爱戴她。

不久，阿米娜生下了两名继承人：一个男孩和一个女孩。男孩就像他的母亲，但女孩却叛逆而狂野。

"邪灵玷污了她。"奴隶们暗中传言。

"灌木地血统令她堕落。"廷臣们窃窃私语。

阿米娜看着她眯起眼睛。阿米娜听着她弹着舌头。但阿米娜爱她女儿的灵魂，女儿能让她感受到家的温暖。

噩梦开始的时候，女孩因为恐惧而尖叫而哭泣的时候，阿米娜找来了费尔嘉德最好的医生。他们给出了医嘱，开出了药方。但噩梦的问题却越来越糟。医生们很快也像其他人一样看待阿米娜的女儿。

阿米娜从他们的眼中看出，她的女儿是邪恶的，被玷污了。

所以阿米娜自己接手了这个问题。

灯笼熄灭，烛光掐掉，丈夫打鼾的时候，阿米娜会从床上滑下来，悄悄沿着走廊离开，把自己和女儿锁在一起。

在那里，没有人看到她，阿米娜用故事驱逐女儿的噩梦。古老的故事。禁止的故事。她一直在大声讲着，整晚讲着，直到女孩不再哭泣，陷入沉眠。

但每天晚上，只要龙女王爬到女儿的床上，大声讲出古老的故事，她的身体就会变差一点儿，变弱一点儿。这些故事毒害了她，就像毒害之前的讲古人一样。这些故事是致命的，所以它们才被定为是非法的。

这些故事虽然让阿米娜中毒，也让女儿变得更强壮。女孩的噩梦消失了。她睡得比以前还要好。

龙王发现的时候，意识到妻子已经陷入危险，他进行了干预，但却为时已晚。这些故事吸干了阿米娜的生命。

下轮月亮还没升起，阿米娜就死了。

这伤透了龙王的心。

因为她的背叛，因为她破坏了自己定下的律法，让女儿身处危险之中，他无法安然地将她火葬。他无法为她祈祷。他只能看着守护者们把她的尸体丢在城门外，像其他叛徒一样在阳光下腐烂。

灌木地人知道了阿米娜的死亡，知道了亵渎死者的葬礼，他们悲伤地流泪，愤怒地号哭。他们宣布，龙王是一个怪物。盛怒之下，他们把他的儿子，也是他的继承人，一个只有十二岁的男孩，一个在他们的土地上做客的男孩，变成囚犯。他是那名怪物国王的继承人，他也会成长为一个怪物。所以他们像对待怪物那样对待他。与此同时，灌木地撕毁了与龙王的盟约，将碎片扔在了沙漠中。

人们永远不会记得温柔的王后阿米娜治好了女儿的噩梦。

她永永远远是一个叛徒。

十五

　　还有四天就要举行婚礼了，这时候回宫可能产生的最大的问题是，穿过庭院的时候，阿莎很有可能被人看到。如果被看见了，父亲肯定会召见她的。

　　所以听到有人在叫她，阿莎并不惊讶。"伊斯卡利！"是一个奴隶女孩。她在宫中做裁缝。"已经太迟了。"

　　"什么太迟了？"

　　"试衣服。"

　　阿莎皱起了眉头。现在她需要一身全新的猎装，而不是什么漂亮衣服。

　　"这是你的婚纱，伊斯卡利。"

　　她仿佛走进一个陷阱，一个只为她而设的陷阱。因为正在此时，亚雷克正好挡住了她的去路。

　　阿莎停下了脚步。

　　"我提醒过你的。"奴隶说。

　　亚雷克看到了她夹在腋下的盔甲，还有她穿的长袍。那件长袍显然不是她的。她看着他的眼睛，觉得他看见这件奇怪的衣服，肯定很好奇为什么她会带着猎龙装备，却没有穿上。他想找出一个答案，却发现整幅拼图似乎缺了一块。

阿莎突然特别想藏在房间里，让裁缝为她量身裁衣。还没等他开口询问，她赶紧从他身边溜了过去。

"我得赶紧去试衣服了。"

亚雷克伸手想抓住她，但是她飞快地走远了。

"你看见萨菲尔了吗？"他喊道。

阿莎停下了脚步。她回过头，发现亚雷克英俊的脸上挂着一抹幸灾乐祸的笑容。

"我也没看见她。"他说。

阿莎转身背对着指挥官。虽然她内心满是恐惧，虽然一股凉意顺着她的脊柱向上升起，她依旧控制住了步幅，保持着冷静。

一走进走廊，她就赶紧跑了起来。

她没有回房间，而是去了萨菲尔的房间。房间里面没人，门紧关着，没有任何争执打斗的迹象。阿莎刚让奴隶们为她换了一扇更坚固的新门。一切似乎都很正常。

接着，阿莎又去病房看了看。

同样空无一人，里面飘着新鲜的石灰的气味。

"伊斯卡利，您别动的话，我就能快一点儿弄完了。"

她的胳膊很疼，身侧刚刚缝合的伤口也剧痛着。她直直地站着，仿佛已经站了好几天。奴隶女孩正在工作，在精细的布料上太松的地方插上针，太紧的地方做上标记。伤口一跳一跳地痛着，她越来越站不稳了，因为担心，她的脑子里嗡嗡作响。

这可能是一个花招。亚雷克比其他任何人都知道要如何让她烦恼。他提到萨菲尔可能只是为了让她感到不安。

因为手上的烧伤，阿莎痛苦地磨着牙。为了藏住伤口，她还戴着防火手套。她强迫自己伸直双臂，保持稳定，把注意力放到面前的奴隶身上——是那个来接她的女孩。

"您现在可以把胳膊放下了，伊斯卡利。"

奴隶转过头记下了些什么。照她所说，阿莎终于放松了下来。另外两个奴隶过来取走了别针，阿莎毫无遮挡地站在了镜子面前。衣服像阳光照过的海面般闪闪发光。很久以前阿莎与母亲一起去达尔穆尔的时候曾经在大海里游过泳。达尔穆尔这座港城三面都被一望无际的海面环绕。

花瓣形的长袖在手肘处有一条开口，一直延伸到手腕，领子上绣了一圈花。衣料有两层：金色的衬里和白色的罩衫。从腰部往下，婚纱礼服从一层层轻飘飘的料子中露出来，仿佛海上的泡沫。

那是她见过的最漂亮的东西。

但不适合她。

这种精致优雅让她的伤疤显得更加突出。一条斑驳变色的皮肤从额头右侧穿过耳朵和下巴，穿过脖子和肩膀，消失在了领口之下。其余的部分藏在了衣服下面，没人能看到。

但亚雷克的奴隶看到了。他已经看到了她的全部。

这个想法让她感到很羞愧。

奴隶女孩拿过了一卷金色的布，打断了阿莎的思绪。"您能举起手臂吗，伊斯卡利？"她把这块将要做成腰带的布拉到了阿莎的腰间。

阿莎抬起胳膊。

正在此时，尖叫声打破了平静。

阿莎和奴隶女孩望向门口，两名头盔都没来得及戴好的士兵门都没敲就冲了进来。

"有头龙飞进城里了，伊斯卡利！"

她面前的奴隶怕得瑟瑟发抖。

阿莎轻轻地扯下了衣服的罩衫，衬里就是另外一回事了。这身衣服完全是按照亚雷克的要求制作的。小小的纽扣沿着背部爬了上去，穿着这件衣服的人不可能把它们解开，这可以确保婚礼之夜，只有她的丈夫才能脱掉这件衣服。

又一次对他支配地位的展示，又一种形式的控制。

"把衣服给我脱下来！"

三个奴隶立即跑向阿莎。她们发抖的手指笨拙地解着纽扣，外面尖叫声此起彼伏。士兵们的靴子踏在地面上那沉重而有节奏感的声音在大厅中回响。阿莎没有等奴隶们为她解完扣子。她抓过墙上的猎刀，放在了奴隶女孩手里。"把衣服扯开。"

女孩瞪大了眼睛，接过刀。阿莎转过身。房间悄然沉默了，只听见刀子割开布料的声音，衣服从阿莎的肩膀上松脱了下来。就算注意到了她身上裹着亚麻绷带，她们依旧什么都没说。

恢复自由的那一刻，阿莎抓起了一条绑腿和一件薄薄的猎衫，接着穿好了盔甲。她从墙上摘下了一把斧柄镶着宝石的斧子，这是去年过生日的时候父亲送给她的。之前这把斧子一直都是用作装饰的，但它依旧如刚磨过般锋利。她把斧子塞到皮带上，系上靴子带，去找那条龙去了。

阿莎穿过宫中的走廊，透过拱窗看到了那条龙。这条年轻精干的龙飞得很高，俯瞰着下面混乱尖叫着的城市。灿烂的阳光绘出了它的轮廓。

龙第二次飞入视野，她才注意到它头部的曲线和长着刺的红尾巴。

她穿过外院，背对阳光，看着它第三次飞进视野。这一次，她认出那双苍白的小眼睛。是昨晚她致命一击被阻挡时盯着她的那双眼睛。

埃洛玛的话在她脑海里响起："你必须让它远离伤害。"

士兵们跑过阿莎的身边，喊着互相矛盾的命令，"到屋顶去！""到街上去！"

为了防止龙攻击费尔嘉德，士兵的首要任务就是保卫城市。宫中的士兵需要离开自己的哨位，拿着弓箭和长矛到屋顶上，以便将龙击落，或者去蜿蜒狭窄的街道上维持秩序。

一条不受控制的龙出现在城市上空，街上是最危险的地方。

阿莎和他们一起跑出了宫殿，来到了街上。街上人仰马翻，商人们抛弃了摊位，人们为了逃离龙四处乱跑着，很多人互相踩踏，士兵们想让人们冷静下来，把他们赶回家里。

一些勇敢的人和士兵们一起站在屋顶，拿着弹弓，准备用玻璃片、石头和碎骨头进攻。被击中之后，龙发出了咆哮。阿莎认为它可能会报复，但并没有，它越飞越高，飞向了大裂谷的方向。

阿莎跟着它来到了北门。

城墙进入了视线，挡住了远方的山脉。士兵们沿着尘土飞扬的城墙站成一排，全都盯着天上的那个身影。

上一次大规模奴隶骚乱中，有人把武器藏在了碗橱里、锅里、垫子下面或是床下。所以亚雷克把士兵的人数增加了两倍。

地面上，六名士兵站成一排，挡住了大门。看到他们之后，阿莎慢下了脚步。

"您不需要出去，伊斯卡利。指挥官已经派出猎人了。"

阿莎的手紧握在斧柄上。如果亚雷克的人杀掉了那条龙该怎么办呢？

阿莎记得自己麻痹的胳膊就是因为滥用了长者的第一件礼物而不服从随之而来的命令。

她需要阻止那些猎人。

"打开城门。"

在钢盔的下面，士兵们交换着目光。

"我们受命禁止打开这扇门，伊斯卡利。"

阿莎皱起了眉头："谁的命令？"当然不是她父亲的。

"指挥官的命令。"

"你们是为亚雷克服役还是为国王服役？"阿莎用大拇指摩挲着锋利的斧刃。"我要狩猎所有的龙，这是父亲的命令，"她指着天空中的阴影，"当然也包括那一条。"

他们没有回答。他们没有必要回答。这份沉默表明，他们需要服从国王的命令，但要是这些命令与他们指挥官的命令冲突的话……

阿莎有些躁动不安，事情正如她所担心的那样。"打开城门。"

在他们身后，龙落进了大裂谷。那里有很多准备杀死它的猎人。

"快开门！"

谁也没有动。

"阿莎。"有人叫了她一声。

火光从她身上闪过。她转身面对着一阵风般冲过来的亚雷克。他的纹章——两把相交的军刀——在胸前闪耀着。

"让他们开门。"她用斧子指着大门。

亚雷克走到了她的面前，厌烦地看了她一眼。正是因此，人们才会敬畏这位指挥官：他不怕她。

"如果你告诉我他在哪儿，"他说，"我可能会考虑你的要求。"

他。那个奴隶。

为什么好像他对她身边的每一个人都很重要？

她想起了烛光下，他用满是茧子的大手缝合着她的伤口；想起了她讲出噩梦的时候，他的膝盖离她那么近。

阿莎把所有关于他的记忆都放到了一边，瞪着亚雷克。

"抓住罪犯不是你的责任吗？也许要是不跑来干涉我，你也能很快完成你的任务。"

他目光一闪。

"五名猎人已经在你之前出发了，阿莎。肯定有人能杀死它的。"

"你我都知道，我可以在其他人之前杀死那条龙，"她咆哮着，"我是伊斯卡利。"他抓住她的胳膊，很用力，弄疼了她。这是在展示，不管她是不是什么伊斯卡利，他都可以轻易战胜她。一旦他们结婚，他就完胜了她。而且没有人能阻止他。

她不能让这种情况发生。

他靠得更近了："我有责任让你脱离危险，伊斯卡利。"

怒火遮蔽了她的视线，把所有的一切都变成了红色。

他不明白吗？

"我就是危险。"她说道。

亚雷克冲着身边的士兵一点头。

阿莎怒气冲冲地看着士兵从口袋里掏出了钥匙，看着他穿过城墙上的一扇门。她知道，那扇门通向城墙顶端。亚雷克在那里建了几座小屋，观察那些想进城门的可疑旅客。

士兵出现了，带着阿莎的堂妹。

萨菲尔斗篷的兜帽堆在她的肩膀上。她左眼肿了，周围有一圈紫黑色的瘀血，下唇中间有一条口子，衣服的下摆染成了红色，从她把手放在臀部的样子看，她伤得很重。

萨菲尔受伤的样子仿佛在阿莎心中插了一把刀。

如果你不给亚雷克他想要的东西，就会发生这样的事情。

墙外的龙恐怕得等一会儿了。

十六

阿莎把堂妹带到了达克斯那里。萨菲尔正在解释发生了什么，达克斯站在那里听着，一言不发，黑色的眉毛下，他的棕色眼睛正变得冰冷。

罗阿没和他在一起。

不错，阿莎想。她希望哥哥能理智一些，让灌木地人远离国王。

达克斯照顾着堂妹，阿莎磨砺着她的宝石斧子。她在等待太阳落山。在黑暗的掩护下，亚雷克的士兵就很难发现她了。金乌落下了山肩的那一刻，她爬上了拱窗，把头盔扔到屋顶，自己也跳了上去。

阿莎通过屋顶来到了果园，黄昏时分，这里空无一人。开满花的树让空气中充满了香气，果蝠扑着翅膀掠过树枝。她翻过宫殿最外层的围墙，落在了大街上。

阿莎蜿蜒曲折地穿过了城市，远离夜市中的歌声和鼓点，远离商人们的吆喝。她穿过士兵们不来巡逻的狭窄街道，终于来到了神殿门前，然后她悄悄走了进去。

把头盔夹在胳膊下面，阿莎站在雪松木门前，举起拳头敲门。

"伊斯卡利？"奴隶打开门，让她进来。她把他推开了。"你没事吧？"

阿莎直奔躺在床上的那对黑色的双刃，梦想着木津的头颅滴着血，在她手上穿过街道；梦想着亚雷克最想要的东西被夺走了之后脸上的表情。

"怎么了？"

阿莎想起了萨菲尔伤痕累累的脸庞。

"真希望我能知道如何让他觉得害怕。"她说。

奇怪的沉默充满了房间。阿莎抬头看到了盯着她的奴隶。他似乎看穿了一切，听到了她没说出口的每句话。

她转过头，凝视着摆放在书架上的卷轴。

接着她的心中突然闪过一段记忆：哥哥在这个房间里，从架子上抽出一根卷轴，卷轴上满是拙劣的笔迹和写错的笔画。

阿莎从架子上抽出了一根卷轴，展开，盯着那张脆弱的白纸上颤抖的字母。它们是最近写的。

她想起了很久以前和达克斯一起上课，想起他无法阅读书上的句子时，导师沮丧的表情。想起他们以为他听不到的时候，低声嘀咕的话语。

愚蠢。废物。一文不值。每个人都以为达克斯一直没学会写字。

除非他已经学会了，但没人知道，她想。

她想到了达克斯颤抖的手指，想到了他减掉的体重，想到了他眼中时常闪过的光芒已然消失。阿莎继续回想着。开始晚上给阿莎讲故事以后，母亲身上出现了那些症状。

如果在这些卷轴上写下古老故事的是达克斯呢？

如果这是他写的，如果把故事写下来与讲出去有着同样的效果，结果会如何呢？

"你看起来像是见了鬼一样，伊斯卡利。"

阿莎瞥了一眼奴隶的眼睛。

"我的哥哥，"她说，"我想他可能生病了。"

她回想起她的母亲。颤抖之后呢？

咳嗽。搞定木津之后，她得警惕一点儿，观察他是否出现了其他症状。

奴隶穿着亚雷克深红色的斗篷。他戴着兜帽，帽缨系在脖子、肩膀周围，没人能看到他。这并不是因为他的乔装改扮，而是伊斯卡利带着亚雷克的奴隶走在通往神殿地下的楼梯上，根本不会有守护者从他们面前经过。

"给我讲讲你背上那对刀的事吧。"他说。

"给我讲讲为什么家奴会对狩猎的律法这么了解吧。"现在他们来到了地下，阿莎点亮了灯。橙色的光芒在岩壁上闪烁着。影子投在又长又窄的壁龛中，露出了一排又一排的罐子。罐子中满是她祖先的遗骸。

"格蕾塔在被我的主人买下之前，是一名狩猎奴。"他解释说。

格蕾塔。那个老奴隶。她的名字仿佛一块石头落进了阿莎的心里。他还不知道格蕾塔已经死了，她意识到。他一直在神殿里休养身体。在他心里，格蕾塔还安全地待在地穴里。

"我那些关于狩猎和龙的知识，都是格蕾塔教我的。"他的手指沿着闪闪发光的潮湿墙壁滑下，仿佛这勾起了他的回忆，"我所知道的一切，都是因为她。格蕾塔抚养我长大。"

阿莎想起了那天晚上在亚雷克家里的事。开门的时候，格蕾塔眼中满是泪水。她本应该在地穴里的，但还是留了下来，因为她爱这个奴隶。阿莎现在才意识到这一点。

她咽了一口唾沫。必须得有人告诉他。

"格蕾塔死了。"

他脚下一抖，一股寒意流进了阿莎心里。他现在走在灯光笼罩的范围之外，所以她看不见他的反应。

"什么？"比起一个问题，这更像一句口头语。

阿莎站稳了。"我……我亲眼看到她死了。"

沉默从黑暗中渗了出来，然后响起了沉闷的哭声，仿佛拳头打在了石头上。听着这声音，阿莎胸口一紧。她走得很慢，然后灯光照到了他。他跪在地上，双肘撑着地面，手掌牢牢地捂在脸上。

阿莎不记得自己上一次哭是什么时候了。她不知道该说些什么。但是什么都不说感觉也不太好。她的肋骨仿佛突然缩小了，在她的心脏周围越箍越紧。

"隧道就在那边。"沉默卡紧了她，但她终于开了口。她提起灯笼，照亮了岩石上的狭缝。"你现在知道了。你可以逃到大裂谷，不用再回来了。你自由了。"

现在，阿莎可以在自己的罪行清单上加上一条"解放奴隶"了。

他什么都没说，甚至没有抬头。

阿莎不知道还能做些什么，就把他留在了那里。她需要找到她的龙。然后她需要狩猎木津。她只有四天时间了。

她做了她答应的一切。她告诉了他隧道的位置。如果他在那里被抓到，像小孩一样啜泣，那也是他自己的错。

但是她爬得越高，想得越多。即使这个斯克莱尔人成功逃进了大裂谷，那里也会有野生动物、严酷的自然环境，当然还有亚雷克的猎人。

他被抓住了之后要怎么办呢？

所以阿莎又转身回去了。

十七

　　直到隧道尽头，他们一直一言不发。阿莎倒是没什么问题，她根本也不需要说什么。

　　来到月光下，一只猫头鹰用轻柔的叫声迎接了他们。阿莎吸了一口夜晚冷冽的空气，奴隶突然停下了脚步。他抬起胳膊，阿莎正好撞了上去。她想推开那条胳膊，却突然发现了前面雪松林里，那个让他突然停下来的东西：两只细缝一般的苍白眼睛在黑暗中盯着他们。

　　阿莎颤抖着长出了一口气。

　　那条龙。所以猎人们还没有找到它。

　　"继续前进。"她告诉他。

　　"什么？"

　　"你会明白的。"

　　阿莎走进了雪松林。在看不见的地方，龙悄悄跟着他们。在安静的风声中，阿莎似乎可以听到它那庞大的身躯擦过叶子，可以听到它前进时鳞片轻柔的刮擦声。阿莎循着水声继续前行，树林变得越来越密。在一条小溪旁，阿莎停了下来。潮湿的泥土的味道。阿莎蹲在草地上，盯着那条龙藏身的树林，对方也盯着她，好奇她现在到底要干什么。

奴隶坐在她旁边，瞪大了眼睛，浑身发抖。

"你可以走了，"她坐了下来，抱住了膝盖，"我不会阻止你的。"

"您知道释放奴隶会受到什么样的惩罚吗？"

阿莎知道。

"砍掉一只手。"为了防止她不清楚，他说了出来。

阿莎耸耸肩。他们必须证明这是她干的才行。

而她只需要一只手就能杀掉木津。

"避开狩猎小径，"她告诉他，"他们从这里出发，到大裂谷底部，向西通往河床；你如果向东，也许就能走到达尔穆尔。"但徒步穿过这段道路异常艰难。而且大裂谷内非常荒凉，非常危险。他独自一人到达目的地的几率很小。

他肯定知道这一点，因为他说："我想现在我应该留在这里。"

阿莎看着他。

他拔起了一根针茅草，在手中把玩着。"那里就有一条龙。"他冲着前面的树林点了点头，又拔起两根草。他把草叶系在一起，编成了一根辫子。"而且既然你是一名猎龙人，在这条龙离开或者被杀之前，我打算跟您待在一起。"

"不幸的是，对咱们而言，"阿莎喃喃道，"这两种结果都不会出现。"

"什么？"他盯着那条龙藏身的树林，转身问阿莎，"为什么？"

她叹了口气。一阵风吹过，她坐在了草地上，望着月亮——黑色天空中的一抹红色。

"我不能杀了它，"她低声说，"我希望我能。但是……"她不安地看了他一眼，"我应该保护它。"

奴隶低头看着她，挡住了月光："但您是伊斯卡利，国王的猎龙人。"

"如果它死了，"她抬起头，"长者会惩罚我的。"

"长者？"他一挑眉毛，表情中有一丝嘲笑，"伊斯卡利，您已经杀掉了上百头龙。他之前惩罚过你吗？"他把一只手正好撑在她头顶上方，身子靠了过来。

太近了。阿莎脉搏跳得很快。她逃了出来，站直了身子，蹚过泉水，把所有的注意力都放在林中的龙身上。如果能把它抓住，她也许可以驯服它。如果能把它驯服，她也许可以让它不要跟着她进城。

她感觉它在树上，蹲着身子，已经准备好起飞了。她慢慢走近，非常小心。现在离它只有几步远了，她的脚步更轻了。她轻轻弹着舌头，模仿龙的声音，想要把它骗过来。

龙消失在了黑暗中。

"很好！你走吧。"她从泉水处捡起几块石头，一块接一块地往树上扔了过去，大声喊道，"我讨厌看见你！"

她扔出了所有石头，没有抬眼看小溪对面的奴隶，说道："它跟着我一路来到了宫殿，但又不让我靠近。"她转过身来，蹚过浅水，回到奴隶身边，踢了一脚头盔，"那我要如何让它免受伤害呢？"

他的目光在她身上游移着。

"实话实说，如果我是龙，同样不会轻易接近您的。"

阿莎想看看他在看哪里：从身上的盔甲到脚上的靴子再到脚边的头盔。她捡起头盔，研究着。她穿的所有衣服都是龙皮的。

奴隶想伸手拿过她的头盔。但阿莎抓得紧紧的。

他从她手中夺过头盔。"请相信我。"

她想起了小时候没穿盔甲站在木津眼前的景象，体内窜过一股恐惧。

火焰冲向了她。

尖叫声困在了喉咙里。

她的肉被烧掉了。他把头盔夹在胳膊下面，上前一步，近到足以触到她胸甲扣的距离上。直视着她的目光，他开始解带子了。

阿莎的心跳得飞快，呼吸也在加速。

"绝对不要。"她后退了一步。

"好吧。"他把头盔放在脚下，脱下凉鞋，把裤子卷到膝盖，坐在溪边，一双赤脚滑入水中。"也许到了早上，您还是会把它吓跑，而我则可以安全地出发了。"

他的双手撑在岸上，脚踢着水。

阿莎独自站在月光下，低头盯着自己。

她在害怕什么？这条龙如果想杀她，肯定早就动手了。不是吗？

阿莎松开带子，脱下盔甲。拿斧子那只手烧伤的地方还是那么疼。她从背上解下了战刃，把它们放在了盔甲旁边。夜风刮过她的衬衫，拂过她赤裸的胳膊。阿莎蹲了下来，开始解靴带。一只接一只，她把它们脱了下来。

赤着脚，针茅草擦过她的膝盖，阿莎觉得自己仿佛没穿衣服似的。风吹在她的头发上。夜空亲吻着她满是疤痕的皮肤。她觉得，毫无保护地站在一条龙的面前会让她感觉很无助。她确实有这种感觉，但她同时还感到了其他什么。

无拘无束。

狂野。

自由。

什么保护都没有，她走过了奴隶身边，穿过小溪，来到了树林里，奔向那双细缝似的双眼。她听到了分叉的尾巴焦虑地摆动的声音。

三步。两步。接着……

龙逃走了。

阿莎捏紧了拳头大叫着："这不管用！"

奴隶黑色的剪影向她移动了过来。但阿莎没有理会他，回到了满是冷水的溪边，在夜色中颤抖了起来。这是一个错误。

站在她那堆盔甲旁，她似乎已经不认识那些东西了。看起来仿佛一只蜥蜴蜕掉的皮，她没办法再穿上它们了。

"我这是在浪费时间。"想到木津还徘徊在大裂谷的某处，她这样说道。她应该去狩猎木津，不应该浪费时间驯服这

155

无谓的野兽。离她的婚礼只有四天多了。离亚雷克把她带到他的床上只有四天多了。

一想到这里，她的眼睛就开始疼了。阿莎用手压着额头，蹲在草地上。

一片影子落在了她身上。"它是一头野生动物，伊斯卡利。而您是一名猎人。您不能指望它招之即来。必须先赢得它的信任。"

阿莎抬头看着奴隶的身影。"我该怎么办？"

"等待，"他说，"让它来找您。"

月亮越来越弯。阿莎等不起了。

但也许她没有必要那么做。过去的一年里，她多少次引出了龙？太多了。想到这里，她的肚子一阵抽痛。如果她把这条龙也引出来，奴隶就会知道她用了古老的故事。她仍然是那个堕落的女孩，会给她的人民带来灾难。

但是谁关心奴隶知道什么呢？

阿莎继续用手掌压着额头，深吸了一口气，讲出了故事。

薇拉的故事

薇拉是一位农民的女儿。对她的父母来说，她是一个麻烦，因为她嫁不出去。没人希望娶一个当收割的时候停下来休息的老婆。没人希望娶一个身体可能都撑不过分娩的老婆。

薇拉心脏不太好，这使她成了家里的负担。某一天她出去放羊，然后再也没有回来。

长者出现在了她面前的沙丘上。他把她留给了他的第一位纳姆萨拉。她是埃洛玛的席卡——神圣的伴侣，完美的搭档，他们的关系就像天空与大地。长者让她离开家人，去找埃洛玛。虔诚的薇拉遵照吩咐出发了。

她穿过沙漠，花了几个星期来到费尔嘉德。她穿过神殿的大门，从未见过她的埃洛玛立刻就认出了她。

他们要九个月之后才能结婚，因为薇拉还不满十八岁。这段时间，埃洛玛教她读书，教她写字，这样她就可以在神殿里帮忙了。他向她解释了费尔嘉德的风俗习惯，介绍了城市居民的生活方式，他从来没有想过，由于心脏的问题，她需要休息。而每过去一天，埃洛玛就多爱她一点。

但薇拉并没有爱上他。她只是遵照要求行事，长者也不能让她去爱上一个人。埃洛玛想要赢得她的爱。他送她礼物，休息的时候，他为她写诗，但这也不管用。所以埃洛玛去寻求长者的教导，但长者一直保持着沉默。

某一天，这座城市被来自西方的敌人所淹没。埃洛玛被抓住并扣为人质，而入侵者则将自己当作城市的统治者。是薇拉领导起了费尔嘉德的人民，带领他们进行反抗。薇拉背后有数千人的支持，她站在僭主的面前，要求他交出未婚夫。

他们赶走了入侵者之后，埃洛玛恳求长者将薇拉从他们的羁绊之中解放出来。他不想捉住一只鸟，把它关进笼子里。

这一次，长者同意了他的请求。

埃洛玛找到了薇拉。他让她回到自己往日的生活中去，获得自由。

但是薇拉拒绝了。费尔嘉德的人民已经不再认为她是一个愚蠢的农家女孩。她是他们眼中的英雄，这座城市就是她的家。薇拉配得上埃洛玛。

在他们结婚的那个晚上，埃洛玛在神殿里等候，薇拉穿过街道向这里走来。费尔嘉德的公民们向她的脚下扔出了鲜花。他们亲吻着她的脸颊，祝她好运，薇拉的心兴奋地跳动着。她不再是一个负担了。

但是薇拉并没有来到埃洛玛面前。她听到了死神呼唤着她的名字，她虚弱而兴奋的心脏颤抖着。

薇拉跪在了鹅卵石铺就的街道上，周围的欢呼声一下子沉默了。

"我的爱人，"她低声说，"我会在死神的门扉前等你。"

风将她的话带给了埃洛玛，埃洛玛立刻跑向了他爱的女孩。但他还没触碰到薇拉，她的心脏就停止了跳动。死神，这个小偷偷走了她。

埃洛玛来到了她的身边，她的身体依然温暖。他紧紧依偎着她，诅咒长者没有救她，泪水沾湿了她的头发。

但薇拉来到了死神的门扉前，她站在那里，望着自己曾经生活的土地。灵魂不允许在门前逗留，所以死神走了出来，想拉走她。

她没有动。

他送出了刺骨的寒冷，想冻结她心中的爱，但薇拉并没有动摇。

他燃起了肆意的火焰，想燃尽她的回忆，但是薇拉紧紧抓住了它们。

他吹来了肆虐的狂风，想强迫她进来，但薇拉抓住栏杆坚决不放手。

所以死神放弃了，把她独自一人丢在了那里，他认为时间会把她带走的。但是薇拉的忠诚从未动摇。她等着埃洛玛来到门前，等了一辈子，然后放开了双手。

"怎么这么慢？"她问道。接着，薇拉抓住了他的手，和爱人一起走进了死神的门扉。

十八

阿莎闭上了嘴巴，但这个古老的故事依旧藏在她心中，充满力量。卷轴上那个版本的结尾，是埃洛玛拉着薇拉一起穿过了大门。但阿莎不喜欢这个结局。这是薇拉的故事。薇拉经历了寒冷、火焰、狂风和时间，应该由她拉着埃洛玛穿过大门。所以阿莎修改了结尾。

故事挣脱了她的束缚，她回到了树林里，发现奴隶正向她走过来。阿莎又一次被他目光中的温柔打动了。那眼神并不像亚雷克那样满是占有欲，也不像其他人一样害怕她。这个奴隶的目光柔软而轻盈。

轻柔的叫声打破了寂静。他们抬起头来，发现那条龙正站在他们上方，它呼出的气体很热，很难闻，吹在他们脸上，它的尾巴危险地甩动着。

细缝般的眼睛眯得更窄了。它发出了一声低吼。

依旧未着盔甲未持武器的阿莎被吓到了。她迅速爬了起来，想要逃走。

"别。"奴隶重重地搂住了她，把她拽了回来，扔到了龙面前，这让她的两肋一阵剧痛。"不要跑。"

火、红色、狂怒灼烧着她的皮肤，她连叫都叫不出来……

他按住了她的拳头和手肘，紧紧抓住她。而龙爬得更近了。

"嘘。别挣扎了。"

阿莎明白了奴隶不会轻易放开她，所以她放弃了。她害怕地面对着他，等着龙发起攻击。

夜色依旧笼罩着他们。她可以清晰地听到自己的心跳声。

"伊斯卡利？"他环在她腰上的胳膊松开了，"看。"

龙坐在了那里，低下头来看着他们。

奴隶用弹舌模仿着龙鳞片的刮擦声，这让阿莎很好奇，格蕾塔教给他的知识是不是比她想象的更多。

他一只胳膊搂着她的腰，另一只胳膊向前伸着，弹着舌头，想把龙引过来。阿莎屏住了呼吸。

那条龙似乎非常犹豫，它的目光在奴隶伸出的手、伊斯卡利以及更后面的地方游移着。几次心跳之后，它向前爬了一步，但一直都紧盯着阿莎。它嗅了嗅他的手掌，然后轻轻碰了一下。奴隶搂在她腰上的胳膊收紧了，似乎是怕她逃跑。他把手放在龙长满鳞片的鼻子上，然后握住了阿莎没有受伤的那只手，把她的手也伸了出来。

过了很长时间，龙才开始嗅她的手指，又过了更长时间，它才开始蹭她的手掌。它挨得更近了，冲着她的脖子吹着气，阿莎小心翼翼地抓住了它的鼻子。它的呼吸真臭，像腐肉。

"给我解释一下，"他低声对着她的脸颊说，"您的母亲是因为那些故事生病的吗？"

"是的。"阿莎闻着龙呼出的呛人气息。

"那它们不会伤害您吗？"

"我的母亲太温柔了，"在他的带领下，阿莎用自己的手抚摸着龙温暖的鼻子，"太善良了。她控制不了那些故事。所以它们像毒药一样侵蚀着她的身体，就像它们侵蚀那些讲古人。而我，不一样。"

她想看看他是不是明白了，但发现他的眉头间藏着愤怒。

"这种事很难解释清楚。"

阿莎转身面对龙头，把额头靠在了粗糙的鳞片上。正在此时，她的脑中仿佛突然点亮了一支蜡烛，一段图像闪过：一个戴着兜帽的男子骑着一条黑龙，一支军队正在穿过沙漠。阿莎打散了闪烁的图像。她盯着那条围着她和奴隶，激动地转着圈的龙。最后，它蹲了下来，抬头看着她的脸，仿佛在期待着加入游戏似的。

奴隶说了些什么，但阿莎没听清。她正在回忆。她记起了多年以前那个懵懂的女孩。阿莎走向了那条龙，托着它的鼻子。图像又一次出现在了她的脑中。

它是一条龙。她意识到，它在给她讲故事，以回报她的故事。它的故事并不是一句句拼缀的词汇，而是一幅幅出现在阿莎脑袋里的图像。它们像闪闪发光的玻璃碎片，有时候飞速闪过，让人根本看不清，有时候前后顺序又出了错。

八年的时间已经让她忘记了这一点：就像它们喜欢听故事一样，龙也喜欢讲故事。阿莎强迫自己回忆着，回忆着那些双方反目之前，费尔嘉德人和龙在一起生活的岁月。

木津的故事很美，也不难破译。但这条龙似乎还是一个没学会如何构造正确句子的孩子。

阿莎闭上眼睛，想要集中精神。她努力将那些图像拼缀在一起，就像在脑中拼嵌马赛克。

戴着兜帽的男人，他似乎很重要。他一遍一遍地出现，骑着一条乌黑的巨龙。阿莎意识到，那是木津，那时候它还没受伤。但只有纳姆萨拉敢骑着龙祖，所以那个人肯定是纳姆萨拉。

一个女人坐在他旁边，这引起了阿莎的兴趣。她戴着阿莎父亲的那块黄水晶勋章。这个女人很年轻，但阿莎认识她。她认识那双冷酷的眼睛，这双眼睛会从父亲王座厅墙上的挂毯上盯着她。

这个女人是阿莎的祖母。

她意识到，这是最后的纳姆萨拉的故事。但龙的故事并没有像平常那样结束——讲到斯克莱尔人被套上枷锁变成奴隶。这条龙讲出了之后的部分。

另一个版本的大割裂

长者将对阵斯克莱尔人的胜利赐予了龙女王。他赐给她一名纳姆萨拉，正是他带着女王在敌人沉睡之时冲进了他们的营帐。他保护她免受敌人的攻击。而她给了什么作为回报呢？

她侮辱了他。

她没有按照他的要求把斯克莱尔人赶出国境，而是奴役了他们。

纳姆萨拉对她说："龙裔不需要奴隶。长者不会允许这种事情的。"

"想想咱们得到了什么！"龙女王说，"让敌人被迫为咱们服务，想想咱们会有多强大！再也没有人会来反抗咱们了。"

"蔑视长者的命令会毁了你。"纳姆萨拉警告。

无论如何，女王还是奴役了斯克莱尔人。

城市狭窄蜿蜒的街道上挤满了戴着项圈的奴隶。戴金项圈的入宫，银项圈的服务富人，其余奴隶戴着铁项圈。

纳姆萨拉又一次警告龙女王："如果释放这些斯克莱尔人，长者会宽恕大家的。请打破他们的枷锁，放他们自由。"

女王把纳姆萨拉赶走了。

人们使唤着这些奴隶，还制定了管理他们的规则：永远不要去盯着一个龙裔的眼睛，也不要大声说出他们的名字；不要触碰主人以外的龙裔；不要使用龙裔的杯碟进食。

　　纳姆萨拉第三次，也是最后一次出现了。这一次，他并没有再恳求女王，他也没有展现宽容。他向着整个城市发出了宣言："你们会看到，长者弃你们而去了。你们凶猛的盟友将会与你们为敌。它们会烧掉你们的房子，袭击你们的家人，它们的阴影将会像一颗楔子插进费尔嘉德。"

　　这才是事实的真相。

十九

　　这条龙是个骗子。

　　它的故事都是假的。斯克莱尔人非常无情，他们掠夺并烧毁了经过的每一座城市，只留下废墟。如果龙女王把他们放走，他们带来的恐惧会继续在世界上蔓延。阿莎的祖母一直在保护她的人民，以及其他所有人。

　　龙扭曲了事实，就像阿莎擅自修改了故事的结尾，它也做了同样的事情。

　　那天晚上，阿莎醒来闻到了烟味。她立刻站起身来，本想对那个鲁莽地生起了火，暴露了他们位置的奴隶大吼，但话到嘴边又咽了下去，她看见了坐在对面的那个人。火焰在他们之间咆哮，但那并不是营火。而且没有任何斯克莱尔人或是龙存在的迹象。

　　埃洛玛坐在她对面。"关于第二件礼物，你做得很好，"他说，"长者很高兴。"

怒气像雾一般包裹着阿莎："让长者吃沙子去吧。"

他噘起了嘴巴："咱们来看看下一件礼物你会怎么处理吧。"

"不，"她说，"请不要再给我了。"

"你会喜欢它的。我保证。"他拉上了兜帽，目光沿着她脸上的伤痕滑过，"我觉得……你会认为这件礼物很有用。"

阿莎才不会上当。她咬紧牙关，紧攥着拳头："不管长者要阻止我多少次，我依旧要杀掉他的龙。我发誓。"

埃洛玛叹了口气，站了起来。

"长者将要送你他的第三份礼物，"他疲惫地说，"火肤。你需要它来执行下一条命令。"

火肤？她的拳头没有放开。

"你要把圣火从将它偷走的小偷那里带出来，放回它本该属于的地方。"

阿莎一阵恐慌。她的父亲从洞窟中取走了圣火。

"你要我叛国……背叛自己的父亲？"

埃洛玛的沉默证实了这一点。

突然间她简直无法呼吸了，就仿佛她一直在拼命奔跑，跑了好久。

她感到一阵头晕目眩。她蹲在地上，头顶在膝盖上，想让这世界稳定下来，想强迫自己清醒过来。

她想起了病房里那些痛苦而漫长的夜晚，父亲握着她的手。人们对她发出嘘声，向她脚下吐口水的时候，他也一直陪在她身边。每当她狩猎归来，献上盛在盘子里的龙头，他总是自豪地看着她。

阿莎不能，也不会背叛他。

即使她敢这么做，也没办法成功。不可能有人能进去取走圣火。士兵们会立刻看到她，阻止她。

"我做不到，"她说，"那是不可能的。"

"你会找到方法的。"埃洛玛说。

阿莎醒来时，云雀叫亮了天空，太阳是一团金色的雾气，连树梢都闪闪发亮。附近，红龙正在睡觉，还打着呼噜。

这个世界仿佛对长者让她去执行一项邪恶的任务一无所知。

阿莎不想再玩这种游戏了。三天之后，她就要和亚雷克结婚了。她必须得杀掉木津。这是唯一一种阻止灾难发生的方法。

她需要一个计划，一种欺骗长者的策略。

阿莎从眼睛里揉掉了挥之不去的睡意，手上的动作却停了下来，她突然发现她烧伤的手不疼了。她把那只绑满了绷带的手放到了面前，开始解绷带。

亚麻布掉了下来，她震惊得瞪大了眼睛。

昨天她的手还是烧伤状态，还在流血；今天，那里就变成了有一条伤疤的坚硬皮肤。这条伤疤占据了她的整个手掌和几根手指。烧伤完全愈合了。

阿莎坐了起来。这是什么？埃洛玛口中长者的第三份礼物？

火肤，他这样称呼。

但是什么意思呢？她有了一个最基本的想法。

阿莎拿出了火柴，凑到油灯那里点燃。

火焰亮起以后，她屏住了呼吸，慢慢地把颤抖的火焰握在了手中，开始计数。

一。二。三。

四。五。六。

七。八。九……

什么都没发生。一点儿都不疼。

笑容逐渐浮现在了她的唇上。如果她能够对火焰免疫，那杀掉木津得多容易啊。

一只手伸了过来，打掉了她指间的火柴。火柴掉在地上，灭了。

"您这是怎么了？"奴隶蹲在她身边，毫无声息。他的肩膀上停着一只白如雾气的鹰。它正用银色的眼睛盯着阿莎。

看到它，阿莎吓了一跳。"是罗阿的鹰吗？"

他伸手摸着它的白色羽毛，好像已经忘记了它在那里。"它叫埃希。"他摇摇头，又回到了之前的话题上，"您是想伤到自己吗？"他皱起了眉头，似乎阿莎想伤害自己让他很担心。

"是的。"她抬头望着他的脸，又拿出了一根火柴点燃。她紧紧盯住暴躁的他，抬起一只手，放在了火焰上方，然后把它握住了。有些痒，有些热，但并没有烧伤她。

"这是给我的第三份礼物。"

他的眉头皱得更深了："什么？"

阿莎灭掉了火柴："他想让我利用这份礼物偷走圣火。"

"谁想让您利用它？"他的眉毛变成了两条凌厉的黑线。今天早上，他似乎格外激动。阿莎看了看那只鹰，埃希，这是不是引他暴躁的原因呢？"您在说什么呢？"

他们的声音唤醒了龙。它坐了起来。

"长者给了我这个，"她抬起她刚刚烧过的那只伤痕累累的手，"就像他给了我那个，"她冲着正悄悄穿过草地走向他们的那条龙一点头，"就像他给了我那些。"她指着身边地面上的战刃，"每一份礼物都附带着一条命令。"

他伸出手来。令人惊讶的是，阿莎让他接过了手。他皱着眉头仔细观察，拇指擦过粗糙的、变色的皮肤，散发出一股暖意。

"这是不可能的。"他说。在他的肩膀上，埃希也低着头。"我几天之前刚把伤口包扎好。现在已经痊愈了。"

阿莎看着他拇指顺滑地擦过。她又一次想起了母亲，想起了她伸出手，把阿莎的一缕头发拨到耳后；或者像她一样跑过走廊，抓住阿莎给她一个大大的拥抱。阿莎总是扭开身子，她还有其他事情要做。

现在，她想知道她当时都想做什么。他放开了手，把阿莎从她的回忆中拉出来。

"命令是什么？"他的目光滑向她的头发。

她把手指滑过头发，发现辫子已经散了。"我必须偷走圣火，把它还回洞窟。"

"您要去做吗？"

"我不知道。"也许她可以暂时把圣火偷走。等到她杀了木津以后，圣火就没什么用了。和古律法相关的一切都没用了。

古老的故事就像一根阿甘树的树枝，而木津是饥渴的根部，切断根部，树枝也就随之枯萎死亡了。让龙祖的心脏停跳就永远抹掉了古老的故事，随之而来，也斩断了长者与人民的纽带。

木津死掉的那一刻，古律法会崩溃，化为尘埃。

阿莎摇头晃着乌黑的头发，用手指梳理着。

她抬起头，发现奴隶盯着她。他立刻就把脸转过去了，埃希还因为这突然一动叫出了声。

它拍着白色的翅膀，离开了他的肩膀。

"您需要我。"他并没有看她。

"什么？"

"您自己说的，他会跟着您。"他看到龙向着那只鹰扑了过去，红色的鳞片起伏着。一个模糊的白影从它身下飞了出来，烦躁地尖叫着。"您要是回去，怎么阻止它跟着您飞回去呢？"

埃希拍动着翅膀，声音仿佛达尔穆尔的潮水。龙盯着天空，注视着逃跑的猎物，然后溜到了阿莎坐的地方，围着她和奴隶转了两圈，坐在了地上。它收起的翅膀遮住了阳光。躺下来，龙大概有一匹马那么高。

奴隶说得对：如果她要完成这项任务，就需要这头野兽待在这里。她没有时间教它不要动。她再也不能冒险让它跟过去了。

龙推着阿莎的胳膊。她没有理它。它推得重了一些，她挪开了身子。

奴隶轻轻弹了下舌头，把它的注意力从阿莎身上引了过来。他蹭着它长满鳞片的下巴，龙的眼睛半闭着。

"你愿意为我看住这条龙吗？"

"是的，但您得付出代价。"

阿莎皮肤刺痛。"什么代价？"

"答应我，您完成任务以后，送我飞到达尔穆尔。"

阿莎盯着他。他是认真的吗？

"如果您把我送到达尔穆尔，"他说，"我就可以在远洋货船上找个工作，这样您就再也不用看见我了。"

"我没法带你飞走。"

"为什么？"

她看着那条龙。"我……我从来没有骑过龙。"

龙与龙裔之间可以通过飞行建立一条纽带。这条龙现在已经是她的累赘了，阿莎不想强化甚至维系这份纽带。

"很难吗？您的祖先做到了。"

"龙背叛了我的祖先。此外，我没有时间带你飞走。"她看着纯净的蓝天，阳光抹掉了那弯新月。

"那为什么呢？"

这些问题真是讨厌！阿莎抬手表示投降。"我只有三天的时间狩猎木津。"

他噘起的嘴巴恢复了正常。

阿莎低头盯着尘土飞扬的地面："如果我杀了木津，父亲就会取消我的婚礼。"

"什么？"他皱起眉头，"他为什么会……"

"我父亲打算摧毁旧律法。"为了逃开他逼人的目光，阿莎在地上描画着。地上出现了病房地板上的那种花：优雅的七瓣纳姆萨拉。"但是长者不断送我礼物，这些礼物总是带着命令……似乎他想以此来拖住我。"她摇摇头，"所以你知道了吧，我帮不了你。我的时间不多了。"

奴隶沉默了一会儿。"您杀了木津以后，"他说，"就可以带我飞到达尔穆尔了。"

"还有一个问题，"阿莎擦掉了沙子上的花，大声喊道，"我不骑龙。"

"如果您希望我在您去执行那个自杀式的任务的时候保证龙的安全，那您必须要去学。这是我索要的代价。"

阿莎看着红龙。她怎么能够骑着那个她发誓要灭绝掉的生物在天空中翱翔呢？

一旦她杀了龙祖，这可能都不重要了。它死掉之后，所有长者的痕迹都会消失殆尽。这条红龙对她的依恋也许也会崩溃。

阿莎看看奴隶。他并不知道这一点。

"好吧。"她说。

"我需要您说清楚。我不会等在这里，给您足够的时间改变想法。我需要保证，保证您会兑现您的承诺。"

可恶。想也没想，阿莎触碰着母亲的戒指。此时此刻，她希望她没有这样做，因为斯克莱尔人正盯着它。

"把那个给我就行了。"

阿莎摇摇头："不。"

"那您就自己看住您的龙吧。"他站起身往小溪那边走了过去。

他脱下衬衫，让她清楚地看到他的肩膀和手臂里蕴含的力量、他漂亮的身体曲线、他背上的亚麻绷带。

绷带已经被血浸透了。

阿莎皱起了眉头。她相当肯定，他并没有带新绷带。

他把裤子拉到膝盖上，让波光粼粼的溪水漫过他的小腿，她试图让目光不要离开他。他捧了一捧水，喝了一口，然后把剩下的扑在了脸上。

阿莎旋转着母亲的戒指。只要她说一些好听的，他就会回来了。她不想把戒指给他保管。

她扯下了戒指，龙懒洋洋地看着她。阿莎站起身，来到了小溪边。

"如果你能看住龙，我保证带你飞到你想去的地方。但你得等我先杀了木津。"

他抬起头。水珠从他的头发上滴了下来，沾在了他的睫毛上。他在阳光下闪闪发光的样子吓了她一跳。

阿莎意识到自己正在盯着他，于是脱下戒指递给了他。

"拿着。"

他接过她母亲的戒指，把它戴到小指上，接着开始打量她。他的嘴巴向一边一翘，动作非常轻，阿莎感觉自己松了一口气。困扰他的东西消失了，剩下的还是那个幽默的他。

接下来，还没等她反应过来，他就抓住了她衬衫的下摆，把她拉到溪里。

　　阿莎尖叫起来，冷水溅湿了她的裤子，浸湿了她全身。她站起身来，推了他一下。他踉跄着后退了一步，笑了出来，眼中闪耀着欢乐。接着，他好像并不害怕——一点儿也不怕——弯腰把水撩到了她的脸上。

　　阿莎生气地用力推了一把。

　　这一次，他倒下了。冰冷的溪水吞没了他。他上来以后，那个只有一边嘴角翘起的微笑消失了，换成了两边嘴角翘起的笑容——整个的笑容。

　　他从水里出来，向她走去，仍然笑着。他伸出手，把她的一缕头发撩到了她耳朵后面，眼中仿佛在闪闪发光。"您把头发放下来的样子很漂亮。"

　　那句话像沙克萨一样鞭打着阿莎。

　　漂亮？他在嘲笑她吗?

　　她可以因为这种事杀了他。

　　阿莎走近了一步，眯起眼睛："再这么说话的话，斯克莱尔人，我就要亲手剪掉你的舌头。"

　　她愤怒地转过身，把他丢在了水中。

二十

阿莎爬上楼梯，来到了神殿内，她的身子还是湿的。一听到那个熟悉的声音，她那满腔怒火立刻就被扑灭了。

"你真是一个无用的傻瓜。"迷宫般的走廊内，亚雷克大声吼道。循着他的声音，阿莎来到了楼梯下面。这条楼梯通往那个上了锁的房间，昨天，他的奴隶就藏在里面。

她的心都快从嗓子眼里跳出来了。

剑鞘撞击着皮带和扣环的声音让她转过身来。两名士兵正在走廊上踱着步子，脚步声在白墙间回响着。

"你可得给我们帮帮忙，要是想干什么非法的事，挑一个够判死刑的来干。"

第二个声音传了过来，同样熟悉，也同样充满气愤。"亚雷克，你也清楚，我很期待你的婚礼。具体来说，我相当期待我妹妹在新婚之夜切掉你的蛋蛋，把它们高高挂在墙上。"

达克斯。接着传来了响亮的啪的一声。

达克斯大声咒骂着。

阿莎一步两级台阶地跑了过去，她的心脏重重地敲击着胸口。门开着，她来到门前，火光照亮了哥哥，他被亚雷克打得转了个圈，现在有些摇摇晃晃的，脸肿了起来。

那位指挥官手上紧紧攥着一张卷轴，两名举着火把的士兵站在他两侧。更多的卷轴散落在他脚边，而他身后的黑暗中，藏着一张小床，上面一条亚麻床单仿佛是匆匆忙忙折起来似的放在墙边。

更危险的东西在架子的最底层，半藏在阴影里：一把破旧的琉特琴，由苍白的松木制成的。梨形的琴板上优美地刻着一个名字，格蕾塔。

亚雷克的注意力全被卷轴吸引了，所以他还没有注意到那名逃走的奴隶留下的证据。但要是他发现了……

突然间，神殿的守护者玛雅走进了视野。她就在房间里，后面跟着一名士兵。看到门口的伊斯卡利，她瞪大了眼睛。接着，她难以察觉地摇摇头，示意阿莎快走，让她不要牵扯进这里的事情里。

阿莎从门口退到了楼梯井的阴影里，把身子贴在墙上，避开了士兵的视线。

"我都不知道你还会写字呢。"亚雷克说。阿莎听出了他声音中的嘲弄，她听到他展开了一张卷轴。"是你那个灌木地的婊子教你的吗？还是说这是她为你写的？"

阿莎鼓起勇气看了一眼，正好看到达克斯攥起拳头，咬紧牙关。

亚雷克撕扯着那张卷轴，一下，两下，三下。然后他又拿起了一张，同样撕得粉碎。达克斯看着他，目光像匕首一样尖利。

每撕一下，阿莎都会感觉胸口一紧。

耻辱感烧灼着她。但她不在乎那些撕碎的卷轴。她当然不在乎。古老的故事杀死了她的母亲。她讨厌它们，她希望能毁掉它们。

亚雷克又一次转身面对架子，这时，他看到了正僵在门外阴影中的她。他冷笑了一声。

"阿莎。你来这儿干什么？"他的手离开了架子，"你身上怎么湿了？"

她盯着琉特琴。此时他若是转过身，肯定会立刻看到这把琴，认出它的主人是谁。

她得要阻止这种情况发生。

阿莎走进房间，站在亚雷克和琉特琴之间，看着脚下皱皱巴巴的卷轴碎片。"这里怎么了？"

"了解到今天早上的那个大新闻之后，我就跟在了你哥哥后面，"亚雷克回答，"他带着我直奔这里。"他一挥手，然后弯腰拾起卷轴，交给了阿莎。当然，不需要打开，她就知道上面写的是什么。

继续让达克斯处理这件事只会让这位指挥官直接获得他背叛的证据。

"大新闻？"阿莎接过卷轴，"什么新闻？"

亚雷克怀疑地眯起了眼睛："没人告诉你吗？"

她摇摇头。她一整夜都在大裂谷中。

"灌木地人昨晚夺走了达尔穆尔。你父亲今天早上得到的消息。"

阿莎想起了罗阿和她的鹰，想起了达克斯和她一直腻在一起的样子。仿佛她就是月亮，而他是一朵月亮花。

但罗阿似乎并没怎么注意他的想法。

阿莎看着她的哥哥，而对方却拒绝了目光交流，看着地板。

哦，达克斯……灌木地人背叛了他两次。

"你哥哥的客人，"亚雷克说"客人"这个词的时候，语气里满是厌恶，"都消失了。他们来这里是障眼法，就是为了分散咱们的注意力，而他们可以趁机攻占咱们的港口。"亚雷克转身面对达克斯，高高在上地俯视着他。"这进一步证明，他并不适合做一名统治者。"

阿莎走了过去，想保护她哥哥免受亚雷克的嘲笑，但她发现达克斯看了她一眼，又意味深长地把目光转向了那把琴。

消灭这项证据，他的眼神仿佛在这么说。但是她要怎么做呢，亚雷克还在房间里啊？

"如果达克斯真是这么蠢，连朋友和敌人都分不清，他怎么能保卫整个王国呢？如果他真是这么蠢，都没注意到我跟着他穿过费尔嘉德，他怎么会注意到敌人正在他的桌子上谋划如何背叛他呢？"

达克斯放开了拳头，斗志突然从他身上消失了。阿莎知道，此时他听到的不再是亚雷克的声音，而是他们的老师的声音。

愚蠢。废物。一文不值。

"他只有一项任务：安抚灌木地人，让他们不再反抗。但是他花了三个月和他们待在一起，还被他们欺骗了。我派出了一半军队去处理这些叛乱分子。他已经危及到了整座城市的安全。"亚雷克厌恶地摇了摇头，"而现在呢，我们还要对付这些东西，"他指着那些卷轴，"古老的故事，你父亲认定它们是非法的。"

亚雷克的目光掠过架子，在房间里漫无目的地扫视着。他的目光刚要落在她身后的小床上，玛雅从阴影里走了出来，吸引了亚雷克的注意。

"你，"他说，"很快就要被解职了。"亚雷克从手下的士兵手中拿过一支火炬，准备让他逮捕玛雅。

这时，离他发现小床和奴隶的琉特琴只有毫厘之差。如果让他看到了，那玛雅肯定就没命了。

阿莎向前一步："等等。"

所有人都看着她。

"逮捕她会加剧国王和神殿之间的分歧。"这只会削弱国王的权威。

亚雷克的目光扫过她身上湿掉的衬衫，透过薄薄的布料研究着她身体的曲线。阿莎靠在架子上，挡在了他们之间。

"暴力不是给予打击的唯一方法。"她说。

亚雷克的脸上浮现出一抹微笑，一股寒意从她脚底一直蹿到了头顶。"是吗？"他走近一步，把她逼进了架子里，目光中反射着火炬那橙色的火焰，仿佛要把她吞噬掉似的。"那你的建议呢？"

达克斯想要去帮妹妹，但一名士兵控制住了他。

"我们可以忘记这件事情。"亚雷克把一只大手放在了她长着疤痕的脸上，"你可以给我付出一些代价作为交换。"他的手向下移动着，来到了她的脖子上，然后继续向下，"如果你现在跟我走，我就可以不管那个奴隶的事了……"

阿莎的眼睛一阵剧痛。她感到恶心、厌恶。亚雷克的触摸让她前所未有地开始憎恨自己。比起古老的故事，比起龙祖和长者，她更憎恨自己，因为她竟然吸引了一个这么卑鄙的家伙。

这进一步证明了她的邪恶。

"告诉我接下来要怎么办吧。"他的声音变得有些沙哑，满是欲望，"我可怕的伊斯卡利。"

阿莎非常想要握住斧子，但这里并没有斧子。

所以阿莎想找些别的东西。

"有没有人给你讲过茉莉娅和费尔嘉德的第四位国王的故事？"她愤怒的目光射向了他，那是一个古老的故事，讲的是一个夺走了不属于自己的东西的男人和一个结束了他生命的女孩。"需要我给你讲一遍吗？"

有什么东西动了一下。亚雷克的手松开了。

阿莎一推架子，把他绊了个趔趄。

"给我火炬。"

还没有等他交出去，她就把火炬夺走了。

阿莎在卷轴上放了一把火，没人来得及阻止她。

玛雅哭了起来，她用手捂住嘴巴，看着火焰舔舐着羊皮纸和木头。达克斯已经被士兵放开了，他打开门，从火焰边把守护者拉了回来，烟气充满了整个房间。阿莎看着羊皮纸皱了起来，化为了灰烬。

"这些故事杀死了咱们的母亲。"阿莎没有去看她的哥哥，"必须销毁它们。"

她回想着母亲那能够驱走噩梦的声音，那温柔的拥抱，但是记忆中的那些记忆已然消逝远去。

阿莎静静地看着贪婪的火焰吞噬了架子，一同消失的，还有她哥哥叛国的证据。现在，如果亚雷克去觐见国王，他就只能靠自己的证言指控达克斯了。

但这不是火灾毁灭的唯一一份证据。

阿莎听到了琉特琴的声音，琴体正在扭曲折断，那个斯克莱尔人满是雀斑的脸出现在了她的脑海中。那个人浑身湿透，明媚地微笑着，把她的头发藏到了耳后。

城里有很多琉特琴，她这么告诉自己，接着用猎衫捂住嘴巴，防止吸入烟气。我会再给他找一把的。

茉莉娅和费尔嘉德的第四位国王

费尔嘉德的第四位国王并不仁慈。有些人说他残暴，有些人说他邪恶，还有些人说他对权力如饥似渴。他建造了一座宫殿，高高矗立在神殿之上；他设立各种苛捐杂税，搞得民不聊生；每天晚上，他都要找不同的女孩侍寝。

如果费尔嘉德的第四位国王来到你家里，索要你的女儿，你必须得把她交出去。否则，他就会抢走你的女儿，将你们全家人在日出前处死。

茉莉娅是女祭司的女儿。在神殿中长大的她一直虔诚地生活在庇护之下。她很早就上床睡觉，天不亮就起床祈祷。她会去探访那些穷苦的人们，一直坚决遵循着长者的律法。

然而某一天，国王带走了她最好的朋友。

那天晚上，茉莉娅并没有早早上床。她也没有在日出前起床。她在清冷的月光下熬过了漫长的一夜，跪在神殿内，向长者诉说着。

"我拯救不了她，"茉莉娅告诉他，"但我可以拯救下一个女孩。"

"夺取他人的生命是一种错误的行为，"长者告诉她，"就算是最邪恶的人，他的生命也是神圣的。"

"我要阻止那头怪物，就算我也要因此变成怪物，"茉莉娅说，"我依然在所不惜。"

长者说："杀害国王的代价是死亡。"

而茉莉娅说："我接受。"

她爬了起来，拿过了祭坛上的仪式刀，在石头上打磨刀刃。

当天晚上，茉莉娅把头发梳得光亮。她画上眼影，在身上洒满玫瑰水，穿上自己最漂亮的长袍，来到了宫殿前。

卫兵直接把她带到了国王身边。

茉莉娅对费尔嘉德王深深鞠了一躬。她没有抬头去看他的眼睛，怕他看出自己眼中炽热的怒火。她没有说出她的名字，因为害怕他听出自己声音里逼人的敌意。

龙王遣散了他的侍卫。

茉莉娅心中的那份激情动摇了。她是谁？怎么会想去弑君？她不过是个小女孩，还不满十八岁。他的体型可是她的两倍。

国王来到了她身边，茉莉娅一动都不敢动。

国王解着长袍的纽扣，茉莉娅颤抖着。

国王把长袍拉到了肩膀，又拉下了手臂。最后长袍落在了地上，茉莉娅想起了她最好的朋友。她想到了所有曾经站在这里的女孩，她们害怕地颤抖着。衣服堆在了脚边，茉莉娅抽出了绑在大腿上的刀子。

看到刀子，国王惊讶地瞪大了眼睛。

茉莉娅切下了他的头颅。

侍卫们发现她站在尸体旁，血液从她手中的仪式刀上滴下来。

发现她的目光落在了自己身上，他们也开始颤抖了，就仿佛是伊斯卡利在盯着他们。

夺人性命是禁止的，特别是国王的性命。埃洛玛本人亲自宣布了这项制裁弑君的律法。它与费尔嘉德的建立一样古老。

人们需要维护古老的律法。

所以，三天以后，他们将茉莉娅带到了中心广场那沾满血迹的断头台前，一个拿着军刀的人正等在那里。所有的费尔嘉德人都聚到了这里。曾经被国王带走的所有女孩都站成了一排，后面是她们的家人。

但侍卫们把茉莉娅带过她们面前的时候，所有的人都攥起了拳头放在胸口。而茉莉娅一直高高昂着她的头颅，来到了断头台前。

她无所畏惧。

二十一

在士兵们的注视之下，阿莎等待着有利时机，准备偷走圣火。

在炎热的阳光下，阿莎和达克斯并肩走着。亚雷克在他们前面六步的地方，身边被士兵包围着，他们的目光仿佛长矛一样，在这片区域绿色围墙之间的街道上上下下地戳着。前来访问的灌木地人都失踪了，亚雷克逃跑的奴隶也没抓到。整座城市都处于最高警戒状态。

"决不允许任何人出城，"阿莎听见亚雷克告诉他的副官，"这项命令要持续到找到那些失踪的灌木地人。"

哥哥蹲在她身边冥思苦想，阿莎也考虑起了自己的任务来。她需要从父亲的王座那里取来圣火，但不能被抓住。

前面，亚雷克脱下了罩衫。这件衣服在寒冷的早晨还是很有用的，但现在太阳出来了，气温也在不断上升。他的腰间挂着一支匕首，象牙握柄擦得闪亮。在阿莎旁边，达克斯仿佛要用目光在亚雷克的衬衫后面烧出一个洞。

"你没必要把它们烧了。"达克斯说。他棕色的鬈发湿答答地贴在皮肤上，在太阳的照耀下，汗水一串一串地冒了出来。

"我没有其他办法。"她说。

如果她没有出现，达克斯要怎么办呢？他要如何隐藏亚雷克那个无耻的奴隶留下的证据？她爱哥哥，但他真的只是一个梦想家。他只会提出一些看似远大的计划，却没有能力将其实现。

就像这些卷轴。

他究竟在想什么啊？

"托文在哪儿？"达克斯压低了声调，也没有看她。

"那个奴隶？"阿莎摇摇头，低声回答，"你都直接把亚雷克带到那个房间了。为什么我还要告诉你他在哪儿？"

达克斯张开嘴巴想要回答，但没说出话来，却爆发出了一阵咳嗽。这令人难受的声音让阿莎身子一僵。达克斯弯下腰来，双手用力按着膝盖。

阿莎盯着她哥哥。刹那间，面前的那个人仿佛已经不是大街中央的哥哥了，而是她的母亲。她站在病房的窗口，用尽了力气抓住窗台，想要站起来，同样严重的咳嗽却折弯了她的身体。

不，阿莎想。

亚雷克回头想看为什么有士兵停了下来，但达克斯已经不咳嗽了。这位王位继承人擦了擦嘴巴，阿莎在他那件短袍金色的袖子上寻找着血迹。他连忙在她看见什么之前就把袖子藏了起来。

最后，他们终于来到了焦糖色的围墙上的那扇高大的门前，亚雷克向门内的士兵下达了命令。还没等阿莎跟着达克斯穿过拱门，亚雷克就拉住了她的胳膊，把她强行拉到了面前。

"我的提议依旧有效，"他的声音低沉，"我会找到那个奴隶，结果了他。或者你可以接受提议，那么我会忘了他。"

阿莎挣脱了亚雷克，追上了哥哥。"你就尽情去找他吧。"阿莎回头答道。

"快要到朔日了，阿莎！"亚雷克在她身后喊道，"为什么非要去拖延一件无法逃离的事情呢？"

但父亲给了阿莎一个逃离的机会，只是亚雷克不知道而已。

等到她和达克斯都通过大门，阿莎迅速穿过昏暗的拱廊，把哥哥丢在了后面。喷泉处，水流哗哗地倾泻而下，阳光的热量蒸腾出了一片雾气。

"阿莎，"达克斯小跑着赶上了她，"别不理我啊。求你了。"

"别不理你？"她停下脚步，转过身去面对他，"是你把那些卷轴放在那个房间里的，是你把敌人带到家里的。我没让你做这些事。亚雷克说得对，你把咱们所有人都置于危险之中了。"

忙于自己工作的奴隶们也停下了脚步，偷听着这对王家兄妹在拱廊中央的谈话。阿莎扫了一眼作为警告，他们赶紧离开了。

她想象着那些古老的故事在达克斯笔下流出。

她压低声音问道："那些卷轴上的故事，是你写的吗？"

他一挑眉毛："你觉得我会写字？我真惊讶。"

这不是在回答问题。

阿莎观察着他。他的颧骨突出得太多了，衣服松松垮垮的。与哥哥刚刚激怒她的原因一样，她也不忍心失去哥哥。

"你现在就像她一样，"阿莎说，"像她去世之前的那副样子。"

失去控制般的表情从他脸上闪过，但立刻就消失了。

"并不是一切都像表现出来的那样，阿莎。"他的目光扫过她身后，注意着士兵和奴隶们。还好，没人注意他们，他走近了一步，压低了声音。"夜幕降临之后，长者会点燃火焰。"

阿莎连忙后退："什么？"

"这是罗阿说的。"

罗阿？那个背叛了他的女孩？

他是认真的吗？

阿莎没有时间去管这些事情了。他的哥哥是注定无法成事的。她需要偷走圣火，然后才能去狩猎木津。

她从哥哥身边走过，深入宫中。

达克斯的脚步声就跟在她身后。

"这片大地已经被撕裂了！"

她没有管他的话，继续前进着，穿过昏暗的游廊、明亮的庭院，穿过种满枣椰树的花园、爬满白茉莉的围墙。

达克斯跟着她。

"你还不知道，"他坚持继续说着，"因为你一直都待在大裂谷，执行着父亲的任务。现在情况已经很糟糕了，而且还在恶化。审判日就要来了。"

等来到了王座厅，阿莎转身面向他。

"这和你有什么关系呢？"她答道，"你什么时候关心过这些，达克斯？你关心过什么？"

他退后了一步，就仿佛被她推了一把。在他受伤的眼神中，她能看到他内心的斗争。她可以看到达克斯努力想展现的鲁莽和大意，可以看到其中藏着更真实更细腻的达克斯和他受过的无数的伤。

她不应该那么说的。他当然关心，关心太多事情了。

但那些事情都是错的。

"长者没有抛弃咱们。"他直视着她的脸，强迫她看着自己的眼睛，这样说道，"他一如既往地强大，在等待着正确的时间和正确的人。他期待着下一位纳姆萨拉来纠正错误。"

阿莎呆站在了王座厅外的拱门之外，里面的士兵们看不见她。

他知不知道自己刚刚说了什么？

疯了。简直叛国。就像灌木地人。

阿莎盯着她的哥哥。达克斯一直是那种鲁莽的英雄。就像纳姆萨拉和伊斯卡利，他是仁慈的英雄，而阿莎是毁灭者。

但是不像纳姆萨拉和伊斯卡利，阿莎从来不讨厌哥哥，只是担心他。

够了。我的时间不多了。阿莎转过身，望着那永不熄灭的明亮圣火。她看着它在黑色台座上的铁碗里燃烧。

就算龙王没有坐在王座上，他的卫兵也依然沿着墙壁站在自己的位置上。阿莎数了一下，一共有十六个人。她穿过拱门走进这间封闭的大厅，十六双眼睛都看着她，她的脚步声在穹顶下回响。她扫视着整个房间。没有阳台，只有一个出入口。屋顶上有一扇天窗。士兵们警觉地整天整夜盯着王座，只在黎明和黄昏时进行换岗。然而，阿莎应该在没人察觉的情况下偷到圣火。

　　她茫然地盯着圣火，看着它奇异地扭动着，明亮的白色火焰没发出一点儿声音。这朵火焰不需要燃料，自从埃洛玛一千年前把它从沙漠带到这里，它就一直地燃烧着。

　　不，她想，不是这里。埃洛玛把它带到了神殿地下的洞窟里。

　　你要把圣火从偷走它的小偷那里带出来，放回它本该属于的地方。阿莎把她的手掌压在太阳穴上，试图把这个命令从脑中挤掉。

　　她该怎么办？

　　父亲要她专注狩猎。等到木津死了，圣火在哪里燃烧就不重要了。木津的死亡将一劳永逸地结束长者的统治。证明了他们的神是假的，灌木地人就会服从龙王的统治，她的哥哥也不会再念叨那些关于纳姆萨拉的事情了。

　　但是，如果她不去管埃洛玛的任务，又会付出怎样的代价呢？

　　她想到了她麻痹的手臂，那是不明智地使用杀手的代价。

　　为了确保自己的力量没有减弱，她必须偷走圣火。接着，她要杀死木津。这样就一劳永逸地解决所有问题了。

　　但是她不能单独完成这项任务。

　　阿莎需要一名共犯。

　　巨大的，能喷火的那种。

二十二

　　阿莎骑着她的母马夹竹桃沿狭窄的鹅卵石小巷穿过城内最大的那座市场。刚染好的绸子高高挑在建筑物之间，在头顶上形成了一块靛蓝和橙黄色的帷幔。一个个摊位沿墙排列着，把它们的商品展示在街上。

　　路上的车马赶紧给伊斯卡利让开了路，于是，阿莎看到了她想找的那个摊位。她冲过去的时候，差一点儿没勒住马。阿莎拉住了缰绳，夹竹桃扬起了前腿，转过身，来到了那个陈列着木制乐器的摊位旁。

　　整座市场都陷入了沉寂。奴隶和顾客们聚集在了一起，一边耳语，一边看着伊斯卡利买下了一把擦得锃亮的桃花心木琉特琴。工匠把琴装进了硬皮箱子里，国王那个可怕的女儿把钱扔给了商人，其他人都谨慎地保持着距离。

　　扫了一眼围观的人们，她策马继续冲向城门。尽管他们的指挥官已经下令，不允许任何人进出城市，士兵们并没有阻拦伊斯卡利。她的父亲直接下达了命令。尽管士兵们都忠于亚雷克，他们依旧不能无视国王的命令。

她骑得很急。但是等来到了闪闪发光的潺潺小溪旁，却没有人在等着她。阿莎勒住了夹竹桃，在空地上扫视了一圈。除了灌木的低语，除了风吹过松林的沙沙声，一切都是那么寂静。完全没有有人待在这里的迹象。阿莎甚至没有找到她前一天晚上脱下的盔甲。

恐惧刺穿了她的身躯。

不要这样……她爬下马背，把马拴在阴凉处，抓过装着琉特琴的皮箱。

"斯克莱尔人？"

没有人回答她。

她进一步深入松林，准备想出一个古老的故事。这是用来确定情况最快的方式了。但还没等想出什么故事，她就听到有声音打破了林中的寂静。阿莎静静地听着。

注意不要发出声音，阿莎向发出沉闷声音的那个方向靠近了一些，她安静得就像一条蛇。

身后，有一根树枝断掉了。

阿莎僵住了。

有人跟着她。她可以感觉到背后有一股凉意。阿莎去摸斧子，却发现武器根本不在腰间，她赶紧一转身，准备在必要的时候用琴箱打倒身后跟着的那个人。

斯克莱尔人低头看着她。他脸上的雀斑就像星星一样，卷曲的头发半遮着机警的眼睛。就在他身后，蹲着一条灰红色的龙，细缝般的眼睛专注地盯着她的脸。阿莎放下了箱子。尽管心依然在怦怦跳着，看到他们依然安全，她还是感觉放心了不少。

奴隶看着她的身后，那个声音传来的方向。阿莎伸手去拉他的衬衫，把他的注意力拉了回来。她做了一个口型：谁？

亚雷克的人。

奴隶转身沿着他出现的那条路回去了。

阿莎跟着他穿过稀疏的树林，来到了那处明亮的空地上。

突然，声音开始从前后同时回响了起来。

接着，就仿佛他已经成千上万次做过了这个动作，奴隶来到了龙的翼骨旁，蹬着龙的膝盖弯，骑上了龙。跨上龙背之后，他伸出了手。

阿莎被吓得目瞪口呆。

又一根树枝断了。声音把她惊醒了过来。阿莎抓住了他的手，让他帮她坐在了后面。

"抓紧。"他低声说。

但除了他以外，没有什么可以抓的。

奴隶在龙的脖子后面弹了下舌头，龙展开了翅膀。奴隶又弹了两下，然后稳稳坐好。

龙飞了起来。

阿莎惊慌地搂住了他的身体。

一片树木正在他们前方。龙直直地飞了过去。阿莎的心脏疯狂地跳着。她闭上了眼睛，把脸埋在奴隶的后脖领。但他们并没有撞上去。

她抓得那么紧，让奴隶突然畏缩了一下，这让她想起了他衬衫下面的伤口。

"对不起。"她道了歉，但根本无法松手。

"没……没关系。"他咬紧牙关。

阿莎睁开了眼睛，但这又是一个错误。看到树梢从下面掠过，她又赶紧把眼睛闭紧了。

闭着眼睛，只有一片黑暗，她只能这样想着：我骑着龙。

这反而让事情变得更糟了。

树枝在下面啪啪折断，阿莎发现龙飞得太低了，尾巴和翅膀一直擦过树梢。所以奴隶轻轻弹着舌头，发出了一系列指令，让龙沿河前进。

最后，除了头顶的蓝天，他们的身下只有流水了，阿莎终于放下了心。她回头望着，发现甚至都看不到远方的城墙了。

突然，树木消失了，变成了岩石。阿莎发现前面连河水也消失了。

或者说落了下去。

一条瀑布在下面咆哮着。什么预兆都没有，龙就俯冲了下去。

和水一起落下的时候，阿莎咬紧牙关不让自己尖叫出来。她觉得自己仿佛飞了起来，肚子里翻江倒海的。她用胳膊紧紧抱住奴隶，脸颊贴在他的肩膀上。他们被水雾吞没，两个人的手紧紧抓在了一起。

然后坠入黑暗。

龙落在了坚实的地面上，摇晃了一下，差一点儿把阿莎从背上甩下来。奴隶伸出手抱住了她的腰，稳住了她的身子。摇摇晃晃的龙把水珠溅得到处都是。唯一的光来自他们身后，水从悬崖上冲下来。

阿莎又稳稳地坐在了龙背上，希望自己不要吐。

奴隶爬下了龙背。他踩在石头上，传来了一串脚步声，过了一会儿，她听到了划火柴的声音，燃料燃烧的气味飘了过来。很快，明亮的火光照得洞里闪闪发光。

"抱歉。我可能应该提前告诉您的。我们练习了一天。"他用手挠了挠脖子的后面，"我以为……"

"练习？"爬下龙背的时候，阿莎的肢体震惊地颤抖着，"练习？你知道自己干了什么吗？"

骑手和他的龙一起飞行，他们之间会建立一条纽带，一种联系。听到阿莎在那里大喊，龙藏到了奴隶身后。它把那长满鳞片的扁平头颅移到了骑手手下，来寻求安慰，奴隶用拇指摩擦着它的头顶，仿佛在说，我会保护你的。

阿莎只能摊手来到了洞口，瀑布飞流直下，水流沿着石壁流下来，把地面弄得又滑又亮。瀑布正发出雷鸣般的巨响，水面闪闪发光，一个问题打破了她的愤怒。

为什么要等我呢？

正如奴隶所希望的那样，这条龙可以带着他飞向自由。为什么他还甘愿冒险在树林里等她呢？

阿莎回过头，发现他们都在盯着她，像镜像一样，尽管龙差不多有奴隶的两倍那么高。

这样的视线让她的态度软化了一点儿，一点点而已。

"你可以飞走的，"她说，"你可以骑着龙远走高飞的。"

　　"咱们说好了要进行一项交易，"他转过身来这样说道，一边说，还一边继续向洞穴深处走去，"快来，我给您看样东西。"

　　"好的，"她说，"但首先我需要你的帮助。"

　　日落时，他们就要采取行动了。阿莎跟在后面，沿着湿滑的石阶前进着，把计划告诉了他。

　　她在石头上滑了一下，身子向前一歪。

　　他抓住她的腰。

　　"小心。"他注意着她接受伤口缝合的那半边身子。他的手温暖而牢固地待在她的手下面，几次心跳的时间里，两个人都没动。

　　一阵奇怪的沉默。接着，他突然一低头，松开了她，继续跟着前面哒哒的龙爪声，沿台阶前进。

　　阿莎打破了沉默："你是怎么找到这个地方的？"

　　"红翼找到的。"

　　"谁是红翼？"

　　"您的龙。"

　　"你起的名字？"

　　他在黑暗中耸了耸肩："我必须得称呼它吧。它是红色的，还长着翅膀。"

　　她摇摇头。下次要是埃洛玛还说她没想象力，阿莎就要把这个奴隶的事情告诉他。

　　突然，光撕开了黑暗。阶梯尽头，一个圆形的房间出现在了他们前面，房间的中央有一汪水池。一扇天然的天窗高高地挂在洞顶，一束光射了进来，水沿着岩壁悄悄流下。

阿莎绕着水池走了一圈，又抬头向上看。

"这是什么地方？"她的声音在岩壁间回响着。

"我以为您知道呢。"奴隶的目光落在了龙身上。

这里似乎是一处古老而神圣的地方。

但不管怎么说，现在这里是一个完美的藏身之处。

"我觉得它的翅膀受伤了……"

"什么？"阿莎立刻甩过头看着他看着的那个地方：龙低着头盯着水面，看着鱼在水里转着圈。

她需要这条龙来帮助她执行计划。要是翅膀受伤了，它就帮不上忙了。阿莎慢慢地凑到了龙的一侧，奴隶从另一侧走了过去。

"它不需要名字。"两个人都走得很近了，她这样说道。

"为什么呢？"

"给它起名字，你会喜欢上它的。"

就像奴隶。开始用名字称呼他们的那一刹那，你就开始失去对他们的控制。所以与其给他们反抗的机会，不如让他们没有名字。

"木津就有名字。"他指出。

"是的，但它很快就要死了。"阿莎爬得离那条栖息在水边的龙更近了。她可以清楚地看到，它的一只翅膀受了伤，黑色的血正从翼膜上滴下来。

慢慢地，她来到了那只翅膀边。龙立刻飞开了，风一般地跳到水池的另一边，玩笑似的甩着分叉的尾巴。

"您那么讨厌木津吗？"

这个问题打破了她的专注。阿莎转过身来。

"你看见我的脸了吧，斯克莱尔人？"她向他走了过去，"你知道木津在那之后对整座城市干了什么吗？"

他没有畏缩，而是直直地盯着她的眼睛。"您看见我的脖子上的项圈了吗，伊斯卡利？"暴风雨前的宁静。"您的未婚夫让我们在角斗场上互相残杀，而你们就站在一边，打赌下注。"他的眼神冷得像钢一般，"为此，也许我应该杀了您？"

"我倒想看看你敢不敢。"阿莎喃喃说着，回到了龙那里。她越早去处理翅膀上的伤口，就能越早开始执行计划。

"有一些事情我一直无法理解，"他在身后说道，"为什么木津当时攻击了你呢？为什么是那一天？"

她面前的龙撑着身子，蹲下前腿，甩着尾巴，瞪大眼睛盯着阿莎。慢慢地，她拉近了他们之间的距离。

"我无法理解，您应该已经死了才对。龙焰是致命的，伊斯卡利，您又烧伤得那么严重，"他的语气突然柔和了起来，"当时您只是个小女孩。"

怒火在她体内燃烧着。那时他还不在。他不知道之前的事情。

正在这时，龙动了，它开始往水池的另一边溜了过去，它想待在奴隶那边，因为他更友善。地上留下了一条黑色的血迹。

阿莎站起身来面对奴隶。

"我自己一个人，"她想到了病房中的日子，想起了父亲填补了她记忆中的那段空白。"我想结束这一切。我想告诉木津，我已经讲完了古老的故事。它一直在逼我，越来越愤怒。我最后一次拒绝以后，它暴怒着飞上了天空，吐出了龙焰，接着去袭击城市，把我丢在那里。要不是亚雷克及时找到我……"

她很少大声讲出这个故事，因为她不喜欢回想当时的情形。但是现在，听到自己把这件事说了出来，她发现其中哪里似乎有些不对劲。这个奴隶是对的。木津造成了那么严重的烧伤，伤口必须得立刻进行处理。

肯定有什么细节她忘记了。下次父亲再讲这件事的时候，她得听得认真一些。

阿莎再一次将注意力转到了龙身上。它现在站在奴隶身后，仿佛想让他挡住自己。她跟了过去。

奴隶伸出胳膊，阻止了她。

"您为什么想要结束掉这一切？"他问道。

因为故事杀死了我的母亲。阿莎记得母亲的最后那一晚。她一点儿力气都没有，已经说不出话来了。阿莎和她待在一起。黑暗中，她抚摸着她漂亮的头发，只有手指不停地动着，头发不断从指缝间流出。她想让母亲喝一点儿水，但水却沿着下巴流了出来。她记得她躺在母亲身边，一直亲吻着她的脸。

阿莎记得，听着母亲的心跳声，她睡着了……

醒来时，母亲的身体已然冰冷。

她紧紧闭着眼睛。

"你不懂。"她低声说，推开奴隶，"你们不知道古老的故事能够干出多么邪恶的事情。"

他抓住她的胳膊，阻止了她。"但薇拉的故事没有。似乎那个故事……在邪恶的对立面上。"

太天真了，阿莎想，古老的故事就像珠宝：令人眼花缭乱，会迷惑你，引诱你。"它们很危险。"她低声说，盯着他的肩膀后面也盯着她的那条龙。

"那么，"他轻声说，"我想我是受危险的东西吸引了。"

阿莎觉得她的脸颊在发烧。她回头看着他的脸。

"我在想，"他注视着她，很快又继续说道，"第一次见到您的情景。当时您八岁，或者九岁。我的女主人请您母亲喝茶，您也跟来了。格蕾塔在花园里服侍她们，您走进了图书馆。"

奇怪的是，阿莎记得那一天的事。记得图书馆墙上巨大的龙头，死气沉沉的玻璃眼珠，淡金色的鳞片，张开的嘴巴里露出的刀子般的牙齿……

"当时我正在掸书架，"他说，"看到您走进来，我知道我应该离开，给您一些私人空间，但是……"他吞了口唾沫，"我没有那么做。您穿着一件蓝色的长袍，头发松散地搭在肩上。您让我想起了一个人。"

在他身后，意识到游戏已经结束了，龙叹了口气。

"我看到您的手指在木制轴头上滑过，接着您找到您想要的那一张。我看着您把那张卷轴抽了出来，坐在垫子上，读到了最后。接着，我看见您又回去拿卷轴了。"

卷轴正是我出现在那里的原因，她记得，我在找故事。这个想法让阿莎感到很惊讶。她的记忆准确吗？长者让她堕落之前，她就被故事吸引了？

"您危险地靠近了我藏身的书架。而我知道，如果您抬眼去看，肯定能透过卷轴上方的空间看到我。"

阿莎继续回想着，试图回想那天在图书馆里有没有遇到一个斯克莱尔男孩。

"我没动。"水池上反射的光在他脸上舞动着，"我希望……希望您看到我。"

"但是我没看到。"她低声说。

阿莎突然感觉自己把弱点暴露了出来。就仿佛她脱掉了身上的盔甲，旁边却藏着一条龙。她迅速转过身去背对斯克莱尔人，走向那条龙。

"伊斯卡利。"

她停下了脚步，但没有回头。

"在病房看到您的那一天，我就知道一切都即将改变。而在这之前……"他顿了一下，"我需要您看到我。一次就好。"

阿莎转过身时，他的眼神已经不再冰冷了。

他低下了头，似乎突然害羞了，然后冲着龙做了个手势："来吧，我来帮您接近它。"

二十三

　　阿莎讲出了第一个故事吸引龙,讲出了第二个故事安抚龙,这样他就可以帮它清理翅膀上的伤口了。讲第三个故事的时候,奴隶缝合了那处伤口。而她每从肚子里倒出一个故事,龙就会用另一个故事填补那片空白。在阿莎的帮助下,它的每个故事都更加动人,更加清晰,不像之前那么凌乱了。

　　"好孩子。"等讲完故事,她蹭了蹭它的下巴。

　　奴隶一边干活,一边哼着他那写了一半的歌,还不时抬头微笑着看着他们。

　　翅膀上的伤口处理好之后,他们将阿莎送回了那块空地。此时,太阳正缓缓升起。

　　阿莎把她扔在树林里的琴箱拿了过来。

　　"还有一件事。"她递出了箱子。

　　"哦?"他接了过来。

　　"你不能叫它红翼。"

他蹲下来打开了箱子。"您有什么更好的建议吗？"

"我有。"

他停下了手上的动作，抬头看着她。

"'暗影'这个名字更好。"

"暗影。"他停下来考虑了一下，看着在阳光下伸展身体的龙，"暗影……也可以接受。"

他笑得眯起了眼睛。但是把琴箱的盖子打开之后，这副笑容消失了。

他盯着琉特琴，但没有伸手去拿。

"这不是我那把。"他的声音很奇怪，似乎稍稍有些嘶哑。

"我知道，"阿莎说，"这是我今天早上买的，给你换一把新的。"

"给我换一把？那旧的那把……"

"我烧了。"

"您……"他站了起来，动作很慢很慢，"您……把它怎么了？"

阿莎摊开手。"亚雷克找到了你藏身的那个房间，我当时只能想到那个办法，所以就烧了卷轴、小床和琉特琴。所有东西都烧了。"

他抓住了她的手腕，吓了她一跳。他的眼睛里燃着怒火："你知道你有多无情吗？"

他在责备她。她也知道，当时确实不应该那么做。她很坏，不仅仅是无情。她的心就像枯萎的果壳。

她可以将胳膊肘砸在他的前臂上，迫使他放开手。但她没有。她希望他能相信自己。"我想保护你。"

"您这是在保护自己。"说完，他松开手，挠着头发，转身离开了。仿佛她其实是一个怪物，而他再也不想触碰她了。"那把琉特琴是格蕾塔送我的。"

那个灰发奴隶的样子从阿莎脑中闪过。

"她就像是我的母亲。现在，她不在了，那把琴是能让我纪念她的唯一一样东西。"

阿莎觉得自己似乎正在被拆散，仿佛她是一块地毯，而且他的话切断了所有的线。

"我没有……"

"您不在乎，对吗？所以你从来都不用名字来称呼奴隶。所以您不想给那条龙起名字。"他走了过来，从来没有靠得这么近过。"如果用名字称呼我们，您就会开始在乎了。一旦开始在乎，时机成熟以后，您就无法对我们痛下杀手了。"

那个边干活边哼歌的奴隶消失了。他完全变成了一个陌生人，一个敌人。她的一部分在害怕，而另一部分却在说：看看他手抖的样子，看看他眼中的阴影。阿莎失去了她的母亲，但他失去的要更多。而她刚刚摧毁了可能是他最宝贵的财产，可能是他唯一的东西。

她感觉仿佛有人在胸口砍了一斧子。

她并没有意识到自己在做什么，或者说在事情结束之前，她并不清楚自己都做了什么。她只知道，就像他包扎了她的烧伤，缝合了她的伤口，她也想包扎这处伤口。她也想减轻这份伤痛。

她把满是疤痕的手按到他的胸前。阿莎打破了自己的习惯。

"托文。"

他张大了嘴巴，盯着她的嘴，仿佛不明白自己听到了什么似的，仿佛她完全是在讲另一种语言。

"对不起。"

他用手指缓慢地抚摸着她的手，似乎在感受这手是否真的在那里，是不是真的按在他胸前。

她看着箱子里的那把新琴："我还是把它扔掉吧。"

她放下了手。

"别。"他抓住她的手腕，阻止了她。两个人都没有动，他用拇指绕着她腕骨的凸起上转了一圈："我这么说太不公平了。您不知道这些事。"

渐渐逝去的阳光下，她盯着他。

他把手放回了身侧。

"您并不无情，"他盯着她的眼睛，"我刚刚真不应该那么说。"

阿莎扭过了头："我得走了。"

她拿起盔甲，穿戴整齐，把战刃插到背后，接着捡起躺在草地上的斧子。不过，她并没有把它插在腰带上，而是转过了身。

"如果他们找到了你，"她把斧子递给了他，"不要多想，攻击就好。"

他握住了宝石握柄，手指碰到了她的手。

走进树林之前，她停下脚步，站在了阳光与夜幕交界的地方，他刚刚触碰到的地方还很温暖。

"托文？"她没敢回头看。

"怎么？"

"如果你愿意的话，可以叫我阿莎。"

二十四

两名士兵从下面的街道上走过。阿莎屏住呼吸，抓住他们转弯的机会跳了下去。她的靴子轻轻砸在了地面上，尘土飞扬。

她避开了城内的主干道。要是听到了脚步声，或是感觉到黑暗中的眼睛，她就赶紧原路返回。越迟被发现越好。

爬上屋顶比从上面下来难得多。但阿莎小的时候就能在宫殿顶上如履平地了，现在当然依旧没问题。她发现了围墙的最低处，翻了过去，接着穿过屋顶，经过了翻炒着古斯米、收着衣服的奴隶，经过了准备晚上工作的屠夫。谁都没有看见她。

她来到了自己的房间，里面有一个银色的盒子在等着她。亚雷克的礼物堆积如山：一件长袍、一条红宝石项链，现在又多了一卷亮红色的萨布拉绸。她把这东西都推到一个角落，找出了她需要的东西：铜灯笼，上面嵌着彩色玻璃。她解下了背后的战刃，把它们塞进了床架里，然后脱掉了那身标志性的盔甲。她不需要这些东西来杀死木津。她只需要火肤和她的斧子，而那把斧子此刻在奴隶手里。

不，不是奴隶。

是托文。

阿莎解开头发，穿上最朴素的斗篷，走到窗前。她紧紧握住灯笼，等待着，望着远方的地平线。

红月升起。

再过两天就是我的婚礼了。

天空从蓝色变成紫色。

还有两天的时间狩猎木津。

太阳落到了裂谷里，而与此同时……

传来了尖叫声。士兵们在大喊：龙进城啦。

如果阿莎没有那么紧张，可能她已经笑了。

托文真是选了个无可挑剔的时机。

城里出现了一条龙，所以所有的士兵都会离开岗位，在获知国王已经安全之后，他们会爬上屋顶或是走上街道。

她披上斗篷，放下兜帽，把脸隐藏在阴影之中，迅速地穿过了混乱的士兵们。

王座厅的拱门进入视线之后，走廊安静下来。阿莎可以听到街上的尖叫声、嘶吼声，但在宫殿深处，一切都很安静。

她走进了王座厅，汗水浸湿了她的手掌，灯笼的握把也变得滑溜溜的了。

她迅速地朝着王座移动了过去，脚步声回响在空荡荡的大厅里。看着那个铁碗，她发现白色的火焰依旧在无声地燃烧。

真是神秘。

小时候，这个奇迹真的迷住了她。但现在，她已经无法感受到身心全被奇迹占据的感觉了。占据她身体的只有恐惧。

阿莎打开了灯笼上的闩锁。太阳穴上渗出了一串汗珠，汗水从背上滴下。她不知道埃洛玛是如何把它从沙漠一直带到城里的，但她的手里只有灯笼。她希望这样能行。

阿莎走进了浅浅的水池。她的手托住的东西平滑而沉重，如石头一般。她触到焰心的那一刹那，火焰却灼伤了她，当然被灼伤的并不是皮肤，而是更深层的东西。也许是她的灵魂吧。

成百上千个声音在她脑中回响，每一个声音都在讲着神圣的故事。仿佛所有讲古人都住在里面。

阿莎把火焰塞进了灯笼里，锁上了闩锁。

声音消失了。

"你！"

阿莎转过身，她的心脏狂跳着。

拱门那边，一名士兵正盯着她。士兵很年轻，也许和达克斯差不多大。他把手放在了刀柄上，但并没戴头盔，可能是在混乱中被碰掉了。

"你在干什么……"他看了看她手中明亮的灯笼，又看了看她身后空空如也的台座。

终于意识到她做了什么时，他抽出了军刀。

阿莎伸手去摸斧子，却没有摸到。

"把它放回去，你这个小偷。"

他穿过拱门，皱起了眉头，刀尖直指她的胸口。

阿莎有两个选择：逃跑，冒险冲出去；或是拉下兜帽，寄希望于士兵对伊斯卡利的恐惧会超越一切。她正打算选后一种方法的时候，哥哥走进了房间。

"嗯，这真有意思。"

"殿下。"那名士兵还没有认出阿莎，"她偷了圣火。"

她没动，达克斯伸出了手来。"把剑给我。我来把这小偷抓住，你去外面帮忙。"

士兵点了点头。阿莎看着那个年轻人一边跑，一边大声发出警告，让整座官殿都知道王座厅里来了小偷。

他离开之后，达克斯放下了军刀。

"我不知道你在做什么，小妹妹，"他回过头，"但你最好快点儿。"

阿莎的眼睛里噙满了泪水。

"快走！"

阿莎点了点头，跑过了达克斯身边。她把灯笼藏在斗篷下面，遮住了它不自然的光芒。

她一发现转角就赶紧转弯，她一发现可以跑就赶紧往前跑，她一看见有玻璃窗就赶紧爬出去。最后她来到了屋顶上。

这时，她身后传来了叫喊声。

有人发现了这个小偷。

二十五

阿莎奔跑着。

她穿过洒满暮光的屋顶，爬过石膏墙。她穿过拥挤的小巷，通过混乱的广场。

但是天上已经什么都没有了。没有龙在滑翔。托文已经开始执行计划的第二阶段了。她要去神殿和他会合。

一旦视线中出现了士兵，她就赶紧溜进路边的大门或店面。她会在里面一直等到他们过去，偷听他们描述着宫里出现的那个披着斗篷的小偷。

阿莎一路跑进了神殿，甚至都没藏进阴影里。开满亮橙色鲜花的石榴树下，阿莎把灯笼扣在腰带上，然后抓住最低的树枝，把自己撑了起来。她冲着一层的窗子奋力一跳，冲进了里面，灯笼撞在窗台上，发出了一声巨响。

阿莎畏缩了一下，等待着长者因为她这么不小心地对待圣火而将她击倒在地。

然而他并没有出手。

阿莎冲进了拱顶楼梯，来到了神殿的地下室。她需要进去，找到托文，然后离开。越快越好。

她穿过了藏着秘密隧道入口的壁龛，但是托文没在那里。

阿莎继续前进着，她的心跳得厉害，灯笼的光照亮了石墙。

如果他没能赶到这儿要怎么办呢？仿佛在回应她无声的问题一样，远处亮起了一点光。

阿莎加快了步伐。她穿过空荡荡的洞窟，石壁在闪闪发光。这里的空气很潮湿，像一个地窖。在密室门口，阿莎停下了脚步，回想着上次来这里时的情景，那也是她唯一一次来这里。那一天，她的母亲去世了。那一天，长者为了自己让她堕落。

托文盯着墙壁，斧子塞在腰带上。除了他那盏灯的光芒，洞窟内一片漆黑。

看到他出现在了那里，她的心跳平缓了下来。

"暗影在哪里？"她问。

"在隧道入口附近等着。"他回头看到了她，"来看看这个。"

阿莎什么都不想看。她来这里只为一件事情，她需要赶紧搞定。深深地吸了一口气，阿莎迈过了门槛，朝着密室中心移动，地板上深深刻着一枚九芒星。阿莎蹲了下来，放下灯笼。她解开了闩锁，用手捧着那冰凉的石头般的火焰，把它拿了出来。

低语声充满了她的大脑，比之前更加嘈杂了。一股强大的能量穿过了她的身体，让她从头到脚都感到一阵刺痛。这股力量如此强大，使她的头部悸动，牙齿疼痛。

很快，她把这朵火焰放在了九芒星的中央。

长者的圣火是那么明亮，整个洞窟都在闪闪发光。金色的话语在黑暗中闪耀着，写在墙上，天花板上。故事像火一样在她身边燃烧着。几百个，几千个。

所有的故事阿莎都知道。

她的手指触摸到了话语。她的嘴巴想大声把它们读出来。火花在她的嘴里闪动，接着变成了一股饥渴的火焰。

托文身后的石壁上，是一个人七彩的马赛克图样，过去四天里，他来过三次。无论在哪儿，她都认识那份笑容。它说：快看，我都给你惹来了什么麻烦。

阿莎现在正站在埃洛玛雕像对面。埃洛玛，第一位纳姆萨拉，灾难来临时奋起的一位神圣的英雄。长者的圣火在黑夜中燃烧着。她盯着那双黑色的眼睛，声音又出现了。但这一次，它们没讲故事。

纳姆萨拉，它们低声说道，就像吹过沙子的风。

托文抓住了她的胳膊，扭过她的身子，让她面对着他。"有人来了。"

这一刻，仿佛一根被斩断的丝线。阿莎回头看着她进来的那个方向，远处的地下室那边有一点光在越来越亮。

阿莎抓住了托文的手。他们穿过洞穴跑了出去，把圣火留在了它应在的地方。

"这是一个死胡同，"远处的声音说，"而且你的士兵无处不在。要是她在这里，咱们肯定能找到她。"

阿莎和托文越靠近洞窟的入口，火炬就离他们越近。他们无法及时赶到秘密隧道那里了。阿莎在岩壁上一个狭小的裂缝边停下了脚步，把托文推了进去。意识到她在干什么，托文赶紧抓住了她的手腕，把她拉到身后。但这里的空间不足以容下两个人。火光会照进来，照亮阿莎，他们两个都会被抓住的。

她摇摇头，试图扭开。

托文用胳膊环过她的腰，把她拉到了身边。他们的臀部相碰，塞紧了他们之间的空间，亚雷克的火光掠过了她的肩膀和岩壁。

托文的手捧着她的头，藏在自己的下巴下面。阿莎闭着眼睛，在心里悄悄咒骂着。

亚雷克的声音越来越近，然后消失了。太阳穴压在托文的脖子上，阿莎想象着这位指挥官看到了什么。神圣洞窟大门洞开。长者的圣火那闪亮的光芒将故事烙印在他脑中。

阿莎的心跳得飞快。托文肯定听到了，他抚摸着她的头，想要安慰她。他的拇指擦过她被木津的龙焰烧伤的耳朵，然后停了下来。

我知道，她想，非常丑。但是他并没有因此放下手，手指继续前进着，就像他曾经扫过她伤疤的目光一样，充满了温柔的好奇心。

阿莎放松地靠在他身上。

我怎么已经习惯被奴隶触摸了？不只是习惯。他的胳膊安全地环着她，把她牢牢抱在身边，她感到很开心。阿莎呼吸着他的气味。盐和沙子。男孩和泥土。

你会不会爱上某个人的气味，甚至想尝一下，看看是否和闻起来一样？

你堕落了，一个声音在她脑中响起，看看你，竟然迷上了一个奴隶。阿莎本该离开的。她本该听到那个声音的。

但黑暗中潜藏着危险，她反而将胳膊搂在托文的腰间，紧紧靠着他。他抚摸伤痕的手指停了下来。他完全一动不动。几个心跳之后，他把脸凑了过来。

慢慢地，他悄悄地用鼻梁擦过她的脸颊，仿佛在询问。一点火花在她体内燃起。她的血仿佛着了火。她仰起脖子作为回答，蹭着他的脸颊。

他转身将额头靠在她的额上。他撩开她的头发，捧起她的脸，两个人的鼻子碰在了一起。

"她在这里。"亚雷克的声音响了起来。

托文的身子僵住了。阿莎用胳膊紧紧抱住了他。

"看见这灯笼了吗？她肯定藏在这里。给我照亮一点儿。"

"是的，长官。"靴子踏在地上的声音回响着。

"如果她想玩火，"亚雷克喃喃道，"那我会在她的游戏中打败她。"

他想把我们熏出来，阿莎意识到。

不能让这种情况发生。她不能让他们抓住托文。如果亚雷克找到他，他就非常危险了。结果也许比死还要糟糕。

这里只有一个办法了。

阿莎挣脱了托文，踮起脚尖，在他耳边说道："我入夜时分会去找你。准备好起飞。"

还没来得及阻止她，她就深吸了一口气，走出了裂缝，来到了亚雷克的火光之中。

二十六

凉风拂过她的身体，这股寒意取代了托文带来的暖意。亚雷克站在洞窟入口处，背对着她，似乎不敢走进来。

"你说的小偷就在这里。"阿莎说。

亚雷克转过身。看到她的披风，看到她散开的头发，他眯起了眼睛。

"你犯下了背叛国王的罪行。"他说，"反抗自己的父亲，为什么这么做？"

脚步声在洞窟内回响着。声音来自他的一名士兵，他双臂各夹着一捆木柴。这名士兵停下了脚步，盯着里面的密室。"圣火。"他瞪大眼睛轻声说道。

亚雷克锐利的目光盯着阿莎，他在等待对方回答那个问题。看到她没有反应，他抓住了她的胳膊，拉着她穿过了狭窄的隧道，朝着通向神殿的拱顶楼梯走了过去。

阿莎没有反抗。只有赶紧让他把自己拖出去，托文才能立刻逃跑。

亚雷克为她搜了身，没有发现武器。他抓着她的斗篷。在王座厅的拱门处，他用手指拉住了系在她脖子上的帽缨，把斗篷扯了下来。接着他把阿莎重重丢在了空空如也的铁碗前冰冷的石头地面上。

她跪在了地板上，沮丧地哭了起来。

"这是怎么回事？"父亲拖鞋的脚步声在大厅中回响着。

"这就是你要找的小偷。"亚雷克说。

她的父亲站在她身边。她盯着金色礼袍下摆下露出来的那双精心缝制的拖鞋，没有抬头。

"阿莎？这肯定是有什么误会吧。阿莎，站起来。"

然而她没有。她要如何面对他？她依旧把额头压在地板上。

"我发现她在神殿地下，圣火在密室里。"

"怎么可能！"

她想象亚雷克摇着头。

"我手下有一名士兵看到她把圣火偷走了，陛下。"

她想象着父亲脸上恍然大悟的表情。

"阿莎，你能解释一下吗？"

她试图想象父亲眼中自己的形象。他第一次提出交易时，她是最凶猛的猎龙人，愿意不惜一切代价摆脱束缚。现在呢？如果父亲知道，他最大的敌人已经把手伸到了女儿身上，他会怎么办呢？会觉得她已经无法拯救了吗？会抛弃她吗？会找其他人来狩猎木津？

"告诉我你为什么这样做，阿莎。"

她的声音颤抖着："我很抱歉。"

"我不想要道歉！"他的声音激动了起来，在王座厅里回荡着，大厅里只有他、他的指挥官和几名士兵，"我想要你的回答。"

她咽了一口唾沫，目不转睛地盯着手掌下的绿色和蓝色瓷砖。她需要好好想想要说些什么。亚雷克不能知道她和父亲的交易。父亲也不能知道长者的命令。

"我……我是为狩猎才这么做的。"她看了一眼亚雷克，对方双手抱在胸前，"那条龙……更狡猾。我需要一些东西来诱骗他。"

"所以你偷了圣火？"

"这条龙无法抗拒圣火的诱惑。"

谎话，她鼓起勇气抬头看了一眼。目光相遇时，父亲的脸沉了下来。

"求您了，"她低声说，"我需要您相信我。"

听到这些，他的目光又柔和了下来。

"陛下，"亚雷克上前一步，"您不能因为她是您的女儿就想让她免受惩罚。那会开出一个先例。您希望被认为是一位只有律法对自己有利才会施行的国王吗？"

王座厅里一片沉默，龙王的目光从他的伊斯卡利转到了他的指挥官身上。

"陛下，我不是一直按照您的吩咐行事的吗？是我没有守卫您的城市？是我没有镇压您的奴隶叛乱？还是我没有保守您的秘密？"

听到最后一个问题，龙王的脸沉得成了暴风雨前的天空。阿莎想知道，父亲让亚雷克保守了什么秘密。这让她感到嫉妒。肯定是重要的秘密，非常重要，足以使他屈服于这种压力，因为他已经屈服了。

"你希望我怎么做？"龙王回头看着跪在脚边的女儿，这样问道。

"这里肯定出了问题。"亚雷克踱着步，沉重的脚步声在穹顶下回响着。"首先，我的奴隶失踪了。其次，咱们的盟友在夜里逃走，第二天早上就拿下了达尔穆尔。现在呢……圣火被你自己的女儿偷走了。"他摇了摇头。"我希望她能待在我能看到的地方。我的要求是让您执行自己的律法。惩罚她，就像罪犯一样，把她锁在地牢里，直到婚礼的那一天。"

她的父亲不会允许的。他希望杀死木津，而阿莎是唯一可以打败龙祖的人。

父亲犹豫了一下。

这让阿莎心中一紧。

国王看了看她，又看了看亚雷克，似乎是在做出选择。似乎这是一次策略游戏，他需要决定哪一边会让他付出更大的代价，是他的指挥官，还是他的伊斯卡利。

父亲的胸口随着呼吸起伏着。

"好吧。"龙王小心地说。

阿莎仿佛快要窒息了。

"父亲……"

国王举起手。

"起来，阿莎。"

这不是请求，而是命令。她按着膝盖站起身来，眼睛依然盯着地面。龙王托起了她的下巴，强迫她看着自己的眼睛。这吓了阿莎一跳。龙王从来没有触碰过他的伊斯卡利。他的眉间形成了一道深谷，平时温暖的眼神也变得警惕了起来，眼中满是距离感。

"把希望寄托在你身上，我是不是错了？"

是的，我比您想象的更堕落。面对这失望的目光，阿莎想闭上眼睛。

"不，父亲。"

"我凭什么相信你？"

"如果您让我回大裂谷，我会按照您的吩咐完成任务。明天黎明前，我就会带着那条龙的头回来。"

现在已经没有什么可以阻挡她了。不管是命令还是其实是诅咒的礼物了。

"我不能让你不受惩罚就出城。"他皱起了眉头。他需要她来狩猎木津，是的，但他也需要维护律法。"你已经犯下了严重的罪行。你意图背叛国王。"

他盯着她看了很久很久，然后放开了她的下巴。

"你可以回到大裂谷。"

阿莎如释重负地叹了口气。

"但要等到两天之后。"

阿莎愣住了。一阵寒意穿过她的身体。"但……那是……"

　　"你婚礼的那天早晨。"他的眼神告诉阿莎，他知道自己在要求她做什么，但因为她，他别无选择。

二十七

婚礼那天早晨，牢房门开了。

进来的不是亚雷克。阿莎适应了火炬的光芒之后，她发现两名士兵站在了照进来的矩形光芒中。

"跟我们走吧，伊斯卡利。"

阿莎站起身来。她抱着身子，防止潮湿的寒意侵入骨头。

"我服完了刑期。我父亲说我可以在婚礼那天早上回到大裂谷。"

"衣服在您房间里，"一名士兵说道，没理会她的话，"您穿好衣服，跟着我们。这是您父亲的命令。"

什么？她想逃跑，但还有六名亚雷克的人在走廊里等着。

他们来到了她的房间，阿莎一下子就注意到了门外插着的门闩。

接着，她注意到窗户都钉上了十字交叉的铁栅栏，把她密封在了里面。

最后，她发现墙上什么都没有。他们把所有的武器都拿走了。

"亚雷克干的吗？"

没有人回答她。

阿莎砸着门，然后跪在了床前，摸索着藏在床架里面的战刃。

还在那儿。她把它们抽了出来。

一件衣服小心地铺在床上。不是她的婚纱，但阿莎可以看到亚雷克的痕迹无处不在：沉重的珠子，低胸领口还有金色的绸子。

士兵们敲了下门，给了她一个警告。

阿莎没去穿衣服。

她来到了床边的箱子旁。箱子里，她的盔甲没人动过。阿莎放下战刃，从胸甲一直到靴子，将皮甲取出穿好。一旦抓住机会，她就要直接前往大裂谷。

裹在盔甲中，阿莎终于有了安全感，终于远离了亚雷克的注视。

她把头发简单编成一束辫子搭在肩上，然后把屠戮之刃绑在了背后，最后戴上了头盔。

门开了。

阿莎抓过亚雷克的礼物——那件靛蓝色的长袍、红宝石项链和一卷萨布拉绸——把它们连同一些引火之物一起扔进了炉膛。很快，她发现了一根火柴。划出了火焰之后，她立刻就把火柴扔到了那堆东西上。那卷绸子先烧着了。

靴子踏在地板上的声音填满了她的耳朵。

他们已经闯进了房间。

"够了！快抓住她！"

阿莎转身抓起了金色的长袍，想把它也扔进火里。但是一名士兵抓住了她，押着她往门口走去。"咱们要迟到了，伊斯卡利。"

阿莎回头看着正在噼啪作响的火焰，看着送给她的礼物化为了灰烬，只剩下了那一件长袍。

士兵们小心翼翼地互相看了一眼，把她带到了走廊上。

萨菲尔在角斗场门口遇到了他们，但很奇怪，这次，这里一个抗议者都没有。

看到堂妹，阿莎的心都快跳出来了。她差点儿没有认出穿着深绿松石色的长袍的萨菲尔。她及下巴长的黑色头发绑成了一束固定在脖子上。

"阿莎，你去哪了？"

周围都是大喊大叫着的龙裔们，阿莎的第一个反应就是想接近堂妹。但士兵们夹着她，所以她没法走到萨菲尔面前。

"这是怎么回事？"阿莎询问着她的护卫队，"为什么我会在这里？"

她周围都是一排排的木凳，大概坐了个半满，中央就是角斗场了。

在她身边，龙裔们站在桌子上，大声喊着，晃着钱包，押下赌注。但吸引她注意力的反而是角斗场本身。

通常，角斗场上的铁栏都会升到高处，这样可以防止罪犯们爬出去，也可以防止观众们摔进来。今天，铁栏降了下去，盖住了角斗场的顶部。

"今天是你婚礼的日子，"萨菲尔穿过人群，试图跟上阿莎，"你应该跟亚雷克互换结婚礼物。"

阿莎没有准备礼物。即便她有，把礼物给亚雷克也太滑稽了。

但为什么要来角斗场呢？

通常，交换结婚礼物的仪式都在城中最大的广场上举行，这可以唤起人们对婚礼的期待，而婚礼通常在月升时分开始。她环顾四周，思索着，寻找逃脱的办法。

穿着丝绸短袍的男士和优雅长袍的女士坐在环绕角斗场的长凳上。但是，对像交换礼物这样一个重要的场合来说，今天的竞技场似乎比平常更加空旷。即便阿莎可以从护卫手中逃脱，还能带走萨菲尔，这里也没有能够藏身的人群，没有办法在不被发现的情况下跑到出口。

人们很容易就认出了伊斯卡利。就算现在，人群也在为她向两侧分开。他们用恐惧的目光盯着她。

她来到鲜红色的华盖下面，这里是整个竞技场的最高点，拥有最好的观战视野。她看见了亚雷克。他平时穿的那件绣着双剑纹章的黑色短袍不见了。今天他穿了一件镶金边的白色短袍——婚礼的颜色。她的房间里的衣服肯定和这件很配。

亚雷克把她拉到身边。阿莎有些紧张。

"我要送你一份完美的礼物。"他的身上仿佛散发出一股奇怪的能量。他似乎并没有注意她的衣服。

龙王直直地坐着，黄水晶纹章挂在胸前，手指上的戒指闪闪发光。他旁边站着一个奴隶，端着一碟牛轧糖和杏子干。国王冲着亚雷克点点头，让他宣布仪式开始。

　　亚雷克举起了阿莎的手。竞技场内一片沉默。所有的眼睛都从远处盯着他们。

　　"今天晚上，伊斯卡利将会和我结婚。让我的这件礼物证明我们之间强大的纽带吧！"

　　掌声在阿莎的耳朵里响起。沉默再次降临，轮到她了。她望着帐篷外面的萨菲尔，记起了她很久之前讲的那句笑话。

　　我听说最近龙心很时尚呢，特别适合当结婚礼物。

　　伊斯卡利转身面对她的人民。她知道自己要做什么。

　　"今晚，指挥官将和我结婚，"她的声音既不大也不自信，"让我的这件礼物证明我们长久的姻缘吧！"

　　这次的掌声更加弱了。但阿莎没有说完。她摆脱了亚雷克，走到了他前面。

　　"今天我狩猎龙祖！"

　　掌声消失了。

　　"今天我将给古道最后一击，将我的灵魂中的邪恶驱赶出去！"她转过身面对未婚夫，袭来的只有冰冷的沉默。"作为我献身于此的证明，我会为你带来木津的心脏。那就是我的礼物。"

　　没有人鼓掌。没有人呼吸。所有的目光都转向了竞技场内的龙王。阿莎转身面对父亲，他举起了金色的葡萄酒杯，为她敬了一杯酒。不错，他的眼睛好像在这么说。

整座竞技场炸开了锅。但是反应各不相同：有些龙裔兴奋地大喊大叫，还有一些低声说着什么，紧张地交换着眼神。

她的狩猎现在已经公开了。他们必须让阿莎离开，这样她才能做好准备。

"战斗开始！"亚雷克发出了命令，他扣住阿莎的手指，把她拉到膝上。

阿莎畏缩了一下。她想站起来，但她正在扮演新娘的角色。

如果没有杀死木津，她余生就都得这样扮演下去。

周围的龙裔们都把目光转向了角斗场。他们唱起了圣歌，挥着拳头，等待战士们的到来。越来越多的龙裔唱起了圣歌，把阿莎的耳朵震得嗡嗡作响，这声音淹没了其他的一切。

角斗场内一片漆黑。火炬还没有点亮。她只能看到观众们或坐或站，在桌子上投注。他们兴奋地大喊着，等待比赛开始。

突然，一阵咆哮在人群中掀起了一阵涟漪，扰乱了他们的圣歌，这让阿莎感到很不安。

亚雷克一只胳膊环着她的腰，把她牢牢固定在自己身上。

一条龙？她看着天空，出现在了这里？

但天空依旧是一派无瑕的钻蓝色，并没有什么飞龙。

没有坐下的人都走向了长椅。亚雷克紧紧地抱着她，他的身体充满了活力。

"我发现了你的一些东西，"他的声音压过那些噪音，"你肯定是把它忘在了神殿地下。"

他走到了长凳那边，然后伸出手，手上握着一把宝石柄的斧子。这是她给托文的那把斧子。

阿莎的心脏仿佛冻结了一般。

她本能地伸手去拿。就在她握住斧柄的那一刹那，所有的火炬一起亮了。

阿莎一抬头，正好看见重装士兵把一条龙赶进了角斗场。他们挥舞着长长的钢矛，竖起矩形大盾。他们重重地戳着那条龙，一次又一次，将他们尖锐的长矛深深地刺进了土红色的龙皮内。

斧子掉在了她的脚下。

"暗影……"

龙只能继续前进，嚎叫着，不断开合着嘴巴。它没有地方可去，没有地方可藏。降低铁栅栏就是为了防止它飞走。

但比这更糟糕的呢？

跪在角斗场中心的是托文。

他摇摇晃晃着，似乎已经快要失去意识了，一把锯齿刀躺在他的手上。那条龙饱受折磨，非常害怕，似乎准备杀死任何像是威胁的东西，而托文必须对抗这条龙。

一名士兵狠狠捅了一下，暗影发出了一声凄厉的、令人心碎的嚎叫。重装士兵们冲出了内场。

龙刚要冲进去，托文抬起了头，望着那群为他的死亡欢呼的龙裔们。他的目光滑过他们，向上移动，然后停在了阿莎身上。

二十八

　　暗影冲了过去，踢起了一片红色的沙子。托文滚到了一边，他差一点儿就被击中了。他背上流着血，旧伤口又裂开了，表情非常痛苦。这影响了他的速度。暗影那分叉的尾巴一甩，打在了奴隶的身侧，把他扔到了背上。

　　阿莎攥紧拳头捂住嘴巴，不让自己叫出声来。

　　暗影也很痛。血液从它体侧一条长长的伤口中涌出，它很小心地移动自己的右腿。它被困住，还受了重伤，没能认出面前的那个奴隶是谁。龙内心的恐惧淹没了它与托文之间的纽带。要知道，这条纽带才刚刚形成，未经考验，非常脆弱。

　　他们会同归于尽的，阿莎想。

　　而她被迫看着这样的场景。

　　"我记得你非常喜欢斗龙呢，"亚雷克用胳膊紧紧锁住她，"所以我觉得应该为你恢复这项运动。"

　　阿莎压抑着愤怒。她看到暗影正围着斯克莱尔人绕圈，随时准备发动攻击。托文的刀子在阳光下闪闪发亮。

如果托文杀死暗影，她就没能完成埃洛玛那条保护这条龙的命令。长者会倾泻他的愤怒。这一次，降在她头上的惩罚可能永远不会解除。

　　而如果暗影杀死了托文……

　　阿莎心中的愤怒高涨了起来，她紧紧抓住了亚雷克的胳膊，手指嵌进了皮肤，嵌进了肌肉，直达骨头。

　　他尖叫了一声，牢牢锁住她的胳膊松开了。阿莎从他的腿上跳了下来。

　　等到他抓住她的胳膊，她已经三大步冲进了人群中。从他残忍的目光中可以看出，他绝不打算松手。一次心跳时间内，阿莎解开了护甲，把他手中的胳膊抽了出来，并迅速移动到了场内。

　　来到栏杆前，她蹲了下来。暗影又朝着托文冲了过去，而托文赶在最后一刻趴在了地上。肚子是最容易把刀子插进去的地方。他本可以给龙致命一击，却并没有那样做。

　　他的嘴唇动了。如果阿莎集中精神，就能听到他的声音。他想安抚暗影，想哄乖它。

　　只有这一次，托文讲出了故事。

　　"不……"

　　古老的故事会令龙变强，它可能会喷火的。

　　"托文，不要！"

　　撞到墙壁前，暗影刹住了。它转过身来，窄窄的鼻孔闪着光，红色的鳞片起伏着。托文站了起来，他的嘴唇依旧在动。

　　暗影四肢着地，头向后仰起。它的胸部起伏着，肚子正变得灼热。

"不！"阿莎尖叫道。

士兵们来到了角斗场的边缘。阿莎跌跌撞撞地穿过了十字交叉的铁栅栏，不断失去平衡，又迅速站稳，最终逃出了士兵们能触及的范围，来到了角斗场中央。阿莎抓住了下面的铁棒，脚下不断打着滑，终于找到一个足够宽的地方。人群安静了下来。

她钻了过去，悬在了角斗场上方，这时她才意识到自己离地面有多高。这个高度就算不至于骨折，也免不了皮肉之苦。

暗影的肚子变成了红色。

阿莎放开了手。

她落了下去，空气掠过耳际。脚踝、大腿一阵撕心裂肺的疼痛。她直接落在了龙和奴隶之间。上面的观众们都倒吸了一口冷气。

阿莎举起胳膊，一只上面穿着战甲，另一只没有。她看到自己那戴着头盔的身影映在那双细缝般的双眼里。对方的眼中是一名猎人，一个敌人。

火喷了出来，她已经没有办法阻止了。

阿莎转身跑向托文，跪在他面前，用自己的身体挡住了他，靠盔甲抵御着火焰，还抓住了他的头，往下压着，用肩膀遮住他的脸。

"低头。"她的声音在头盔里响起。

火焰扑了过来，托文大声吼着，热量灼伤了他的皮肤。他抓住她胸甲的下边缘，把她抱在身上。

火焰摇曳着，最后熄灭在了沙地上。

阿莎转身面对那条龙。它低低地蹲伏着，正发出嘶嘶声。

他们把她顽皮的暗影变成了一个捕食者。

"暗影！"她推开头盔，头盔咚的一声落在了沙地上，"是我啊！"

龙咆哮着甩了甩尾巴。

阿莎开始剥下盔甲，一块一块地扔到一边。

"你认识我啊。"

上方的人群都安静了下来，他们盯着伊斯卡利，目光中满是难以置信。他们惊讶的议论声传到了她的耳中，而盖过这所有的一切的是一声大吼，这声音正命令士兵们打开大门，把伊斯卡利救出来。

是她父亲的命令。比龙王凶猛的吼声更让人害怕的是，他正用冷酷的目光盯着她。甚至在下面，她都可以感觉到这股冰冷。

阿莎用颤抖的手指解着龙皮靴的带子。得脱掉靴子，让暗影知道，她不是敌人。

"它正看着你。"身后的托文说道。

阿莎抬起眼睛。暗影已经不再绕圈了，尾巴也不再甩动了。它犹豫地朝她走了一步，抬起了满是鳞片的扁平头颅，嘴里哼哼着，似乎是在呜咽。

阿莎突然有种想用胳膊搂住它的脖子的奇怪冲动。

她踢掉了靴子，赤脚慢慢走了过去，伸出双手。暗影用鼻子蹭着她的手掌。它全身都在颤抖。

阿莎需要把它从这里弄出去。

角斗场入口方向传来了沉重的脚步声。阿莎和龙同时看到，一列士兵来到了门的另一侧。他们被困住了。她可能确实避免了暗影和托文自相残杀，但却无法从父亲的军队手中保护他们。

"阿莎。"萨菲尔的声音传了过来，"起飞吧！"

金属的刮擦声和齿轮的转动声塞满了阿莎的耳朵。阿莎抬起头。上方的铁栅栏升了起来。

萨菲尔在控制室。

然后，上方传来了一声口哨。

他们一起抬头，看到了达克斯扔下两样东西。托文大步跑了过去，一只手抓住一束箭，另一只手抓住一张弓。

现在没时间好奇为什么达克斯提前准备好弓箭了，阿莎在沙地上寻找着她的屠戮之刃，刚刚脱盔甲的时候她把战刃也扔到了一边，而托文已经搭好了箭。

他甚至连弓箭都会用？

仿佛听到了她的想法似的，托文与她目光交汇。阿莎注意到了他撕裂肿胀的嘴唇，脸颊上的鞭痕，还有颧骨上紫黑色的瘀血。

有人打他了，不止一次。

阿莎感到心中的怒火又是一阵爆发。

"待在我身后。"她从沙地上抓起战刃，神圣的战刃抽出了刀鞘，画出了一个环形，"在暗影逃出去之前，我会保护你的。"

士兵们冲了进来，托文听从她的指示，拉开了弓。

阿莎转动着她的战刃，她的体内充满了能量。

她负责前面，而暗影保护他们的背后。

决斗场里挤满了亚雷克的人，阿莎用战刃指着他们：
"左边！"

这句话刚说出口，一名士兵就倒了下来，他的胸口上扎着
一支箭。

托文又搭好了下一支箭，还没等阿莎做出指示，箭就飞了
出去。阿莎对此大为惊讶。在他们身后，暗影甩着尾巴，一下
就打倒了三名士兵，把他们扔到了墙上。

"你是从哪里学会射箭的？"

箭头又刺进了另一名士兵的心脏。

"怎么？很佩服吧？"

在控制室，萨菲尔冲着想要打破房门的人怒吼着。她把自
己锁在了里面。

"格蕾塔教给我的，"另外一支箭飞了出去，擦过阿莎的
头发，"我还教给了你哥哥。"

我哥哥？阿莎想起了结了茧的手指，托文和他哥哥都有。
但是现在没有时间去问这种问题了。

"栅栏升起来之后，"她说，"你就爬上暗影起飞。"

在门口，士兵们分开了，有人走了过来。那个人穿着白金
相间色的短袍。

指挥官踏进了角斗场，他手里握着军刀，直奔他们而去。

阿莎紧紧抓住了她的刀柄。萨菲尔讲过要如何对付更大更

强的对手，那些策略从她脑中闪过。攻击要快，先攻下盘，快进快出，绝不停手。

走到一半，亚雷克停下了脚步。周围的士兵们都放下了武器，盯着阿莎的身后。想到原因，阿莎自己转身去看。

托文已经抽出了他的最后一支箭。箭在弦上，弓弦拉紧，直指着阿莎的胸口。

箭瞄着龙王的女儿，没有士兵敢上前。

"你先上去。"

"什么？"

"阿莎。"

他从来没有叫过她的名字。这个声音仿佛敲响了她体内的一座钟，填满了她内心的空虚。

"照我说的做！"

阿莎盯着他。"你疯了。"她低声说。

在他们头顶上，栅栏正吱吱作响。再过一会儿，暗影就可以飞出去了。

"是吗？"他把箭头指向她的胸口，下巴冲着上面的观众一点。观众们都挤在栅栏前面，低头看着他们既讨厌又恐惧的伊斯卡利。"有多少人希望我将这个箭头刺进你的胸口呢？"

阿莎吞了一口唾沫，所有人。

"你父亲呢？"

想到红色华盖下的国王，这个问题让阿莎心如刀割。父亲会看到一切。他会意识到真相：他的女儿堕落了。

想到这里，她离开了奴隶身边。

"拜托……"她说，"快走吧。"托文的目光落在她的脸上，"没有人会原谅你的。"

从一开始就没有。但父亲需要她狩猎木津。如果她带来木津的头颅，他的父亲，还有所有人都会原谅她的。这一行为会免除她一切的罪行。

"我需要纠正错误，"她说，"你来照顾暗影。这是咱们的交易。"

栅栏抗议般尖叫着，停止了上升。上面的控制室里，萨菲尔一声惨叫。栅栏开始下降了。

阿莎心里，恐惧依旧炽热地闪烁着。如果栅栏降到底，托文和暗影依旧没有出去，就再也没有救他们的办法了。

"如果我刚救完你，你就死在了这里，我会一直追你到死亡之门前，再杀你一次。"

"你可以杀我一百次，"他把最后一支箭瞄准他的主人，"如果不能让你离开他，我还是杀了他吧。"

阿莎盯着他。

他要保护她？

疯了吧。

"托文？"在头顶上方，逃跑的机会正在逐渐溜走，"我还欠你一支舞，记得吗？如果你死了，就不能和我跳舞了。"

他惊讶地看了她一眼。

"答应我，你不会和他结婚，"他紧紧地拉着弓，"不会成为他的东西，"他的目光焦躁了起来，"那会杀死你的，阿莎。"

她盯着紧紧拉住弓弦的指关节，他还戴着母亲的戒指。

"你得向我保证，否则我不会离开的。"

"我保证。"她低声说。

听到了这句话，他冲着暗影一弹舌，冲到了龙的两翼之间。

没有了托文弓箭的威胁，亚雷克又开始迅速前进，仿佛一场沙尘暴横扫沙漠。他的目光锁定在了奴隶身上，这是这个奴隶第二次从他身边逃跑。

控制室里，萨菲尔尖叫着，阿莎感觉到了一股寒意。

暗影的翅膀带来的风吹散了她的头发。她没有去看。她不敢让目光离开指挥官。

此时，她一直在悄悄地祈祷，祈祷长者让他们安全离开。

亚雷克抬手向士兵们发出信号。但他并没有发出这个命令，因为阿莎首先冲向了他，无视着萨菲尔曾经教过她的每一条策略。

他轻而易举地就接住了她的战刃，但想要把她扔出去的时候，阿莎牢牢地站在了地上。她没有必要在战斗中击败他，只需要拖住他就好了。

"不要挡我，伊斯卡利，否则我会让你后悔的。"

阿莎咬着牙，牢牢撑住了他的力量和军刀的重量。她的身体在尖叫，她双腿弯曲。亚雷克对着她怒吼着。

阿莎吼了回去，愤怒地吼着。

坚持住。

他抬头望着天空，嘴巴愤怒地扭曲着。他退后了一步，力量也消失了，他把军刀扔在了沙地上。

阿莎转身望向天空，栅栏正好关上了。透过十字形的铁栅栏，上面是万里无云的蔚蓝天空。

他们走了。

这种孤独感那么锋利，那么残酷，就仿佛一把斧子把她的心劈成了两半。

二十九

铁栅栏上方，人群咒骂着阿莎，冲着她发出嘘声。耻辱像毒藤一样抓住了她的心脏。

亚雷克夺过她的战刃，命令清空竞技场，她也没有反抗。她不敢去看那些从他们倒下的同仁们身上拔箭的士兵们的眼睛，所有人似乎都想在她身上插一打箭。

在她所作所为带来的压力之下，阿莎跪在了沙地上。

她的父亲从上层走了过来。她得考虑要怎么跟他说。

不过此时，她却想起，托文叫出了她的名字。

阿莎，母亲起的名字，不是伊斯卡利，那个堕落的神的名字。

要是我再也看不到他了该怎么办？这件事应该不重要才对。

在萨菲尔的呻吟声中，阿莎看到了两名士兵把她拖进了角斗场。阿莎站起身来，但三名士兵立刻走了过来，他们脸上那纯粹的仇恨让她停下了脚步。

亚雷克将萨菲尔拖到了阿莎跟前，把她丢在了地上，她立刻瘫了下去。

　　"阿莎。"父亲的吼声回荡在整座空荡荡的竞技场里。他走向伊斯卡利，沙子飞散着。"你让我变成了一个傻瓜！"

　　他走得更近了，而阿莎一直低着头。

　　"看着我！"

　　她顺从地抬起头，目光顺着他金色的礼袍向上滑去，穿过他的王室纹章，落在了他愤怒的脸上。

　　"这些年来，我一直很相信你。这些年来，无论别人怎么想，我一直站在你那一边。而一个上午，你让一切，你让我们所有的努力都化为了乌有。为什么？"

　　一个声音从国王身后传来。

　　"离她远一点儿。"

　　达克斯漫不经心地穿过大门，把一把没什么装饰、制造粗糙的刀子从一只手丢到另一只手上，就仿佛那是一个球。他的目光锁定在了父亲身上，阿莎看到了哥哥的眼中有一种危险的东西。

　　父亲露出了痛苦的表情，指示左边的一名士兵："把他带走。"

　　但达克斯继续前进着，直奔国王，他的下巴高高扬起，棕色的眼睛显出了近些天来少见的清澈。

　　士兵来到了他的身边，达克斯举起刀。

　　阿莎注意到，这是一把灌木地人打造的刀。

　　"别碰我，"达克斯说，"否则我切下你的脑袋。"

士兵停下了脚步，望着亚雷克。亚雷克望着国王，等待命令。

但达克斯没有等。

"五天前，"他向父亲走了过去，声音在空荡荡的竞技场中回响着，"我求我妹妹拯救那个奴隶的性命。"

国王眯起了眼睛。

"当然，阿莎拒绝了。所以我要挟了她。"达克斯来到阿莎身边，站到妹妹面前，挡住了她的视线，"同样，我也要挟她偷走你珍贵的圣火，阻止角斗场里的战斗。"

什么？阿莎困惑地看着萨菲尔。但萨菲尔盯着她撑在沙地上的手。她刚被暴打了一顿，身体还颤抖着。

父亲谨慎地观察着达克斯："儿子，你为什么要这么做？"

"不是很明显吗？"达克斯的眼睛闪闪发光，"我恨你！利用他最喜欢的怪物来反抗他，这不是打击我恨的人最好的方法吗？"

怪物。这比达克斯拿刀刺伤阿莎还让人难受。

但他却撒谎说是他要挟她。也许他依旧在撒谎。

"把我儿子带走。"国王的声音慎重而冷静，但阿莎听出了其中有一丝不和谐，"把他关在地牢里，我要亲自审问他。"

士兵们走了过来，达克斯蹲在阿莎面前，看到她脸上的疤痕，他的目光柔和了下来。

"小妹妹，夜幕降临之后，长者会点燃火焰。"

他们抓住了他的胳膊，把他拉开，达克斯眨了眨眼。把他拖走时，他似乎并不害怕，就仿佛这只是一场游戏的一部分。

他们也把萨菲尔从角斗场里拖了出去。她回头看着阿莎，脸上满是担忧。

她在担心阿莎，却没有担心她自己。

阿莎皱着眉头，想起了托文对她说过的话。

在病房看到你的那一天，我就知道一切都即将改变。

什么一切？她很好奇，想起了那副弓箭，哥哥想干什么？

"我们已经扫清了那群乌合之众……"亚雷克把什么东西交给了龙王——是阿莎的臂甲，她逃跑的时候解开的那副，"龙喷火的时候，她的手臂没受保护。"他走向阿莎，抓住她的胳膊，"为什么她没有烧焦呢？"

父亲举起臂甲，无声地等待她的回答。

"我不会被烧伤。"她低声冲着地面说道。

"大点儿声。"

阿莎抬起头，大声说道："我不会被龙焰烧伤，什么火都无法烧伤我。这是一份礼物，长者送我的。"她不敢看他的眼睛，"他不允许我拒绝。"

亚雷克和她父亲互相看了一眼。他们一起转过身去，悄悄说着什么。

阿莎看着他们：父亲和他的指挥官，周围都是士兵。角斗场已经空了。伊斯卡利没有武器，跪在沙地上，国王的继承人被送往地牢。如果亚雷克真的想要夺取王位，要怎么来阻止他呢？他为什么不现在就打倒父亲呢？

她的父亲转过身来，牢牢抓住了她的胳膊："长者有没有给你其他礼物？"

阿莎扭过头,她感觉非常耻辱:"有。"

"有?还有什么呢?"

"这对战刃,"她说,"还有龙。"

这对父女之间的空气彻底凝固了。

"你是想告诉我,你一直都在和长者打交道?"

她眼中噙着泪水,闭上了眼睛。"如果我不按他说的做,她就会取走我的力量……"她看了一眼亚雷克,"让我无法狩猎。"

他要斥责我了。他会意识到我是他失败的原因,然后抛弃我。

她睁开了眼睛。她发现父亲正目不转睛地看着她生着疤痕的脸庞。

"他想利用你,阿莎。就像八年前一样。你很容易堕落,这样他就可以利用你作为容器来与我们对抗。"他踱着步,一边思考一边将着满脸的胡子。接着,他停下脚步,蹲在了阿莎跟前:"我亲爱的孩子,为什么你之前不告诉我呢?"

阿莎松了一口气。

"因为我很惭愧,"她回答,"因为我的身体里一直有一种危险的东西。我害怕告诉你之后,你会觉得我没救了。"

"看看我。"

阿莎看着父亲。

父亲的眼神很温暖。

"如果你不告诉我你遇到了什么问题,我是没法帮你的。"

阿莎盯着她的父亲,差一点儿就如释重负地哭了出来。

"咱们最初的交易依旧成立，"父亲说话的声音只有她能听到，"你还有时间，直到月亮升起。"

指挥官伸出手把国王拉了起来。阿莎望着他们抓在一起的手，望着他们之间牢固的纽带。

"她要为你去猎一条龙，"国王在亚雷克的帮助下站了起来，"这次我希望你和她一起去。"

阿莎愣住了，吓得不敢说话。亚雷克也惊讶地挑起了眉毛。

"你曾从长者的诡计中救过她一次，"国王说，"如果长者想要操纵她，我希望你待在她身边。"

阿莎盯着她的父亲。他们共同的秘密藏在他眼睛里。他希望她能在亚雷克面前杀死木津。亚雷克认为木津的心脏是结婚礼物，而不是这段关系的结束。

这是他支持她的表现吗？是在表明她肯定能做到？

接着，国王第二次伸出手，抚摸着女儿，紧紧地抱着她的肩膀。

他甚至没有犹豫。

"我希望你给出最后一击的时候，我能在现场，"他说，"你的成功会解放我们所有人。"

三十

中午，伊斯卡利和指挥官骑马进入了大裂谷。

阿莎骑着夹竹桃跑在前面，蹄子有节奏地敲在地面上。亚雷克的马跟在阿莎左边，他身后跟着一群带着长矛长戟大盾的全副武装的士兵。听到他们飞驰而去，林中的夜莺和林鹏都警觉地啁啾着。

空气紧张而沉重，一幅风雨欲来的图景。

阿莎骑马沿着狩猎小径前进着，穿过林间溪边的捷径，走过危险的山地。

亚雷克紧紧跟着她。

"有些事情说不通啊。"亚雷克说道。他们策马穿过一条宽阔的小溪，冷水四溅。"为什么达克斯会要挟你？为什么他会关心我的奴隶，或是关心圣火？"

夹竹桃率先来到了河边，准备登上河岸，拉开和亚雷克那匹黑种马之间的距离。亚雷克抓住阿莎的胳膊。阿莎向后一仰，狠狠拽住了夹竹桃的缰绳。

天空暗了下来，阳光透过雪松和阿甘树矇眬地照着。

"他到底想干什么，阿莎？你们两个到底藏了什么秘密？"亚雷克像一尊巨像般站在她面前，紧紧抓着她的手，"告诉我你跑进角斗场的真正原因。"

阿莎想起了托文受伤的脸庞和满是血迹的后背。她想起了暗影的肚子因为准备喷吐龙焰亮着红光。

这并不是她做出的选择，阿莎绝对不能眼睁睁地看着他们去死。

"咱们来个交易怎么样？"她眯起眼睛，"我用自己的秘密来换你为我父亲保守的秘密。"

阿莎没想到他会放开她。

她也没想到他的眼里会含着恐惧。

士兵们策马跳进了小溪，阿莎从亚雷克身边跑开了，跑进了松林里，然后消失在了草原中。云压得很低，肿胀而阴暗，像紫黑色的瘀血。

亚雷克跟在她的身后，再后面是士兵们，随着他们的经过，松枝窸窣作响。

"待在那儿别动。"阿莎爬下战马，蹿进了针茅草丛。雷雨云变成了草地般的银灰色。

这是一切开始的地方。

旷野边缘，一个熟悉的身影潜伏在那里。她闻到了微弱的烟味。但现在埃洛玛阻止不了她了。自从被木津烧伤，已经过了八年。自从城市燃起火焰，人们因她失去生命，已经过了八年。

阿莎来到这里是为了纠正错误。

"嗯？"亚雷克问，"它现在在哪儿？"

"它会来的，"她翻找着深埋在黑暗中的故事，"告诉士兵们，做好隐蔽。"

士兵们在树林里找到位置藏了起来。一段记忆从阿莎脑中闪过。八年前的记忆，她上次站在这片草原上。

她甩掉了这段记忆。

"阿莎？"亚雷克的声音似乎有些不安。

这也是没有办法的。她必须在父亲的指挥官面前讲出故事，并且这也揭示了一个事实：她从来没有成功地克服自己的天性，只是把它隐藏起来了。

但这并没有什么关系，因为木津就要死了。

盯着乌云密布的天空，阿莎尽量让声音传得越远越好。她讲出的并不是古老的故事，应该不算吧。

"曾经，一个女孩被邪物吸引。"风吹起了她的声音，让它传遍整片旷野。她身边的草在簌簌作响。

"她没在意古老的故事杀死了她的母亲，也没在意古老的故事在她之前杀掉了多少人。女孩受到了故事的诱惑，把它们牢牢记在了心里，这也让她变得邪恶。女孩不在乎。"

阿莎身旁的空气仿佛都在震颤。远处，她看到一个黑影从锯齿状的山脊里升到了黑暗的云层中。

"在夜色的掩护下，她爬过屋顶，穿过废弃的街巷。她偷偷溜出了城市，走进了大裂谷，在那里她一个接一个地给龙讲着故事。她讲了太多的故事，她吵醒了最致命的龙：一条无月之夜般的黑龙。一条和时间一样古老的恶龙。木津，龙祖。"

"阿莎。"亚雷克的声音有些奇怪。他在害怕。

她继续向高高的草地深处前进。扑翼的声音在空中回荡。起风了，风声咆哮，拉扯着她的头发，鞭打着她的脸。

　　"木津想捉住那个女孩。它想把从她嘴唇里溢出的致命力量囤积起来。它想要让她只为它自己讲故事。永远！"

　　一片影子落在了她身上。她抬起头看到一条龙盘旋着。

　　墨一般黑。无月之夜下的一汪水池一般黑。阿莎的眼睛一般黑。

　　她抽出了腰间的斧子。

　　木津落在了地上，大地在它脚下震颤着。它的影子落在了她身上，把她掩藏在了黑暗之中。它的鳞片闪闪发光，它细缝般的黄眼睛仿佛要把她吸进去一样。阿莎的眼睛也一样，狠狠地盯着它身上的疤痕。仿佛她的镜像一般，疤痕穿过它蛇形的脸，切过它的眼睛，玷污了墨色的鳞片。两只角扭曲着从头上突出来，非常适合狩猎。它的每只脚上都有五只爪子，尖利如刀。它伸开翅膀，有一座庭院那么宽，这使它的身型显得更大了，它能轻而易举地把她碾碎。

　　像一个故事，木津凶猛而可怕，美丽而强大。

　　它就要死了，这个想法突然出现在了阿莎脑中，带着令人心痛的悲伤。

　　她手中的斧子抓得更紧了。

　　有人在她身后移动。木津狠狠盯着她，细缝似的鼻孔冒着火焰。但不管那个人是谁，龙祖都没有冲过去。它是来找阿莎的。

　　木津正像一个捕食者，围着阿莎绕着圈子，身下的草随着它的移动簌簌作响。

　　阿莎抬起斧子。她盯着它的胸口，在那里，心脏正敲出古老的旋律。她或是那段旋律，他们无法共存。如果阿莎不能让旋律消失，今晚她就将被迫与亚雷克一起度过。

木津的胸膛像火中灼热的煤炭似的闪着光。她的手指紧紧环住斧子，等待着完美的时机。

她等了太久了。

木津尾巴一甩打在了她的肚子上，但打到的并不是它的尾巴长满刺的尖端，而是有力的中段。这股力道把斧子从阿莎手中打飞了。阿莎后退了一步，斧子落在地上。

阿莎伸手去拔她的战刃，但是木津的尾巴又来了，缠在了她的胸部，把她的胳膊固定在了身侧，把空气压出了她的肺。木津把她提了起来，拎到了面前，她根本喘不过气来。

它的呼吸吹在她的脸上，很热。它的牙齿就像数百根黄色的尖刺。

不要……

怎么会这么近，结果还是失败了吗？

死亡之门浮现在了她的脑中。她马上就要穿过这扇门扉了。多年以前，薇拉就是那么走进去的。

突然，一个故事闪过阿莎脑海，就像黑暗中的火焰。她又回到了草原上，龙和士兵们在她周围。但这不是她的故事。

一个故事闪现了出来。

这个故事属于木津。

她给它讲了一个故事。而现在，就像以前一样，它也会给她讲一个。

在杀了她之前。

木津的故事

它正等在树上，等待女孩从岩石后面出来。天已经很黑了，它还在等待，它渴望浸透了古老力量的声音，希望女孩能大声讲出故事。

太阳升起来了，她还没来。它甩了甩尾巴。它的翅膀渴望飞翔。它的肚子需要食物。

但比起翅膀想要天空，肚子想要肉，它更想要故事。所以它依旧等在这里。她会来的，她一直都会来。

它听到了她的声音，却发现声音出现在了错误的地方。

它离开了树梢，飞上了天空。阳光照在它的身体上。风的力量推着它前进。它看到，她一个人，远离肮脏的城市，远离城墙上的眼睛和牙齿。

它没有去想为什么。为什么在这里——一直以来都是在那里的，在高高的山腰上的一块石头上。木津需要故事，所以它飞了过去。

它的眼中只有她。它看着她的脸转了过来，埃洛玛的故事从她的嘴里流出。它盘旋，落地，激起一片红尘。它落在了地上，面向她，想要为她讲出自己的故事，想要让她讲出它体内所有的故事，让长者能够活下去。

它注视着那个女孩，没有看到兵刃上闪闪的阳光，直到他们全部走出树林，想用刀刃停下龙心脏的跳动。

它的目光从女孩身上转移到了从树林里拥出来的她的同族们。他们闻起来有钢铁和仇恨的味道。他们的眼睛吞噬了它，希望剥掉它的皮。

故事结束了，她来到了它跟前。轮到它了。

但是木津退了回去。她带来了她的同族，他们全副武装，但却非常害怕。她骗它飞到了这个没有遮蔽的地方。这里没有地方可以隐藏。

火焰在它的血管内嘶嘶作响，它的血里藏着雷声。

它甩着尾巴，金属圈紧紧地绑在了它身上。它吼了一声，警告人们不要动。

他们没听它的。他们只遵守一个人的命令：一位有权力的国王。木津要毁灭这位国王。

它胸前的火焰开始变大，又亮又热。

圆圈拉紧了，上面的倒刺尖锐而贪婪。

国王对着木津叫了那个女孩的名字。她现在很害怕，哭着让木津停下来。但它体内的火焰太大了，太亮了。

全副武装的人们又前进了一步，扬起了兵刃，准备刺穿木津的心脏——那颗跳得太快太响的心脏。

木津冲了出去。它的尾巴和爪子都落在了兵刃上。武器尖锐的尖端划过了它的脸。烧灼般的痛苦在它眼中爆炸，接着是黑暗。

热血喷溅，木津尖叫着。

它体内的火焰扫过举着兵刃划伤它的脸的那些全副武装的人

们，接着继续向后冲去，阻止他们爬上来。

火焰冲向了那个女孩。

木津无法阻止。木津只能眼睁睁地看着这一切。

它看着国王举起盾牌，看着他离开了女儿，让她独自面对火焰。

她的尖叫刺穿了天空。

尖叫声。

在它飞上空中以后还追赶着它。在它在国王的城市中肆虐时，还留在它体内。城市在它身后燃烧，木津飞走了，飞向了远方，飞出了大裂谷，横跨无尽的沙漠，前往世界的另一边。虽然一只眼睛瞎了，但它还渴望着那个能发出古老声音的女孩。

那个背叛了它的女孩。

三十一

"骗子！"

木津把她放到了草地上。她一碰到地面就立刻抽出了战刃。

骗子。所有的故事不都是这样的吗？不是正因为这样它们才危险吗？

突然间，一个熟悉的声音浮现在了脑海里。

龙焰是致命的，伊斯卡利，您又烧伤得那么严重。

阿莎试图甩开托文的声音，但这声音却挥之不去。

当时您只是个小女孩。

如果她相信的那个故事是真的，木津烧伤她时，她只有一个人，那当时她是如何排出身上的毒素的呢？

阿莎记起了托文帮她处理伤口。她的手抖得那么严重，毒素扩散得那么快……

木津站在石头上，看着她。它肚子上的光暗了下去。

"你还在等什么？"亚雷克大叫，"攻击啊！"

阿莎盯着指挥官——那天找到她并把她带回城市的那个人。

陛下，我不是一直按照您的吩咐行事的吗？

亚雷克抽出了军刀，钢刃在愤怒的天空下闪着光。他冲着士兵们打了个手势，士兵们蟑螂一般冲了出来。

是我没有守卫您的城市？是我没有镇压您的奴隶叛乱？还是我没有保守您的秘密吗？

木津站在阿莎身后。它伸开了巨大的翅膀，看着周围那些全副武装的士兵。阿莎本可以转过身来，将神圣的战刃插进它的胸口的。那很容易就能做到，接着一切就都结束了。

然而她却盯着亚雷克，仿佛一名盯着猎物的猎人。"告诉我：木津把我烧伤的那天，你花了多长时间找到我？"

亚雷克转身面对她。又一次，他的眼中流露出了恐惧。

木津的故事在她的心中闪耀着，和她的记忆——她皮肤被烧掉，尖叫声困在喉咙里的记忆——混在了一起。

"多长时间？"她逼问道。

她看着他藏起了他的恐惧，就像她藏起了她的耻辱。她看到，他望着她背后的那条龙，然后改变了持刀攻击的想法。他叫来了身后的士兵，那名士兵扔给他一支长矛。

"真的，你和你的哥哥一样蠢。"他蹚进了簌簌作响的草丛，紧紧握着矛柄。"敌人就站在你身后，阿莎。你想要的一切都在你的面前，而你却在犹豫。"

一名士兵拿着一扇一人多高的大盾和他一起走了出来。

我想要的一切……

她想从亚雷克的魔爪中逃出去。她想要赎罪。她想要报复那个烧伤她，还把毁灭带到费尔嘉德的家伙。

但如果犯错的不是她，又要怎么办呢？

如果真正的敌人不是她一直以为的敌人，又要怎么办呢？

亚雷克悄悄地凑了上来。在她背后，木津又是一阵咆哮，比之前那次更加嘹亮。指挥官突然停下了脚步，还有十五步。他身边的士兵在颤抖。

阿莎走近了木津跳动的心脏。就算被士兵们团团包围，它也没有起飞。如果木津真是她的敌人，肯定早就把她杀死了。

"龙焰是致命的。"这是一条真理，"就算是最轻微的烧伤也需要立刻处理，排出毒素。"

"是我发现了你的背叛。"亚雷克一边分散她的注意力，一边盯着那些靠近的士兵，确认他们的位置，"八年前，我跟着你。我看到你大声讲出了古老的故事。我看到龙祖来到了你的面前。"

阿莎放下了战刃："你跟着我？"

"我告诉了你的父亲，"他说，"他阻止了你。"

阿莎感到一阵头晕目眩。

她想起了烧伤之后回到病房之后的情景。她并不记得当时的情况，是父亲的描述帮她填补了这段记忆的空白。这是她的错，他说。但他们可以一起纠正这个错误，他说。他会用她的疤痕向世界展示尊崇古道有多么危险。

虽然其他所有人都因为厌恶或是恐惧，不愿去看她的疤痕，但她的父亲一直对此相当自豪。就仿佛这是他的最高成就，他的伟大创作。

他的创作……

阿莎想刹住自己的脑袋，不要继续想下去，以得出合理的结论。但一切就像打开的卷轴，她不得不读到最后。

阿莎的父亲一直致力于在这片大地消灭古道。他利用阿莎狩猎木津。她被烧伤以后，他把她变成了一个工具，一个警世寓言，一个活生生的宣传工具。

一个怪物。

阿莎不想相信这样的结论。她想相信木津的故事是最邪恶最扭曲的东西。但她被烧伤了，而且她还活着。

整件事情发生的时候她的父亲都在那里，她现在才意识到，他的士兵们在，他的医生也在。

阿莎看着她的未婚夫。这就是亚雷克为国王保守的秘密。当年，她的父亲把阿莎扔在一边，任她被烧伤。而亚雷克知道这一点。正因为如此，阿莎才被许配给他，用来换取服从和保密。

她一生都认为自己是邪恶的、堕落的、需要救赎的。

这个想法震惊了她。如果我不是那样的人该怎么办？

一声低吼震动着她脚下的地面。阿莎转身发现士兵们来到了木津背后。

"赶紧杀了它！"亚雷克看着阿莎背后大喊道，"攻击！别让它起飞！"

阿莎举起战刃。但木津的尾巴围住了她，阻止了她冲出去，把她的背部贴在它胸前的鳞片上。

阿莎感受到了它的贮存着酸液的肺部正充满空气，感受到了它心脏古老的节律。

亚雷克躲在了士兵的盾牌后面。

木津吸了一口气，吐出了一道弧形的火焰。红色和橙色挤满了阿莎的视野，吞噬了冲来的士兵。空气因炽热而闪着光。

当火焰不再从它口中流出，整片旷野都燃烧着火焰。而这里并不是唯一着火的地方。

远处，越过树林，越过大裂谷和岩壁，城中的屋顶也在燃烧。

"费尔嘉德！"她尖叫着指着那个方向。

被大盾保护的亚雷克没有被烧到，他转过身去。

"城市正遭受攻击！"

阿莎的双手紧紧握在了一起。烟雾涌上天空，达克斯和萨菲尔还在城里。

小妹妹，夜幕降临之后，长者会点燃火焰。这是哥哥对她说的最后一句话。

阿莎的手松开了，她想起了被拖向地牢的时候他脸上的表情，就仿佛这只是计划的一部分。

不，她想。达克斯不会毁了自己的家。

"斯克莱尔人发动叛乱了！"一位士兵叫道，"咱们得回去！"

城里的每一个斯克莱尔人都会听说角斗场里发生了什么。伊斯卡利拯救了一个在劫难逃的奴隶。这会鼓舞他们的勇气。一半军队去了达尔穆尔，而指挥官又不在……

真是完美的机会。

她身边的士兵们都停下了动作，他们在燃烧的城市、他们的家园和家人以及对指挥官的忠诚之间犹豫了起来，阿莎转身面向木津。

她想到了角斗场，托文用箭指着她的胸口，她思索着如果他在这里会说些什么。

他会说出她内心里的话语。

骑上龙，阿莎。

木津看着她。如果她和龙建立了纽带，就说明他们是盟友。和最古老的敌人结为盟友，阿莎在犹豫。

不，她盯着它的黄色眼睛，你我从来都不是敌人。

阿莎来到了它的翼骨旁，就像那天托文来到暗影身旁。她踏进了木津的膝盖窝，爬上了龙祖的后背。

从这个高度上，阿莎感觉自己似乎无所不能。闪电在天空中划过。炽烈的原野在她面前铺展开来。一片混乱中，亚雷克瞪着她，他在害怕。

"飞吧，"她告诉木津，"远离这里。"

亚雷克大声吼出命令，想阻止他们，想杀死龙。木津伸开翅膀，仿佛夜幕穿过沙漠。但就在它冲上天空的那一刹那，传来了毛骨悚然的咚的一声。

木津咆哮了起来，俯冲了下去。

阿莎在滑落，但她紧紧抓着龙的身体。她低头看到亚雷克的长矛刺进了木津的体侧。

不要……阿莎去够长矛，雷声炸裂。她用双手抓住了光滑的矛柄，用力拉着。痛苦让木津开始摇晃。地面正向他们扑来。矛尖拔出的同时，木津摇晃了一下，失去了平衡。他们撞在了地上，木津的冲劲让它滚了好几圈，把阿莎从背上甩了下来。

她听到了巨大的碎裂声！闻到了针茅草泥土的气息。接着是疼痛，她在流血。

整个世界都陷入了黑暗。

三十二

阿莎在父亲官殿地下的一间牢房里醒了过来。

她不知道已经过去了多久，不知道这座城市有多大面积在叛乱中被烧毁了。

不知道木津是死还是活。

它不会死的，她告诉自己，否则故事也会消失。铁链从她的手腕上滑下，偶尔会有人送来食物。她从低声聊天的卫兵口中收集信息。

他们说，叛乱是从地穴发起的。地穴起了火，火势蔓延了整座城市的四分之一。数以百计的奴隶逃了出去，还有数以百计的龙裔失踪了。其中最值得注意的就是达克斯和萨菲尔。目击者说，继承人和他的堂妹带领着斯克莱尔人和龙裔们穿过大街。他们待在一起，占领了大门，让那么多人逃了出去。

几天之后，士兵们解开了她的铁链，带着她走进了官殿。现在，新月出现然后消失。三个奴隶在她的房间里等待着，他们的脚踝绑在一起。士兵们站在门口，奴隶们洗掉了阿莎身上的污垢。她看着镜子中的自己，回想着曾经，她对自己身上的疤痕有多自豪。

最老的奴隶来到了她的面前，挡住了她镜子中的样子。她拿出了那件衣服的衬里——金色的。阿莎没有去穿。

"如果你拒绝，"她的目光避开了阿莎，低声说，"我们会受到惩罚的。"

她上次穿过之后，她们把这件衣服重新缝过了。所以阿莎走了过去，胳膊穿过细长的袖子。她们举起了白色的罩衫，她也穿了进去。

她们花了半个晚上的时间系上了礼服背后的小纽扣。完成这件艰苦的工作之后，她们为她系上了肩带，用力拉紧。最后，她们为她画上眼妆，涂上唇蜜。

午夜之前，士兵们领着她穿过宫殿，走出了大门。阿莎停在了宫殿的入口处，向外望着。守护者们挤在街上。烛光照亮了她们的脸。她们手中的烛焰仿佛散落在沙漠的一粒粒沙子那么多。

这是讨厌及害怕她的人。如果她们发现真相，知道了阿莎并不是那个要为她们烧毁的家园和死去的亲人负责的人，又会说些什么呢？她们会做些什么呢？

在士兵的包围下，阿莎走进了香金钟柏木制成的轿子里，爬上了丝绸坐垫。起轿的时候，她抓住轿子的木架，等到士兵把轿子搭到肩上，轿子又恢复了平衡。

前进的脚步声传遍了大街。风吹过屋顶。阿莎透过格子看着外面一片脸的海洋。

　　她想着埃洛玛在神殿等待的样子，就像亚雷克现在一样，他的新娘正在去那边的路上。薇拉可能确实是英年早逝，但她找到了自己的位置。她广受爱戴，广受尊敬。

　　如果阿莎今晚要死，她的故事会是什么样的呢？

　　与神殿毗邻的街道被举着蜡烛的龙裔们挤了个严严实实。士兵们站在神殿的台阶上。拱门敞开着，遮住了长者的标记。

　　士兵们穿过人群放下了轿子。阿莎从轿子里爬了出来，外面一片沉默。在她穿着拖鞋的脚下，石头很冷，而夜风更冷。

　　他们把她带进了神殿的走廊，走廊内站满了士兵，两边的壁龛内点着蜡烛。他们带她穿过中央大殿，阿莎停了下来。

　　她已经好多年没来过这里了。

　　大殿的地板上嵌着大裂谷中取来的大理石板，一根根柱子支撑着大殿的圆顶。不久之前，龙裔们还会跪在这个房间里，面对着下面祭坛里几百根烧到一半，往地板上滴着蜡油的蜡烛，唱出祷文。阿莎记得，从市场上就能听到他们的声音。阿莎记得，自己曾加入过他们。

　　现在没有蜡烛了，也没有声音了。

　　一条巨大的红色旗帜挂在墙上，绘着她父亲的纹章：龙和一把插进它胸口的宝剑。阿莎知道，旗帜背后，是绘在彩色玻璃上的那些古老的故事的场景，令人眼花缭乱：龙祖从余烬中出生；圣火明亮地燃烧着，等着埃洛玛；费尔嘉德的建筑和高高耸立的神殿。

　　中央的窗户上是长者的形象：一条黑龙，胸口有一朵火焰，像龙一样庞大。但它被父亲的旗帜遮住了。

在大殿的中间，一圈火炬燃烧着。圈内站着亚雷克、龙王，还有一名穿着礼袍的守护者。圈外，每根柱子旁都站着六个守护者见证着这一切。

在金色刺绣的白色短袍中，亚雷克走向了他的未婚妻。火炬的火焰照在他眼睛下面的凹陷处，虽然他的嘴边流露出的全是筋疲力尽，目光扫过阿莎，欲望依然在他脸上闪过。

龙王站在指挥官身旁，穿着一身闪亮的金色礼袍。看到他以后，阿莎体内深藏的所有痛苦都涌上了表面。

"为什么？"她问，"首先，你把我变成一个杀手。现在，你让我嫁给我讨厌的人，一个你害怕的人。你为什么要这样啊？"

亚雷克困惑地看向国王："害怕的人？"

她转身面对未婚夫："他知道你在筹划什么。"

亚雷克皱着眉头，他更加困惑了："我在筹划什么？"

她的父亲走进火光下："你打算利用我的军队推翻我。"

亚雷克摇了摇头："我为什么要推翻那个赐予我一切的人？"

什么？她声音在颤抖："你的父母因为他死了！"

亚雷克来到了她身旁，抓住了她的胳膊。阿莎甚至都没有挣扎。她能去哪儿？士兵们藏在每一条走廊里。除此之外，城里满是想要痛斥她的人们。

"我母亲爱我的父亲，甚至超过了她爱我。"亚雷克解释说，"而把我们母子加起来也不如他爱他的军队。如果说我很重要，那也是因为我是意外造成的结果。"亚雷克把她的手托到嘴边，亲吻着她的手掌。阿莎瑟瑟发抖。"他们的死亡是一场可怕的事故吗？是。但看看我，阿莎。如果他们还活着，我今天就无法站在这里。他们的死为我带来了荣耀。"

阿莎盯着他。

她所知道的一切都是谎言？

如果亚雷克并不是父亲真正的威胁，那为什么父亲会提出取消婚礼？

"你根本没有打算取消婚礼。"她大声说了出来，她几乎不敢相信这个结果，希望他能反驳。这也太扭曲，太残酷了。"你这么跟我说，只是为了让我杀死木津。"

而这样做就能摧毁古老的故事，而长者也将随之消失。这样任何对父亲统治的反抗都会消失。

"看看你，阿莎。看看你哥哥。我应该怎么对待一个愚蠢的儿子和一个丢人的女儿？你们怎么能统治这个王国？"他摇摇头，失望地看了阿莎一眼。这么多年以来，她一直渴望这个男人的夸奖，无论如何，她仍然感到羞耻。"亚雷克是我一直想要的继承人。他是我应该有的继承人。"

她的父亲冲着守护者们一挥手，示意仪式开始。一位年轻女子颤抖着来到了死亡使者伊斯卡利身旁。是她父亲把她变成这样的。

"明天早上，你完婚之后，我就要剥夺达克斯的继承权。作为费尔嘉德的敌人，他将丧失继承王座的权利。而亚雷克将在我之后继承王位。"

在他的眼里，阿莎看到的只有冷淡和露骨的仇恨。

"守护者！"年轻的守护者声音大了一些，依旧颤抖着，接着龙王开始发言："今晚我们聚集在这里一起见证这个伟大的场面。这对夫妇要将一生连结在一起。这份连结将永远不会被斩断。"

阿莎从这名年轻女子开始，一个个看着那些穿着礼袍的守护者。她们都把兜帽拉了下来。阿莎看着她们每一个人，直到最后一个：玛雅，把托文藏在存卷轴的那间屋子里的守护者。

她们的目光相遇了。

"依靠龙王赋予我的力量……"

这不是婚礼时该说的话。让两个人结合在一起的力量是长者赋予的，而不是国王。

也许她的父亲不需要杀死木津开辟他的新时代。也许他只需要自己抓住机会。

"我会将这两个人的生命编织成一个！只有死亡可以斩断这条纽带，将他们分开！"

通常，新娘和新郎会诵读薇拉的故事中摘取的誓言驳斥最后一句话。因为这句话是错的。薇拉已经证明，死亡无法斩断一对爱人之间的纽带。爱情比死亡更强大。

"只有死亡本身，"亚雷克说，"可以把我们分开。"

这不是誓言。这是在糟蹋薇拉的话。

她盯着守护者，希望她能抗议。但那个年轻女子只是站在那里，等待阿莎重复这句话。

亚雷克抓住了阿莎的胳膊，把她拉了过来。他抓得很紧。一直都很紧。"如果你不说这句话，会有什么结果呢，阿莎？"

反正我的父亲最后会把我送给你的。这已经是她能想到的最严厉的惩罚了。

"快说!"

她绝对不说,不会对亚雷克说。这句话属于薇拉,对亚雷克说这种话是一种亵渎,是对薇拉狂热而不渝的爱情的嘲弄。

阿莎望着那圈火炬外的守护者。六双眼睛回头看着她,就仿佛她只不过是一个奴隶,戴着项圈,等待出售。

她想到外面聚集的人们。想到母亲去世以前,她在市场都能听到祈祷声。

没人为阿莎祈祷,但她还有办法。

"有一位国王,从里到外都烂透了!"阿莎把她的声音狠狠地抛向了高空,她想象着声音穿过了父亲旗帜背后的彩色玻璃窗,想象着声音一直飘上天空,"他欺骗自己的女儿,让她背叛了龙祖!他让木津与她反目成仇,让她烧伤,只有这样,他才能利用她!只有这样,他才能把她变成一个实现自己邪恶目的的工具!"

那圈火炬外面,守护者们惊讶地面面相觑。

"龙王让女儿相信,这是她的错,她被烧伤,是因为她堕落了。他释放着虚假的善意,让她觉得痛苦,利用她来开辟一个没有反抗的新时代。"

"闭嘴!"她父亲命令道。

亚雷克手上用力,想压碎她的骨头。

但是阿莎没有停下来。

"她相信了他口中的谎言。她狩猎怪物,因为他叫她这么做，她从来没有意识到最恶毒的怪物就站在她身后。"

阿莎觉得，她好像听到了外面的低语变成了吼叫，听到了灯笼落在石头地面上的声音。

"绑住他们！"龙王命令。

"但是，国王陛下，她还没有说……"

"绑住他们！！！"

神殿监护人上前一步，像她一样，她的手也在颤抖。她拿起白色的丝带，亚雷克抓住了阿莎的手指，让她把两个人的手腕绑在了一起。

"父亲，你最害怕的事情就要发生了，"阿莎盯着龙王，"我已经堕落了。长者拥有了你的伊斯卡利。你没有什么东西可以用来与她对抗，没有什么东西可以让她继续听命。"

守护者说出了她此时该说的话。接着，亚雷克扯断了丝带。布条轻轻飘到了他们脚下。他抓住了阿莎，把她从那圈火炬中央拽了出来。

玻璃破碎的声音从上面炸开。

成千上万块彩色的碎片落在了他们头上。

亚雷克松开了手。阿莎双手抱头，在从天而降的玻璃碎片下保护自己。她抬起头，看着父亲的旗帜破了，落在了地上。

一阵狂风刮过破碎的窗户，也许引来狂风的是龙。

一条土红色的龙张开翅膀，开始降落，它盘旋着，大街上，尖叫声此起彼伏。

阿莎可以听到人们推挤着冲到有遮挡的地方。

暗影笨拙地落在阿莎面前的石头上。身后的守护者们惊讶地张大了嘴巴，有两个人还跌倒在了地上。

暗影站直了身体，细缝般的苍白双眼眨了眨，察看她是否受伤，接着冲着国王和指挥官眯起了眼睛。暗影在咆哮，神殿被这声音撼动着，仿佛长者本人正从沉眠中醒来，他生气了，想要夺回本属于他的东西。

暗影的背上坐着托文，一张弓斜背在他背后，一把刀藏在他的靴子里。他用冰冷的眼神盯着阿莎的眼睛。他穿着一件奇怪的外套和手套，一条深绿色的纱巾围在他的脸上，盖着他的鼻子和嘴巴。

你应该走了才对，她想，你应该安全了才对。

然而看到他，她又重新燃起了希望。

暗影嘶嘶地叫着。亚雷克往后退，退出了火炬围成的圈，他离开阿莎，举起了双手。

她的父亲喊着士兵。但是房间的门紧紧关着。玛雅和其他几名神殿的守护者堵住了大门。

在暗影的目光下，亚雷克一动也不敢动，托文冲着阿莎伸出了一只手。阿莎抓住了那只手，让他把她拉了上去。阿莎拎起衣服的下摆，跨在了暗影背上。托文的胳膊搂着她的腰，让她紧紧靠在身上。他又弹了一下舌头，暗影嘶嘶地发出了一个警告，伸开了双翅。

"准备好了吗？"

他的声音透过纱巾传进她的耳朵，她的心脏怦怦跳着。他的身上有龙焰和烟尘的味道。

"我从来没准备得这么好过。"她说。

他眼睛眯了起来。阿莎知道，在纱巾下面，他正露出她最喜欢的笑容：咧开整张嘴巴的大笑。

"抓紧。"他收紧手臂，暗影扑打着翅膀，调整着重心。

他们冲上了天空，阿莎的肚子里翻江倒海。

冲向窗户的时候，暗影碰掉了一把火炬，她的父亲皱皱巴巴的旗帜烧了起来。阿莎回头看着火焰，看着亚雷克，看着龙王。烟雾包围着他。

他愤怒地瞪着她。但在这副表情背后，阿莎觉得她看到了里面恐惧的种子。

恐惧吧，父亲。我会让你后悔你曾经对我做过的一切的。

暗影穿过破碎的窗户飞进了夜空。

阿莎笑了起来，开始声音很轻，接着越来越兴奋。

她从婚礼中逃跑了，骑到了龙背上。

他们飞过屋顶，飞过围墙。阿莎回过头，看着城市渐行渐远，从这个高度看，那熟悉的街道和屋顶竟然显得如此不同。整座城市就仿佛一团蛛网。暗影越飞越高，飞过了高山，飞进了大裂谷。

他们飞得越高，就越觉得冷。阿莎冻得牙齿直打颤。托文把她拉近，想要用自己的热量来驱走她的寒意。

阿莎缩进了他的怀里。她的脸颊压在他的肩上，她看到了她的家缩小在了远处，然后把目光转向了天空。

星星在他们头顶像水晶一样闪耀着，月亮正射出红色的月光。现在月亮正渐渐变圆。

它还会变成苍白、细小的新月的。

三十三

阿莎醒了，脸颊枕着瘦削的肩膀。托文松开了两个人紧握的双手，暗影有些心不在焉，耐心地等着背上的人下来。

他们降落在一处悬崖上。大裂谷包围着他们，在繁星下显出了蛇形的轮廓。这处悬崖矗立在城市远方，但这里又高又远，阿莎甚至都看不到城墙。悬崖下面，浓密的森林铺展开来。

托文首先下了龙，他轻轻滑到了暗影的一侧。阿莎抬腿想跟着托文下去，却发现托文已经转过身准备接住她了。他的手抓住了她的腰，扶着她来到了地上。

她穿着拖鞋的脚落在石头地面上，抬头看到他担忧的目光滑过她的疤痕。回想起镜子中的自己，她转过脸，把疤痕藏在他的视线之外。

"我很好。"

托文的双手托起了她的脸颊。轻轻地，他把她的脸转了过来。

"是吗？"

阿莎呼吸急促。她点点头。

他依然用手摇晃着她的脸，依然细细地察看着她。

阿莎抓住了他的手腕，止住了他的目光。"没人伤害我。"她希望他能听到她话里的意思：亚雷克没有伤害她。"我保证。"

他扫视着他，试图思索这是真的还是她想保护他。最后，他点了点头。

暗影大叫了一声。托文和阿莎都抬头观看，在她身后，有一个笨重的漆黑影子。托文的手从她的脸上放了下来。他冲着龙吹了声口哨，伸出了手掌，暗影蹭了蹭他的手，冲上了天空。

托文对阿莎一指那片树林："这边走。"

她站了一会儿，看着他。这里离城市太远了，他似乎变了。穿着奇怪的外套，戴着奇怪的手套，一张弓背在肩上，一把刀塞在靴子里。

他自由了。

树木紧紧地挨在一起，枝干遮住了星光。风吹过桉树，树叶发出脆响。大裂谷的这片区域阿莎很陌生，所以她很难跟得上。她跌跌撞撞地穿过黑暗，衣服挂在树枝上，脚绊在树根上。松针在她脚下嘎吱作响，回响传进了她的耳朵。

"你是个猎人。"托文在黑暗中微笑着。他用手指抚摸着阿莎，让她感觉到一股暖意，"你会让整座营地都知道咱们的到来的。"

"营地？"她低声问，却因为他指节温柔而犹豫地来回移动而无法集中精神，"什么营地？"

"现在已经不太远了。"他说。

但阿莎不想离开这片森林。她想留在这里，在黑暗中，和他单独相处。

托文似乎也想这样，因为他的脚步慢了下来。他用温暖的手指牵着她的手。"阿莎。"

"嗯？"

"我有一些事情……要跟你说。"他的拇指紧张地滑过她的皮肤，"在咱们过去之前，防止我失去理智。"

阿莎停了下来，她突然开始紧张了："好。"

在黑暗中，她听到他吞唾沫那轻柔的声音："我要走了。"

这句话划过空气，冰冷又突然。

"走？"阿莎皱起了眉头，"这是什么意思？"

托文深吸了一口气："你哥哥给了我一大笔钱，足以在达尔穆尔买一艘船。从那里，我会一路向北，穿过海洋。"

这不应该令她感到惊讶。那天晚上，他偷走了她的战刃，藏在神殿里，让她带着他出城，当时他就想这么做。

他想逃跑，逃开曾经伤害过他的一切。

阿莎并不怪他。

不过，她停下了脚步。想到他……要走……

托文也停了下来，转身面对黑暗中的她。他的身上还有龙麝香和烟雾的味道。"你要是想走，可以跟我一起。"

阿莎陷入了沉默，她想起了他之前提供的报价。她拒绝了，这是一个严重的错误。

"想想吧，阿莎。自由，冒险，吹在脸上那咸咸的海风……"她可以听到他兴奋的笑声，"我从来没有见过大海呢。"

他靠了过来，抵住了她的额头。

她想微笑，想了解他的兴奋。但她的心突然一沉。

"什么时候？"就算害怕得到答案，她还是问了出来，"你什么时候走？"

他还没来得及回应，灯光就闪过了他们的脸。

阿莎想都没想，立刻做出了反应。她把手从托文手中抽出，抓过了他靴子里的刀，把他推到身后，挡在了他和那个入侵者之间。

但她只能看到林中的光。

"没关系。"托文拉近了两个人之间的距离，一股暖流冲上了她的后背，"只是巡逻队而已。"

"其实呢，"一个亲切的声音响起，"是我。"

"雅？"托文问。

阿莎眯着眼睛看着灯笼橙色的光芒，放低了手中的刀子。提着灯笼的人也放低了他的灯笼，照亮了他。

入侵者是一个年轻人，也许比阿莎年轻一岁。两把大刀的牛角柄在他臀部闪闪发光，一条褐红色的纱巾宽松地包住了他的肩膀。

所有的一切都说明他是一个灌木地人。

敌人。阿莎再次举起刀。男孩的笑容消失了。

"这是雅，"托文从阿莎身后走了出来，把手放在了她的手上，接着把她的手指从刀柄上拿下，"罗阿的弟弟，他是咱们的朋友。"

罗阿，那个背叛了达克斯的女孩。

"他在这儿干什么？"她问道。

雅紧张地微笑着，看着托文，希望他能为自己解围。

"他是来帮忙的，"托文把刀子插进了离阿莎较远的那只靴子里，"雅，这是阿莎。"

听到她的名字，雅瞪大了眼睛。他瞥了一眼她脸上的疤痕。"伊斯卡利。"他低声说。她的称号显然已经传开了，因为托文没有再说什么，"我听说过……很多你的事情。"他把拳头举到了胸口，仿佛和阿莎继续讲话会让她再次抽出刀子。接着，他转向了托文。

"你还没见过我姐姐？"

托文摇了摇头："我们刚到。"

雅担忧地咬着嘴唇："她和达克斯大吵了一架，然后消失了。"

阿莎困惑地皱着眉头。

达克斯在这里？和罗阿在一起？

阿莎看着托文："到底怎么了？"

"有很多事情……你还不知道，"他说，"来吧，我带你去看看。"他看着雅："走吧！"

男孩摇了摇头："我得去找我姐姐。"他又看了一眼伊斯卡利："很高兴见到你，阿莎。"

她点了点头，然后跟着托文穿过树林。

树林变得稀疏了，风声中开始夹杂人们说话的声音。树木完全消失以后，阿莎发现自己站在一个满是松果的山顶上，俯视着一座上千人驻扎的营地。几处篝火燃烧着，有人坐在周围喝酒。各种尺寸的帆布帐篷扎在周围。

"欢迎来到新港，"托文冲着下面的山谷一挥手，"这个名字是你哥哥起的。这是他集结军队的地方。"

我哥哥，她的心跳得飞快，正在做战争准备。

达克斯能做这样的事？

突然，两个身影走了过来。他们停下来，阿莎看到，他们是龙裔。两名龙裔打量着阿莎，阿莎也打量着他们。他们向托文点了点头，然后后退了一步。

托文伸出他的手，但阿莎注意到了有人在看，没有握住。她朝山下走去，走向了帐篷和篝火。

踏进营地的那一刻，几百双眼睛抬了起来，首先是看伊斯卡利，接着是看她身边的奴隶。阿莎不禁盯了回去。每一处篝火旁，都不仅仅有龙裔和斯克莱尔人，还有灌木地人。

敌人……联合在了一起？

达克斯干的？

"阿莎！"托文从她身后叫道。这一刻，周围一片沉寂。阿莎在踩出的小径上停下了脚步，她回头看了一眼。托文显然希望她能跟上来。

阿莎看着托文身后，那些火光照亮的面孔。

龙裔和斯克莱尔人，他们肩并肩坐在一起，分享一杯葡萄酒。但是铁项圈依旧挂在斯克莱尔人的脖子上。而斯克莱尔人也没有直视龙裔的眼睛。每个人都冲着那个年轻人，那个大声说出伊斯卡利名字的奴隶眯起了眼睛。他的声音那么大，仿佛这是他的权利似的。

阿莎胳膊上的寒毛都立起来了。她来到了托文的身边，手指移动到了不在那里的斧子上。他带着她来到了一座两名灌木地人守卫的帐篷前，他们镰刀似的双刃剑插在皮质剑鞘里。她紧紧跟着他。他们冲着托文点了点头。托文走进了帐篷。

阿莎也跟了进去。

三十四

　　地图铺在一张粗糙的桌子上，达克斯伏在上面，他正在用手指勾画着什么，阿莎看不见。在他旁边，萨菲尔双臂抱在胸前站在那里，也盯着他看着的那个地方，她脸上的瘀血正在消退。他们身边扎着一座匆忙搭建的帐篷，浅黄色的帆布由随意砍来的树枝支着。

　　看到他们，阿莎的心剧烈地跳动着。

　　托文清了清喉咙，达克斯和萨菲尔抬起头，他们同时张大了嘴巴。

　　萨菲尔先动了，她跳过桌子，把阿莎抱了起来。没有人会因为她触碰了阿莎而惩罚她，她充分利用了自己的自由，紧紧抱着堂姐，都把她弄疼了。

　　"萨菲，"阿莎说，"我很抱歉。"

　　萨菲尔松开了阿莎，皱着眉头："为什么？"她指着脸颊上的瘀血，笑了起来。"你应该看看我把他们的脸弄成什么样了。"放下阿莎，她看着托文："红月圆了，你还没有回来……"

"他们把她关在地牢里,"托文解释说,"我没法进去,只能等。"

阿莎看看萨菲尔,看看托文,又看看达克斯。他们三个人一起策划了救出她的计划。

"起义当天,我们有找过你。"达克斯从桌子后面走了出来。他的手不抖了,虽然仍然消瘦而疲惫,但目光清醒而认真。"但到处都找不到你,"他扭开了头,"所以我们把你丢在了那里。"她听到他话中的意思了:我们把你和一头怪物留在了一起。她意识到,他认为他抛弃了我。

"我永远不会原谅自己,要是……"

阿莎摇摇头:"现在我在这里了。"

"是的,"萨菲尔眯起了眼睛,"亚雷克找到你了。"她看了一眼达克斯,"我们得让巡逻队人数加倍。"

他点点头:"去实施吧。"

在离开帐篷前,萨菲尔又拥抱了一下阿莎。她离开以后,阿莎看着她的哥哥。虽然他的金色短袍起了皱褶,还被蹭脏了,他整个人似乎依旧在闪闪发光。

"告诉我到底发生了什么。"她指着地图、帐篷还有那扇通向满是流民的营地的大门。

"我们要攻打费尔嘉德,推翻龙王。"达克斯说,"但是我们需要更多的男人、女人和武器才能有机会。所以罗阿和我达成了一项交易:如果我让她成为王后,灌木地会把我们急需的东西借给我们。"

阿莎觉得她的心都快从胸腔里跳出来了。几年前，是罗阿的家族背叛了达克斯。"但是……"

"拿下达尔穆尔是罗阿的想法，"他以为她会提出反对，"罗阿满足了我们的需求，分散了他们的兵力。她知道亚雷克会把军队派过去，这样就可以把费尔嘉德的兵力减半。"

正是因为如此，这次起义才如此成功。

阿莎震惊了。罗阿才是那个幕后操纵者。

"但是费尔嘉德的王后？你确定可以相信她吗？"

他叹了口气，不敢直视她的眼睛，一只手拢过棕色鬓发，"我没有其他选择。没有灌木地的军队，咱们的父亲就会撕裂这片大地。"

撕成一片一片的，直到他找到阿莎。

她看着托文出现在了帐篷口的侧影处。

直到他找到他们两个。

只要想到这一点，托文的声音就会浮现在她脑海里，自由，冒险，吹在脸上那咸咸的海风……这是一个妄想，幻想。只要她的父亲还在位，他就会追捕托文，不论他逃多远。

这个想法像箭头一样插进了她的胸口。

阿莎不能跑。她必须留下来反抗。

"三天后，满载武器的车子就要到了。"达克斯继续说道，"它抵达之后，我们会举办婚礼。接着就要去打仗了。"

"我想帮忙。"她说。

只有阿莎知道她父亲有多强大。看看他欺骗她的诡计，把她扭曲成一个可怕的工具来做招牌。他把她送给了亚雷克，就像她毫无价值似的。就像她想要什么根本无足轻重。就像她的心和灵魂无足轻重。

达克斯对她笑了笑："我也希望你能这样说。"

"怎么了？不……"托文走进了帐篷，瞪着达克斯，"你说如果我把她带到你身边，你会保证她的安全。"

"这也是她的战争。"

托文摇摇晃晃地来到阿莎面前，眼中充满了痛苦："你才刚刚逃出来，不能马上又回去……"

"你凭什么告诉我，我该做什么，不该做什么？你和我哥哥策划了一场革命，却根本什么都没有告诉我。"

托文收紧了下巴，紧紧攥住拳头。"我策划了一场奴隶起义。我这么做是为了让我的人民获得自由。我不想掌握权力。"他瞟了达克斯一眼，语气柔和了下来，"阿莎，你自由了。但如果战争失败怎么办？如果你再次落在他们手中要怎么办？"

阿莎看到了他眼中的恐惧。他今晚冒了那么大的风险把她救了出来。而来这里以后，她又突然决定和哥哥一起回到城里。

"阿莎。"托文的声音显得很紧张，流露出了恳求的眼神，"你不用这么做。"

但她得去做。她想……不，她需要把父亲带到面前。

父亲必须为他的所作所为付出代价。

阿莎转身面对她的哥哥："无论你需要我做什么，告诉我就好了，我会去做的。"

从她身后，托文很轻声地说道："那我觉得这就是再见了。"

她转过身的时候，他已经走了。

三十五

　　阿莎跟着托文穿过营地，走进了笼罩在黑暗中的森林里。很快，她就跟丢了。为什么她不带一支火炬？她的心怦怦跳着。她需要找到他。

　　她不想就这么与他再见。

　　星光穿过雪松，阿莎来到了树林的尽头，来到了暗影降落的那处悬崖上。阿莎盯着面前的区域。大裂谷锯齿状的山脊慢慢陷入了沙漠，再远处是无尽的星空。

　　阿莎站在悬崖边缘，冻得瑟瑟发抖，她在天空中寻找着那条土红色的龙和上面的骑手。大裂谷延伸到她的面前，营地就坐落在她背后的山谷里，阿莎采取了行动，当时她只能想到这个方法了：把一个故事送进风里。她打算引来那条比无星之夜还要黑的龙。

　　她听到了远方的扑翼声音，看到了那条影子穿过月亮。阿莎抱紧身子保持温暖，等待着。

　　最后，木津落在了地上，卷起了一片尘土和树叶，接着收起了翅膀。阿莎寻找着长矛在它的体侧造成的疤痕，回想着它摇晃着撞在地面上的情景，回想着她从它背上摔下来的情景。

她害怕那种事情再次发生。

木津转过头盯着她。伊斯卡利和龙祖，他们目光交汇。接着，阿莎深吸了一口气。

她用手指感受着它肩胛骨处的隆起，然后抓住那块骨头，飞身爬上了龙背，还把裙子拽到大腿上。在她的手掌下，它的鳞片温暖而光滑。她呼吸着它的气味：烟雾和灰烬的味道。

如果认真思索接下来要做什么，她可能就爬下来了。所以她没有多想。她用舌头轻轻弹在牙齿上，学着托文命令暗影的样子。

木津离开悬崖，飞上了天空。

风吹过她的脸，阿莎的肚子里翻江倒海，前面岩石不断隆起。她紧紧抓住了木津的脖子，直到飞行平稳了下来。

这一次，她内心深处的某种东西回到了原位。是某种命中注定的东西。

阿莎坐了起来，看着嶙峋的石头，看着点缀着夹竹桃的草地。她感觉到木津不仅在她的身下，这头危险的生物在风中穿行，也在她脑中穿行，仿佛一片阴影，一个古老的存在，固执而凶猛，只属于她。

风吹过她裸露的双腿和脸颊，抽打着她的头发，刺痛着她的眼睛。她的牙齿开始颤抖，所以她紧紧贴住木津，防止自己被冻僵。但她没有让它回去，她要找到托文。

她要说服他留下来，与他们一起对抗她的父亲。

木津在空中飞翔，阿莎搜索着四周。她看着头顶那烟雾弥漫的云层遮住了星光，她全身都在颤抖。云飘走以后，她扫视着山峰和山脊，但没有看到任何其他龙的迹象。

然后她抖得更厉害了。阿莎理解了为什么托文带着外套和手套。如果她无法很快找到他，就必须得回去，否则就得被冻僵了。

她继续俯视着下面，但这次，她看到了一个熟悉的身影从下面飞过。阿莎冲着木津一弹舌，它迅速俯冲了下去，这又让她的肚子一阵难受。一次心跳之后，两条龙已经并排前进了。

暗影的骑手看着阿莎。他的纱巾遮住了鼻子和嘴巴。

不要让我跟你说再见，她想。

阿莎的声音盖过了风声："你要去哪儿？"

他没有回答。

刚刚飞过了两座山峰，她眯起眼睛看着前面，看见了镜子般的湖面在月光下泛着银光。

"下面有一片水！"

他还是沉默着。

"咱们一起飞过去，看看谁快！"她喊道。

还没等托文回应，阿莎就贴紧了木津。它知道她想要干什么，他们一起冲进了风中。

下落的过程中，阿莎突然有了一种奇怪的感觉：兴奋、恐惧、喜悦，所有的一切混在一起塞进了她的心中。不久之后，一种更清晰的感觉取代了它。阿莎四下看着，寻找托文和暗影。他们没跟上来。只有她和木津。

　　阿莎很失望。感觉到了她的失望，木津的飞行又平稳了下来，正在此时，一条土红色的龙载着骑手溜了过去。这次，阿莎看到了他们，托文伏在暗影背上，暗影收起翅膀，俯冲了下去，好像他们经常这样做似的，好像这是他们最喜欢的游戏。

　　接着，阿莎也开始了下降。

　　风吹起她的头发，阿莎抓住了木津的脖子。再次平飞的时候，木津已经与暗影肩并肩了。

　　托文看了一眼，然后弹了一下舌头，暗影又加速了。

　　过了一会儿，木津懒洋洋地赶上了他们。

　　在纱巾上方，托文眯起了眼睛。他又弹了一次舌头。但这次，暗影加到了最高速度。它体型更小，更敏捷，但是木津更强壮，而且惯性也更大。

　　托文和暗影落在了后面。阿莎把她的注意力转移到湖上。

　　她以为木津会降落在水边，但它没有。就在阿莎还盯着水面的时候，龙一头扎进了水里。阿莎疯狂地弹舌，想拉起它的脖子，想收住它的翅膀，让它慢一点儿，赶紧停下来……木津打破了平静的湖面。阿莎赶在水吞没他们之前屏住了呼吸。

　　水下，她从木津的背上滑了下来。她的脚碰到了湖底，然后用力一蹬，又回到了水面上。

　　阿莎吐出了肚子里的水，喘着气。她冲着木津泼水，想要报复，但龙还在深深的水下，慢慢游远了。湖水比晚上的空气暖和，阿莎待了一会儿。她抬头看着缀满宝石的天空，衣服在她身边漂着。

　　在岸上，暗影也降落了。

阿莎游向了湖边，托文也爬下了龙背。但是她的衣服让踢水变得很费力，这花了她两倍的时间。她把两只拖鞋弄丢了。最终，脚终于碰到了石头，阿莎走到了托文旁边。她赤着的脚在水下的石头上打着滑。

　　"你赢了。"他从干燥的地面伸出手来。

　　阿莎抓住了他的手，爬到了岸上，还做了个鬼脸。湿透的衣服贴在她的身上，很重。她颤抖着拎起下摆拧掉了水。

　　"过来。"他脱下了那件奇怪的外套，把它披在她的肩上，"我的帐篷里有干衣服，如果你愿意的话可以拿去穿。"她确实想要一件衣服，扔掉这件礼服。托文指着岸边一块直角的石头："你去换衣服，我来生火。"

　　阿莎点头，打着寒战走了过去。

　　走到一半，她又停下了脚步，因为她想起了衣服背面的小纽扣。

　　没人帮忙我解不开的。想到这里，她的脸开始发烧。亚雷克是基于这个理由给她准备礼服的：她需要丈夫来帮她脱衣服。

　　想到这里，阿莎拉紧了托文的外套。她回头看了一眼，斯克莱尔人正跪在噼啪作响的火焰前面，吹着脆弱的火苗。他脖子上的银项圈闪着光。

　　不久以前，她还以为她和这个男孩，他们完全不同。现在，她知道，他们之间唯一的区别就是他脖子上的项圈，而她的束缚是无形的。她曾以为她的头衔伊斯卡利是她最强大的力量。她曾认为在大裂谷里猎龙是她最肆意的自由。但事实是：

这些事情一直都只是她脖子上的项圈而已。

而现在，他们两个都自由了，他正在逃避恐惧，而阿莎正在直面恐惧。

我怎么可以请他留下来战斗？她心想，这不是他的战争。托文已经受了太多苦了。他应该去享受自由。

她扭过头不去看他。她不敢找他帮忙脱衣服，得等回到营地。但是现在，太阳已经落山了，温度还会下降。晚上在大裂谷里没穿足够的衣服相当危险。

阿莎颤抖着，向篝火走了过去，希望火焰的热量足以烘干她的身体。否则……

她不想考虑其他选择。

三十六

　　阿莎瘫倒在了一根原木上，旁边是依旧挣扎的火焰。她在湿透的衣服里瑟瑟发抖。火光之外，暗影悄悄靠近了睡着的木津。它甩动着分叉的尾巴，伏下前腿，准备扑过去。木津睁开了一只黄眼睛，看到对方已经准备好了，又闭上了眼睛。

　　"你怎么睡在这里？"阿莎看到托文又给篝火添了几块木头，"这儿离新港那么远。"

　　咆哮声吓了他们一跳。阿莎盯着那片黑暗。木津的鳞片在火光中起着涟漪，它压在暗影背上，尾巴却是在那条年轻的龙嘴里，而暗影则高兴地甩着尾巴。

　　阿莎转身面向托文，她的牙齿打着颤。她把颤抖的双手伸向火焰，让热量舔过她的皮肤，想让自己暖和起来。"营地没有足够的地方吗？"

　　"我在狭窄的地穴度过了一辈子，"托文吹着火苗，火苗跳动着，"现在更喜欢开阔的天空。"

　　阿莎想说她明白了。露天睡觉是狩猎过程中最美好的一部分。但是她牙齿抖得太厉害了，所以只能紧紧闭上嘴巴，往火边又凑了凑。

托文又添了两根木头，看到它们也开始燃烧，他才坐了起来，看着阿莎。他的双手沾满了烟灰。

他立即皱起了眉头。

"你还穿着结婚礼服。"

她没有直视他的眼睛，只是挥了挥手："我没事。"她的整个身体都在颤抖。"真的。"

"我保证那些衣服很干净。虽然可能不太合身，但可以防止你冻死。"

她没有回应，所以他显得有些暴躁："好吧。你想怎么样就怎么样吧。你一直都这样。"

阿莎看了他一眼，发现他正努力把她母亲的戒指从他的小指上拔下来。终于拿下来了，他把戒指交给了她："给，这是你的。"

阿莎盯着他手掌上的那枚白色戒指。

前几天在大裂谷里，她不想把它交给他。从那以后，事情发生了那么大的变化。现在他把它交还给她，她却不想收回来了，好像收回来意味着收回一切。

"我要早上出发，"他说，"可能永远不会再见到你了，拿走吧。"

听到这些话，阿莎把手从火边抽了回来，牢牢地按在了身下的湿地上。"我不能把它收回来。"她藏起了生着疤痕的那半边脸，"咱们还有一项交易。我答应带你飞到达尔穆尔，现在还没做到。这枚戒指现在还属于你。"

"我不在乎，"他走近了一步，向前伸出拿着戒指的手，"这是你母亲的，阿莎。我觉得她希望你拿着这枚戒指，而不是把它留给某个奴隶。"

突然她生气了。他怎么敢这么跟她说话？阿莎为了他冒了生命危险。她甚至赌上了自己的性命。

她站起身来眯起眼睛望着他："我说了，我不能把它收回来。"

他伸出手，把戒指按在了她的手掌里。但是他抽回手，阿莎的手指并没有合上，戒指落在了脚下的沙地上。

几次心跳的时间里，两个人都盯着它。

托文转过身去。

怒火窜过阿莎的血管："你怎么敢走开！"

他继续走着。

"拿回去！"

他停了下来，差不多走出了火光照亮的范围了。他回过头，轻声说道："这是命令吗，伊斯卡利？"

她的喉咙在燃烧。

"托文……"

他转过身，但并没有看着她，而是像一个礼貌的、听话的斯克莱尔人，凝视着她脚下的沙滩。戒指就落在那里。

"看着我。"阿莎的声音在颤抖。

他攥起了拳头，弓起了后背。但他没有抬头。

她浑身都闪着怒火。他不能这样做，在大裂谷里，没有会束缚谁的规则。他不能这么做，他们一起经历了这么多。

她像风一样走了过去。

被推开之前，托文抬起了头。他痛苦的眼神和阿莎愤怒的眼神接触了。

然后，在她的力量之下，他后退了几步。

在他们身后，两条龙都停了下来，抬起头望着他们。

"你为什么要这样啊？"阿莎质问道。因为愤怒，她的身子已经不冷了。

他的呼吸颤抖了起来："我认为我这是让你脱离了生命危险。"

阿莎停下了脚步，她依然攥着拳头。

"但接着我又把你带回了危险之中。"

阿莎盯着他。在他背后，湖面闪着光。星光仿佛一片黑色中银色的涟漪。

"最糟糕的是，你觉得这样很好。你很高兴成为别人的游戏中的棋子。"他沮丧地拢着头发，"仿佛他们只要看着你，你就会相信他们，似乎你只擅长被利用似的。似乎你只擅长毁灭似的。"

湿漉漉的头发后面，她皱着眉头。

"那不是你，阿莎。你不应该是这样的。"

周围传来了湖水拍打湖岸柔和的声音。阿莎环抱双臂。他的话触动了她内心里的某个柔软却暴露在外的东西。有些东西需要她不惜一切代价去保护。

她轻声说："我应该什么样？"

托文把目光放在了她脖子上，他的呼吸颤抖了起来。

"你很漂亮，"他说，"美丽、可爱而善良。"

这些话一下子把她的心锁打开了，从她的胸口的安全区里撕掉了那个柔软、暴露的东西。他可以轻松地做到这一点，这让她感到愤怒。他用语言就可以做到这一点，这激怒了她。

但阿莎记得镜子里的视线。

她知道她是谁。

"我一生都在相信谎言。"

他抬起头迎接她的视线。

"求你了，"她低声说，"不要这样。"

托文没有犹豫。他走了过来："如果我也一生都在相信谎言，那当真相展现在我眼前，我可能依旧不会相信那就是真相。"

阿莎眯起眼睛看着他，也逼着他看着自己。她没有转过脸颊，没有隐藏疤痕。她强迫他看着她的脸——他的谎言。

"你为什么就听不进去啊，阿莎？你很美。"

阿莎张开嘴巴想要反驳这个明显的谎言，但被他打断了。

"你很可爱，"这次，他的语气比较柔和，"你很……"

"别说了！"她挥着拳头，却被他抓住了。她想挣脱开来，却被抓得紧紧的，所以她就用手肘去顶他的肚子。

他一时没喘上气来，双手扶着膝盖，平复着呼吸。

但是托文并没有轻易放弃。

"我第一次看到你就是这么想的，"他恢复了过来，"在我主人的图书馆，抽出卷轴的时候。"阿莎又推了他一下。他又退了几步。"木津把你烧伤之后，你站在整座城市前面，我也是这么想的。他们冲着你大喊大叫，转过身来背对着你，冲着你脚下吐口水，你站在那里，承受着这一切，我就是这么想的。我一直都是这么想的，从来没有变过。"

泪水在她眼中燃烧。她的喉咙一阵发热。

"你这个骗子。"

他抓住她的拳头，把她拉了过来。阿莎试图把他推开，但是他的胳膊紧紧地环在她身上。她用上了手肘和膝盖，但是托文把他的脸埋进了她的脖子里。

她不再挣扎了，倒在了他身上。她的牙齿打着颤，身体也在抖。她的胳膊在他的脖子上移动，抱住了他的身体，屈服于他的温暖。

"你都快冻死了，"托文低声冲着她的脖子说，"你为什么不换衣服？"

她没有回答这个问题，只是越抱越紧，托文静悄悄地推开阿莎，不声不响地思索着。他的目光从她的礼服上扫过，她可以听到他头脑中的想法。

他是一个家奴。家奴知道这些事情。

"你脱不下来这件衣服。"他意识到。

阿莎低头看着沙子，抱着胳膊，希望她的身体能不再打冷战，希望她的牙齿能不再颤抖，但身体背叛了她。

他伸出手。

她没有去拉。她不敢抬头看他。她盯着自己的脚趾。脚趾已经开始失去知觉了。

"阿莎。"他叫着她的名字，就仿佛那是一件精美却让人恼怒的东西。他用手指节抚摸着她的下巴，抬起了她的脸，让她盯着自己。"这不是我第一次脱下你的衣服。"

阿莎的脉搏加快了。

"我已经花了一生的时间为龙裔穿衣服脱衣服，"他说，"这只是一项任务。仅此而已。"

但他颤抖的手指背叛了他。他的声音紧张地抖动着，和阿莎的脉搏同步了。

但她还是走了过去。

三十七

帐篷里很黑，接着传出了划火柴的声音。小小的火苗照亮了托文遮着火苗的手，他点亮了挂在上面的灯笼。灯笼摇晃着，光洒满了整间帐篷，照亮了一卷铺盖，一打叠好的衣服还有她在市场上买的琉特琴。

他们面对面站着，阿莎不停地颤抖着，水正从她身上滴下来。托文一动不动，一言不发地等待着。

之前一直有奴隶服侍阿莎穿脱衣服。但都是用的女奴隶，而托文是男的。而这件衣服是她的结婚礼服，本来是要由她的丈夫脱下来的。

她需要转过身，让他解开纽扣。但她没有这么做。说不定还有其他更好的方法呢。也许她可以叫来木津，飞回营地，让萨菲尔帮她。但是想到在凛冽的夜风中浑身湿漉漉地飞回去，她抖得更厉害了。

托文摸到了她的腰带扣，但她没有抗拒，所以他又走近了一步。他颤抖着双手解开腰带结，抽出了腰带，裙子松了，湿透的丝绸滑过她的腰际，她终于可以顺畅地呼吸了。

腰带落在了地板上。

托文把轻薄的罩衫从她肩膀上脱了下来，轻轻一拉，它也落在了脚下的腰带旁。

阿莎还是没有转身，他摸到了她的手腕。他的手指慢慢地滑到她的肘部，轻轻转动着她的身体，让她面对着帐篷的粗糙的帆布墙。她的血液仿佛在嗡嗡作响，她扎起了湿漉漉的头发，把它搭在肩上。

他的手指从她衣服衬里的顶端，把小石子般的纽扣拉出了扣眼。

沉默仿佛一场滚滚而来的风暴。

不久，阿莎就忍不住开口了。

"谢谢你。"她打破了沉默。

她的声音吓了他一跳。他摸索着，指关节擦过她赤裸的皮肤。阿莎的心跳得仿佛大漠的狂风。

"这不是我强迫你的。"他低声说。

衣服掉了下来，空气扑到了她的身上，阿莎感觉他的目光滑过她的身体：她的脊柱的隆起，她肩胛骨的突出，她背部的曲线。

"好了，"他轻轻吞了一口唾沫，解开了最后一粒纽扣，"你自由了。"

阿莎转身背对帐篷壁。她双臂交叉在胸前，拽着松脱的衣服，看着他。灯笼射下的光让他的皮肤闪闪发光。影子让他的颧骨更突出了。她的目光滑到了他的嘴巴上，他的下唇微微倾斜，仿佛大裂谷的地面。

让他的唇压在自己唇上会是什么感觉呢？拉近他们之间的距离？要在他的帐篷里让他试试吗？

好像感觉到她的想法，托文抬起头看着她的脸。阿莎把有疤痕的那侧脸颊转开了。

"你为什么还在这样做？"他的声音变得有些僵硬。

她没有回答，他脱下了衬衫。

阿莎突然有一种感觉，就像跟着木津从空中俯冲似的。把衬衫放在脚下，托文转过身，把他满是疤痕的后背完全露了出来，现在伤口终于愈合了。

"你讨厌看见这些疤痕吗？"

阿莎吸了一口气："什么？不会啊。"

他转过身来，目光有些冰冷："那为什么我会讨厌你的疤痕呢？"

但托文从来没为自己的疤痕感到自豪，阿莎却爱她的疤痕，因为她父亲爱它们。他利用她来证明，猎龙是正确的。她的父亲一次又一次地欺骗了她，而她却带回了许多龙头。看着疤痕的时候，现在的阿莎这样想着。

泪水刺痛了她的眼睛，模糊了她的视线。阿莎用手捂着脸，想把疤痕藏起来。

"阿莎？"

看到她没有看着他，托文用胳膊搂过了她，把她紧紧抱进温暖的怀中。脸颊贴着她的头发，他什么都没说，只是抱着她。而她在哭泣。他用温暖的手掌缓缓地抚摸着她的后背，想要安慰她。

"我差点儿杀了木津，"她手捂着脸，不再打嗝之后，她低声说道，"我差点儿毁了那些古老的故事。"

"你不是正想要这样吗？"

阿莎摇摇头。他的手停了下来，抓住了她的手腕，把她的手从脸上拉开。

"告诉我为什么吧。"

她把一切都告诉了他。木津烧伤她以及之后发生的一切的真相。所有她曾相信的谎言。所有她杀死的龙。究竟是为了什么呢？为了一个暴君。为了一个从来没有真正爱过她的父亲。

托文紧紧地抱着她。

过了很久，他把脸埋进了她湿透的头发里。"今天晚上待在这里吧，"他说，"这里安静，和平，你能好好休息一下，比回营地更好。"

"在这儿？"她抹掉了脸颊上的眼泪，"在你帐篷里？"

"仅限今晚。"他穿好衬衫走开了，凉风吹了进来，她又是一阵寒战。他抓过那个装着干衣服的包袱，递给了她，"我去外面睡。"

阿莎接过了包袱："托文……"

"我更喜欢星星。"他拿过了琉特琴，准备离开，让她赶紧换衣服，"而且，我睡得很少。记得吗？我总做噩梦。"

但在走出帐篷之前，他停下来转过身去。

"如果不想回去，你可以一直待在这里。"

她皱起了眉头。

他摇晃着向她走了一步。"咱们可以离开，"他说，"咱们可以今晚就走。"

"咱们要去哪里，托文？"

他嘴角一翘："哪里都好，去世界的边缘。"

那份笑容让她稍稍有些兴奋。但阿莎把这种感情压抑了下去。

逃跑！不！她理解想要从亚雷克那里逃出来的想法，但他会一直追捕他们。那接下来呢？达克斯和萨菲尔呢？她不能只让他们面对这场战争。

阿莎连忙后退。"不行。"她摇摇头，"所有我爱的人都在营地。"

一个满口谎言的暴君统治着费尔嘉德。

"所有你爱的人。"托文重复道。

他站得很直，仿佛在等着什么。

但阿莎不知道他想要什么。

他眼中的光暗淡了下去。

"休息一下吧。"他转身离开了。他没有再回头看她，溜出了帐篷，走进了黑暗之中。

阿莎盯着帐篷帘，接着又开始颤抖了，就仿佛她把他留在空地上的那段时间。他们之间还有什么事情没有解决。仿佛他们是一块磨损的挂毯，需要一名织工来修复。

她换下了潮湿的衣服，把它们丢在了一边。托文的衣服虽然穿起来太大了，但却温暖而干燥。

调暗了灯光，她爬进铺盖。她在黑暗中翻来覆去，脑中满是痛苦。

一段轻柔的旋律传来，她终于平静了下来。帐篷外面，托文用琉特琴弹出了一首熟悉的曲子。自从为她缝合伤口以来，他一直在哼唱这首曲子。这次比上一次的内容更多，但依然不完整。托文又在中途陷入了沉默，然后从开头又弹了起来。

她想象着他的手，如此灵巧、自信，拨动琴弦就和为她敷药，替她缝合伤口一样轻而易举，就和解开她衣服上的纽扣一样轻而易举。

阿莎吞了一口唾沫，想象着那双手继续前进着，脱掉了她的衣服，抚过她赤裸的皮肤。

她闭上了眼睛，想要赶走这些想法，因为这会给他带来危险。但这幅想象中的图景在眼皮后面变得更加清晰了。

过了很久，托文终于放弃了他的歌，去睡了，阿莎还醒着，想象着他的手。

三十八

第二天早上，阿莎走进那间被当成会议室的帐篷，直奔雅而去。看到阿莎，他扑闪着黑色的睫毛，瞪大了眼睛。回忆起了面前的人是谁，他笑了，握起拳头放在胸口打了个招呼。

"今天你气色不错啊，阿莎。"

这份善良吓了她一跳。毕竟，她昨晚还在他面前拔过刀。而且大多数人遇见伊斯卡利的时候都不会这么爽快地露出微笑。

托文跟在他们后面："不好意思，我们迟到了。我们……"看到帐篷里的情形，他停了下来。

十几个人在原木砍成的粗糙长椅上抬起头来。达克斯站在中间，正在倒茶。

阿莎被这个场景吓到了。侍茶是奴隶的任务。但是这里，她的哥哥，王位继承人，正高高举着黄铜茶壶，让金色的液体流出一条弧线，在摆成一圈的杯子里倒满了热气腾腾满是泡沫的茶。

大割裂之前，根据古道，房间的主人是要为客人侍茶的。

达克斯停下了动作，看着阿莎的衣服。她穿的其实是托文的衣服。龙王的女儿穿着她丈夫的奴隶的衣服。

意识到了自己身上的衣服，她的脸开始发烧。但因为身旁都是陌生人，有龙裔，有灌木地人，也有斯克莱尔人，所以她什么都没说。达克斯的目光烧灼着她，所以阿莎没敢去看他。她经过不发一语的雅身旁，坐到了萨菲尔身旁一个空着的垫子上。而萨菲尔也在用奇怪的眼神看着她。

达克斯的目光似乎在无言地询问，盯在了托文身上。托文本来应该离开的。

托文避免了眼神的接触，在另一边找到一个空位，尽量远离阿莎。结果他坐在了罗阿和另一个阿莎认识的女人旁边，就是那个为她打造战刃的铁匠。铁匠冲着阿莎点了点头。阿莎也点头示意。

萨菲尔打破了这份尴尬的沉默，继续开始发言，那样子就仿佛他们并未被谁打断。"咱们是不是忘了什么？"她不断在双手间扔着一把刀子。锋利的刀刃将光切得五光十色，洒满了帐篷。"律法禁止弑君，不论是古律还是新律都是如此。"

阿莎想起了之前想要夺走父亲性命的三名灌木地刺客，想起了在午时烈日炙烤之下，刀砍过他们的脖子，想起了他们的脑袋落在石头上，发出咚的一声。达克斯就坐在阿莎身边，看着这一切。

她想起了茉莉娅，几个世纪前，跪在同一块石头前，把头靠在同样沾满血迹的石头上。

禁止弑君是一条古老神圣的律法，无法绕过。

如果达克斯杀死了他们的父亲，他也得把头靠在那块石头上。

而阿莎必须得在下面看着。

"你不能杀死国王。"她说。

"如果你父亲还在，我们就无法获得王位。"萨菲尔说。罗阿的银眼白鹰埃希栖息在她肩膀钉的那块皮革上。"正式来讲，不行。"

阿莎盯着她的哥哥："但如果杀了他，你也放弃了自己的性命。"

"这个细节问题咱们还没有解决。"达克斯放下茶壶，把第一杯茶送到了罗阿面前。她生硬地接过了茶杯，没去看他的眼睛，仿佛依旧在因为他们的争论而恼怒。但是当达克斯转身倒出一杯茶的时候，她抬起头，用深褐色的眼睛看着他。

"我来帮忙吧。"阿莎说。

达克斯摇摇头："起事之时，我不希望你靠近费尔嘉德。"

"我不需要靠近费尔嘉德。"

他一脸困惑。

"咱们可以用龙，"她说，"国王不会预料到来自天上的攻击。"

人们都紧张地交换着目光，会场内嘈杂了起来。

"如果龙站在咱们这边，"阿莎继续说，"长者肯定也是。城内那些依旧忠于古道的龙裔们也会站在咱们一边。"

达克斯难以置信地摇摇头："你这个一辈子都在猎龙，希望把它们灭绝的女孩现在又想招募它们？龙恨咱们，阿莎。你怎么能让它们站在咱们这边？"

她盯着托文锁骨上方的银项圈："我知道一个办法。"

达克斯似乎有些怀疑，他等待着阿莎接下来的话。这份怀疑挺有道理的。阿莎实际上并不清楚，反正不是那么肯定。但根据暗影的说法，龙是因为龙裔们奴役斯克莱尔人才与他们为敌的。所以如果龙裔们放他们自由……

"你必须证明你的动机是正确的，证明你不只是渴望王座。"

"那我该怎么办？"

阿莎的目光转向了托文。而对方的注意力放在他小指上的那枚骨质戒指上。他轻轻转动着这枚戒指，手轻轻地颤抖着。肯定是他在她睡着以后拿回去的。

"打碎营地里每一名斯克莱尔人的项圈。"她说。

托文抬头看着她的脸。

"你登上宝座之后，也要将城内所有的项圈打碎。你必须立刻去做这项工作。"

她的哥哥看着她，仿佛不再认识她了。她没有怪他。不久之前，她还曾以为，如果放斯克莱尔人自由，他们就会抢走他们想得到的东西。

阿莎看了一眼托文。

她现在不再那么想了。

铁匠突然说话了，她的声音仿佛铁砧上的锤子："我可以在夜幕降临之前把营地里的每个项圈都弄掉。"

阿莎点点头，然后把目光转回到哥哥身上："接下来我需要的就只剩骑手了，你可以把龙算到你的军队里。"

"我会为你找到骑手的。"托文说。

两人目光相接了。她悄悄地说："这是否说明你要留下来？"

他扭开了头："只……留到婚礼之前。在那之前我有足够的时间寻找骑手，训练他们，使他们做好准备。"

阿莎忍住了就要爬上嘴唇的微笑。

在随后的沉默中，萨菲尔最后扔了一下刀子，刀光一闪，藏进了她的靴子里。"好啦，"她说，"我想问题已经解决了。"

为了协助整个计划，阿莎把神殿地下秘密隧道的情况告诉了达克斯。他们决定由罗阿带领灌木地的军队在城墙外面伺机而动，达克斯、雅和萨菲尔再加上个几名新港人——达克斯这样称呼他的这群人——通过隧道潜入城内，然后赶往北门。他们要打开北门，并且守住，让军队有足够的时间冲进来。信号是罗阿的鹰，埃希。达克斯会把鸟带进城里，一旦城门打开，就把它放飞。

夺下城市之后，他们要关住龙王，由达克斯上台摄政，接下来事情会开始发生变化。他与罗阿的联盟将修复破碎的一切，将和平带到龙裔和灌木地人之间。斯克莱尔人可以自由选择，他们可以留在费尔嘉德，也可以在别的地方寻找新住处。

会议结束后，阿莎打算跟萨菲尔一起离开帐篷，达克斯正和一名灌木地女孩说话，他叫阿莎等他一下。

帐篷空了，达克斯靠在一张摊着费尔嘉德地图的桌子上。他上上下下打量着妹妹，双手扶着粗糙的木桌边缘。

"你昨晚跟他一起消失，回来的时候又穿着他的衣服？"他指了指她身上的衬衫和裤子，"你想想，这成何体统。"

阿莎双臂交叉在托文的衬衫前，昂起了下巴："你觉得我应该依然穿着结婚礼服吗？"

他沮丧地嘟囔着。"你是龙王的女儿，"他离开了桌子边，"而托文……"

身份低微？不能那么说。

"一个斯克莱尔人！虽然营地里的很多龙裔对斯克莱尔人很友好，但也有一些并非如此。而且还有那么多的斯克莱尔人根本不会多想，仅仅因为他看着你就觉得受到了伤害。"

阿莎的胳膊耷拉了下来。

"在这处营地，以及其他地方，如果有人觉得你在乎他，就会利用他来伤害你。从而强迫你去做你不想做的事情。"

"我掉进了湖里，"她说，"托文把他的干衣服给了我。他只是在展示善意。"

"阿莎。"达克斯叫了她一声，那样子就仿佛他是成年人，而她还是孩子，就仿佛他看出了她的谎言。

阿莎皱着眉："怎么？"

"你……所有人都知道这样的故事会如何结束。我不希望你们两个有谁受到伤害。"

阿莎无法直视达克斯的眼睛，看着他背后被晨光照亮的帆布墙。

"如果拉扬没有追莉莉安，她也不会死的，"达克斯说，"如果他把她的安全放在第一位，对她的重视程度甚于自己，他们今天都还会活着。"

而萨菲尔则不会存在。想到这里，她感到一阵心碎。

达克斯上前一步："如果你想保证他的安全，必须和他保持距离。"

阿莎低头看着她的赤着的脚。她的拖鞋可能在岸边被冲走了。

"我知道，"她低声说，"我会尝试的。"

达克斯叹了口气。他伸手扶着阿莎的肩膀，轻轻地抱了一下，让她抬起头来。

无论他的苦恼究竟是什么，就算没有完全消失，它都在消退。他的眼睛又闪起了光芒，他的体重正在增加，藏住了突出的骨骼。他已经差不多恢复从前那个英俊的自己了。

但是，还有一些东西依旧拖着阿莎。他的这项计划很不错：潜入城市，在灌木地人的帮助下把它拿下来，这可能成功。但至于王位……只要他们的父亲还活着，就没有人觉得达克斯是龙王。达克斯可以让父亲在监狱里度过余生，但只要真正的国王活着，他就不是费尔嘉德合法的统治者。他达克斯不是。

他们的父亲必须得死。而达克斯不会把这么可怕的任务交给别人。他会认为这是他的责任。

然而，违反古代禁止弑君的律法完全不可取。如果达克斯杀死国王，达克斯也会死。而如果发生这种情况，谁来统治费尔嘉德？

罗阿是个灌木地人，龙裔不会服从她一个人的统治。

阿莎之前是伊斯卡利，她的人民讨厌她，害怕她。

萨菲尔是个半斯克莱尔人，是费尔嘉德人眼中的怪物。

剩下的……没有人了。

达克斯不能死。他需要统治。如果他不能死，那就不能由他杀死国王。

这意味着得有其他人站出来。

三十九

在满载武器的车子抵达之前，阿莎花了一整天的时间召唤龙。托文找到了一批骑手，大多数是龙裔和灌木地人，只有两名斯克莱尔人。他把那两个斯克莱尔男孩带过来的时候，阿莎挑起了眉毛。托文耸耸肩："你想找骑手，我找来了最好的。"

阿莎大声讲出了古老的故事，声音飞上了天空，传得很远很远。她不想让它们毒害营地中的人们，让他们变得像她深受毒害的哥哥和母亲那样。

不仅如此，她婚礼的那一夜之后，她注意到托文的手也在颤抖。他变得更瘦了，眼睛下面有一弯半月形的黑眼圈。她问起这个问题的时候，他却说这是因为疲惫。

但是，阿莎无法轻易把这种感觉抛在脑后。

所以她独自去召唤龙，让故事远离托文和营地，然后把龙带回来。

托文为龙分配了骑手，向他们展示了如何通过飞行在他们和龙之间建立纽带。他找来了阿莎从前的裁缝，那个名叫卡莉的斯克莱尔女孩。她的任务是缝制大衣、手套和围巾，保护骑手免受自然环境的伤害。但是裁缝的工作很多，如果想要及时完成，就需要帮手。

第三天的黄昏，阿莎发现托文一个人待在骑手们在山谷里搭起的帐篷里。他坐在灯光下，低头缝着一件外套的袖子。他没戴项圈的样子依然让人感觉很新鲜。她经常盯着他锁骨处的项圈位置的那个痕迹。

但是就像达克斯说的那样，她得和他保持距离。

有那么多的工作要做，而时间却非常有限，这让她很容易就能避免与托文见面。尽管他们距离很近，却很少说话。而在一天结束之后，托文等着陪她一起回营地，她却摇摇头，让他自己先回去，说她还有工作要做。

开会时，她都待在萨菲尔和达克斯之间。托文在晚餐时找到她，她在和雅聊天。那份无休止的好奇心让雅非常容易和人聊起来。托文加入他们以后，雅倒是很重视他的观点，阿莎却似乎想去找其他人。

中午，有时候她觉得他正在看她。晚餐时，有时候她转身背对他，瞥见了他眼中的伤痛。就好像他知道她在做什么，而他也会为她行个方便。

为什么不呢？他马上就要走了。

不久之后，他就不再等她了，也不再抢着坐在她的身边。他不再经常找她了。

这伤了阿莎的心。

所以没人看见的时候，她开始观察他。从远处，她看到他双手带着温柔的敬意抚过龙翼，向骑手们展示如何安抚自己的坐骑，让他们战胜恐惧。他教会了他们各种各样弹舌的声音，让龙听从命令起飞、转向或是降落。他教会了他们他所知道的一切，他眼窝下面的凹陷变得更深了。

她看到他和裁缝卡莉在一起，两个斯克莱尔人俯身看着她的设计。她看着托文挥着手的样子，看着他指出他觉得哪些地方不好，哪些还不错。他每次笑的时候都会转头看看卡莉，这让阿莎的内心又破碎了一点。她发现自己会将卡莉光滑的脸与自己的脸做着比较。那女孩漂亮得仿佛沙漠中的黎明。她是斯克莱尔人，和他一样。也许托文会带着卡莉和他一起飞过大海。

回到营地，卡莉和托文一起，还有其他几个人，弹着曲子。阿莎不敢过去，但还是会不时徘徊在他们的视线之外，磨砺着她早已锋利无比的斧子，听着托文的琉特琴，听着卡莉的芦苇管，还有灌木地人的手鼓，等着他完成那首歌……但这一直也没有实现。

如果你想保证他的安全，必须和他保持距离。但是现在，经过这几天的避而不见，在这里，她和他一起站在骑手的帐篷里。

深吸一口气，阿莎经过堆满了皮革和羊毛的桌子。这是卡莉的桌子。她的工具，什么刀、针、木炭还有线，都整齐地摆在那里。桌子旁边，粗糙的椅子上挂着阿莎的羊毛披风。

"卡莉去哪儿了？"她让自己的声音显得很平静，拿起披风披在肩上。回营地的路上会很冷的。

他没有抬头，继续着他的工作："这是你两天以来第一次和我说话。"

阿莎的手指停在她的帽缨上："这是什么意思？"

"行啦，阿莎。"他看了看她，灯光照着他的头发，让他头上泛着光，"咱们都清楚，你在躲着我。"

可能确实是这样吧。但是阿莎之前看到他向卡莉了暗影，向她展示了龙喜欢被抚摸哪里——就是下巴下面。她已经看到卡莉连续两天都等在帐篷口，跟着他一起回营地，而他也很乐意和她一起回去。

"那你呢？"她小声说道。

他把针放在了腿上："我呢？"

你放弃我。当然这很荒谬。她需要他放弃。

阿莎将帽缨绑在脖子那里："别介意。"

走到帐篷入口的时候，她听到他说："萨菲尔是对的。你像石头那么顽固。"

阿莎停了下来，回过头。萨菲尔有说起过她？对托文？

她感到一股刺痛。

"萨菲尔去吃沙子吧。"

他噘起了嘴唇。

她不应该看的。如果没有回头，她可能已经离开了。

但如果她离开，就不会注意到他弓着瘦削的肩膀，或是工作时他的手颤抖得那么厉害。在灯光下，他那样子仿佛已经中毒了，一件缝了一半的外套摊在他的腿上，几根针扎在他身边的一块地毯上。他就像哥哥在起义之前的那个样子。

恐惧在她体内噬咬着。

我一直很小心啊。为什么会这样呢？

阿莎松开了她脖子上的帽缨。她回到帐篷里，无力地坐到了他身边那块草绿色地毯上，披风从肩膀上掉了下来。靠着他的大腿，她抓住针线，估计着他症状的情况，并和母亲当年的样子做着比较。

体重快速下降、不自然的疲劳、颤抖……

也许她应该让他完全远离龙。龙也以自己的方式无声地讲着故事。也许那就是原因吧……

"你知道怎么用吗？"

他的问题吓了她一跳。在决斗场里，她也问了拿着弓箭的他同样的问题。阿莎恶狠狠地瞪了他一眼。

"你以为我是怎么自己制作盔甲的？"她穿针引线，开始缝另一只袖子。

他的膝盖靠在了身上，她抬头微笑着看着他。这点燃了她体内的火花。她不应该这么做的，但依然放松地把腿靠在了他身上。就这一次。

他们疲倦地在沉默中工作。完成了一件外套的袖子之后，他们又开始继续下一件。

缝到一半，托文哼起了那段神秘的曲子。但这时，阿莎已经累得快要睁不开眼睛了。

托文注意到了这一点，他拿过了她手里的针："该睡觉了，最凶的猎龙人。"

阿莎太累了，无法开口纠正他：她不再猎龙了。

她不想继续当伊斯卡利了。

阿莎把她的手掌按在地毯上，想爬起来，穿过树林，回到她和萨菲尔同住的帐篷去，这时，托文摸到了她的手。

"留下来吧。"

她摇摇头，避开了他的目光："不行。"

"阿莎。"

名字拖住了她。她抬头看到了他温暖而热情的目光。他今晚看起来很脆弱。这让她很担心。

她偏过了头："好吧。我会留下来，等着你完成这件外套。"

微笑扯起了他的嘴角。

"你缝完之后叫我起来。"说完，她蜷起身子躺在他身边的地毯上，闭上了眼睛。一次心跳之后，他拉过了她的披风，盖在了她身上。又一次心跳之后，一个梦出现在了她的睡眠里。与她同名的梦——伊斯卡利女神。

过了很久，托文终于放下了他的针线，在她身边伸展着身体。阿莎醒了。她翻身发现他背对着她，双手抱头，盯着帐篷的帆布顶棚。

想起了回响在脑海中的梦，她忘记了危险。

"托文？"她小声叫他。

他把脸转了过来。

"你觉得伊斯卡利女神讨厌自己吗？"

这不是他希望听到的问题。她可以通过他的气息听出这一点，仿佛她用胳膊肘捅了他肚子一下。

"我认为……"结束了伸展运动，他把目光落在了她的脸上，"我觉得伊斯卡利女神被迫成为了她不希望的样子。"

这并不是答案。阿莎刚要提醒，就听到托文继续说了下去。

"伊斯卡利让别人塑造她，因为她觉得她没有其他选择。因为她觉得自己是孤独的，没有人爱她。"

他转过身来，用胳膊撑着身体，低头看着她。

"第一次听到他们叫你伊斯卡利，我就去了解了她的故事。我不在乎危险或律法。我在市场上找到了一个愿意讲故事的老乞丐。阿莎，我听过这个故事，对我来说，那似乎并不是一场悲剧。"

"当然是一场悲剧。"阿莎对他皱起了眉头，"最后，她死了，孤独地死了。"

"但是到这里故事结束了吗？"他翘起了一边嘴角，阿莎感觉，在他面前，自己都软掉了。"我认为没有。纳姆萨拉呢？他去找她了。天色变换了七次，接着他找到了她。找到她以后，他跪在地上，低声哭泣。因为他爱她。因为一直以来，她并不像她想象的那么孤独。她一直都不是夺命人。对他来说，她是他的妹妹。她很宝贵。这是一个关于爱的故事，阿莎。一场悲剧，没错，但依然是一个关于爱的故事。"

阿莎研究了他比她还瘦的脸：他下巴的线条，他嘴巴的曲线。

"伊斯卡利恨自己吗？"他的声音变得温和了下来，"当然恨。"他这么说就仿佛他是刚刚才意识到这一点似的。仿佛阿莎的问题强迫他回到了现实。"我曾经因为纳姆萨拉放任这一切的发生愤怒不已。我也曾因为伊斯卡利以她被迫塑造的形象生活而愤怒不已。因为她从来没有尝试过变成别的样子。"

托文抚摸着阿莎的头发，把它藏在了疤痕穿过的那只耳朵后面。

"我对伊斯卡利生气，是因为她从来没有看看身边，寻找爱她的人，寻找可以救她的人。"

"但没有人能救她。"

"你怎么知道的？她一直都没让任何人尝试。"

那天晚上，阿莎做了一个噩梦。

她梦见她站在地牢的阴影中，面前矗立着一扇铁门。恐怖的声音从门后面传来，仿佛沙克萨在撕裂某人后背，仿佛骨头脆响着折断，仿佛身体被可怕地扭曲。

除此之外，她听到一个声音，在乞求。

不……不要……

乞求变成了尖叫，她意识到了这是谁的声音。因为她认识他，她把自己留在了外面。她用拳头敲打着铁门。她寻找着钥匙，却发现门上没有钥匙孔。她没有办法进去。

她没法救他，没法放了他。

只能在门外听着他们杀死了他。

阿莎醒来时满身汗水，呼吸困难。有人站在她身边，被背后的阳光照出了一片剪影。随着噩梦在眼皮后面的残影，她跳了起来。她感到一阵恐慌。亚雷克。亚雷克在这儿。她转身发现身边的地板上空空如也。托文走了。

"阿莎。"

阿莎爬了起来，跳到了一边。她的后背撞到了放满了卡莉那些工具的桌子上，东西掉了一地。她颤抖的手在地面上摸索着，寻找着可以当作武器的东西。

"阿莎。"

那个声音。

这让她停了下来。她大口呼吸着，气息嘶哑而不匀称。阿莎抬起头。她冲着阳光眯起眼睛，发现哥哥蹲在她的身旁。

"没事的。你很安全！"

她周围的环境变了，不再受噩梦的影响了。她哥哥的声音带来了清晰的视野。达克斯盯着她。他穿了一件下摆沾满泥水的灰斗篷。他黑色的眉毛挤在了一起，眼神中满是关怀。在他身后，晨光下，帐篷的帆布墙显得很亮。依旧燃烧着的灯笼放在一件完成一半的飞行服旁边的地板上。

"托文在哪儿？"

达克斯非常小心地说："正在接受照顾。"

阿莎心中一惊："照顾？"

"一群龙裔和斯克莱尔人看到你和他待在一起。"

阿莎觉得自己嘴巴很干。

她记得托文先是把她带到新港，他大声叫着她的名字的时候，新港人看着他们的样子……就仿佛他没有那个权利似的。

她记得达克斯警告过她：那么多的斯克莱尔人根本不会多想，仅仅因为他看你的那个样子就觉得受到了伤害。她挣扎着站起来。早晨清冷的空气冲擦过她的皮肤，让她瑟瑟发抖。

"他在哪儿？"

达克斯那样子就仿佛她的视线刺痛了他。"我告诉过你会发生这种事。我告诉你要保持距离。"

萨菲尔走进帐篷，在看阿莎之前，她先扫视了一圈。

"萨菲，"她恳求道，"到底怎么了？"

"来吧，"萨菲尔把手搂在她肩上，"我带你去见他。"

"你没有回咱们的帐篷，所以我就去找你了，"穿过新港的途中，萨菲尔解释道，"进入山谷的路上，我发现一群新港人在森林里，咒骂着一个蜷在地上的人，他们还对他又踢又打。"

萨菲尔挑开一座小帐篷的帘子。里面传来了说话的声音。

"他们想打断他的腿，但我阻止了他们。"

在帐篷内，阿莎发现了一排小床，泥土地面，还有……赤裸上身的托文伸手去抢身后的卡莉抱着的一包衣服。

"医生说你需要休息！"卡莉的食指切开空气，指着小床。

"把我的衬衫给我。"托文咆哮道。他的头发被汗水浸湿了，很奇怪，他的眼神似乎显得很空洞。

"回床上！"

他刚想吼回去，就看见了刚刚进来的两个人。一看到阿莎，他的斗志就全部消失了。

"阿莎。"托文看着她，好像在察看她的身上是不是有伤口。结果什么都没发现，他长出了一口气，转身面对卡莉。

"如果阿莎和我待在一起，我就躺回床上。"

卡莉难以置信地摇摇头。她放弃了，经过阿莎身旁，带着他的衣服走出了帐篷。

尽管发生了这样的事情，托文还是展示出了胜利的笑容，因为那个生着疤痕的女孩站在了门口。这让阿莎有点儿好奇，他有没有注意到卡莉在他身边的样子？他有没有察觉什么？

想到达克斯的警告，她说："我只是过来看看你有没有事。"

托文又转过身来，动作有点僵硬。很明显，他受伤了，特别是腿，伤得很重。

"我不能留下来，"她后退了一步，"我一靠近你就发生了这样的事情。"她强迫自己转过身，往门口走去，"今晚见！在……"

"他们给我吃了安眠药。"

因为你需要休息，她这样想着，手指伸向帐篷帘。

"你知道整晚都被困在噩梦里是什么感觉吗？"

阿莎迟疑了。

"噩梦……梦里有你。"

她没有回头，只是盯着帐篷帘，萨菲尔正在另一边等着。

"噩梦里总是有你。"他低声说。

这些话仿佛抓紧了她的心脏。

托文伸手触摸着她的手腕，他的手指很温柔。阿莎任由他把自己的身体转过来，让他把自己拉过去。看到她没有离开，托文把额头靠在了她的肩上，仿佛阿莎是一剂能治愈暗伤的良药，仿佛只有阿莎能做到这一点。

"一次又一次，我看着他们狩猎你。"他禁不住打了个寒战，"我总是无法阻止他们。"

她搂住了他的脖子，紧紧抱着他，这是她母亲在她做噩梦的时候安慰她的方法。

"我就在这里，"她把脸颊压到他的脸上，"我很安全。"

阿莎抚摸着他的头发，想要安慰他。但她的手指被抓住了。放开手的时候，一种恶心的感觉就像一条蛇跑进了她的肚子里。

慢慢地，她抽出了手，后退一步，挣脱了他的胳膊。她盯着自己的手。

他的一绺头发躺在了他手上。

曾经的记忆又浮现了出来。阿莎突然想起，她抚摸着垂死之时的母亲的头发，想起了她的手指抽出来时上面的黑色。

阿莎忍住了啜泣。她抬起头看着托文的瘦脸。

"不……"她低声说。但托文只是盯着她，显得很困惑。

一股激烈而绝望的愤怒扫过她的身体。

"你讲过古老的故事吗？"

他皱起了眉头，更加困惑了："什么？"

"故事！"她抓住了手中的头发，"你讲过吗？"

他摇头表示否认："我还不太熟悉那些故事。"

"那就肯定是龙。"她开始踱步，努力思索着，"我会让别人训练骑手，你留在营地里。"

他冲着她伸出了手："你在说什么呢？"

阿莎让他用颤抖的手抓住了她，停下了脚步。

她低头看着他们交握的手指。他的手指上满是雀斑，而她的手指因为疤痕变硬。他还戴着母亲的戒指。

戒指。这是阿莎的母亲在病床上戴的戒指，是龙王为她雕刻的。龙王经常为妻子用骨头雕东西。

它应该与她的其他财物一起烧掉，但没有。父亲把它留了下来，然后交给了达克斯。

达克斯身上也出现了母亲的那些症状……

而把它交给阿莎之后症状就消失了……

但阿莎只戴了一天就把它交给托文当作交易的凭据。从那时起，托文一直戴着它。

现在他也出现了那些症状。

父亲是用骨头雕出的这枚戒指，她想，为什么会……

一个故事从她脑海里闪过——女王用龙骨灰毒死她的客人的故事。奴隶发现客人死了，身体仿佛被掏空了一般。

阿莎慢慢感到一种恐惧。她抓住托文的手腕，得把戒指摘下来。

"哎哟！阿莎，你这是……"

她一扭，然后用力一拽。

戒指掉了下来。

阿莎已经花了八年时间狩猎龙。她知道如何击倒它们，知道如何剥皮，知道它们身上每一件可以利用的器官。

她知道其中最重要的一件事：要是有人被龙焰烧伤，只有龙骨毒可以吸出毒素。但单独使用的话，很小的剂量都像龙焰一样致命，慢慢地抽走人的生命。

　　她盯着戒指时，想到了那个把一小撮龙骨灰放进食物来杀死敌人的女王。阿莎手上的这枚戒指，她父亲为母亲制作的这枚戒指，是由同样致命的物质制成的。

　　"他杀了她，"她大声地说道，"然后他还想杀了达克斯。"

　　托文盯着她，仿佛她在说一种陌生的语言。

　　"跟我来吧。"说着，她握住了他的手。

　　托文答应了她的要求，让她把自己从帐篷里领出来。

　　她找到了达克斯，把戒指递给了他。托文在一边看着他们，阿莎解释说：杀死他们的母亲的并不是故事，而是戒指。也许不止如此。他们的父亲为妻子雕刻了很多小饰品，阿莎甘愿打赌，认定所有的一切都是有毒的龙骨制成的。这只是为了让人们觉得像是一个故事杀了她，因为症状都是从那个时候开始出现的。

　　因为有奴隶在窃听，所有人都知道龙王后在给女儿讲古老的故事。每个人都知道她在犯罪。

　　"而且要证明故事是邪恶的，最好的方法不就是让讲故事的人死掉吗？"

　　达克斯盯着她，挺起了下巴，双手攥成了拳头。她可以看到他眼中的想法。拼图碎片嵌在了一起。

"如果不止有一个讲故事的人呢？"他低声说，仿佛在自言自语。

阿莎皱起了眉头："这是什么意思？"

"如果古老的故事并不致命，"他说，看着她，"那究竟是什么杀死了那些讲古人？"

还是说是谁杀死了他们？

这个问题又让阿莎发现了什么。

她想到父亲的王座厅里的挂毯。大割裂时代的那位女王。那个需要证明长者已经背叛了他的人民的女王。

"你认为是咱们的祖母毒害了讲故事的人？"

达克斯什么也没说，他也不需要说什么。

整个世界都在旋转。

如果这些故事没有毒性，如果它们没有杀过任何人，那么它们也根本不邪恶。这意味着讲着这些故事的阿莎也并不邪恶。

龙王不但让自己的女儿对抗木津、长者、她自己……他还杀了她的母亲，接着他还想杀死她的哥哥。

他想要剥夺阿莎爱过的一切。这让她有了全新的目的：她也要对他做同样的事情。

四十

五天时间里，阿莎召唤来了十二头龙。来自灌木地的车子抵达的时候，她已经疲惫不堪了。她想休息整整一个月。但婚礼就在今晚，明天他们就要去打仗了。

现在没有时间休息了。

黄昏时分，阿莎和萨菲尔来到了营地中央，清理帐篷准备仪式。阿莎穿着一件颜色像血和火的裙子。这件裙子简单、朴素，后面由一根带子绑紧，长度及膝。有人把这件裙子送到了她们的帐篷里。她问萨菲尔它是哪儿来的。

"应该是雅送来的吧。他之前来过，说希望和你一起跳舞。"

"我希望你告诉他，我不跳舞。"她一边说一边东张西望。那天早晨，挤满新港的肮脏的流民都变成了一个个圆滑、受人尊敬的灌木地人、斯克莱尔人和龙裔，所有人都在等着新娘走进圈子。点亮的灯笼放在地上，在达克斯周围的地上围成一个圆圈。而达克斯似乎只带了这一件衣服。

由雪松木粗粗地削成的椅子也围着灯笼摆成了一圈。早上，人们把一批原木切削并固定好，阿莎坐在其中一根上，闻着木头那香甜的气味。

从长凳上下来，她突然听到了一段谈话。

"我怎么可能拒绝这个报价？"一个留着灰色短发的斯克莱尔老人说道。她坐在一个年轻的龙裔旁边，和她一起喝着一罐蜜酒。

"但你一辈子都住在费尔嘉德，那是你的家。"

"是吗？"老妇人冲着那个女孩靠了过去，"应该说那是我想逃离的笼子吧？"

龙裔把罐子递给她："所以这一切都结束之后，你要去灌木地？"

那个斯克莱尔人喝了一口酒，然后用腕子抹了抹嘴巴："我估计大多数人都会去。那里有土地。灌木地人说，如果我们愿意开垦，就能拥有土地。如果我们留在费尔嘉德，大多数人将在月底之前就会无家可归，饿死街头。"

"达克斯殿下不会让这种情况发生的。"

"达克斯殿下会有很多比我们斯克莱尔人更重要的事情要考虑的。相信我，孩子，我已经经历过三次起义了。"

"起义都失败了。"那个龙裔女孩指出。

那个斯克莱尔女人只是耸了耸肩。"就算达克斯殿下明天赢了，一天、一个月或是一年之后，他也有可能失败。如果夺走父亲的王位，他会四面树敌的。那些敌人会想要夺回王位，再送给某个人。我一辈子都待在你们身边。我知道那个人会是谁。"她用食指敲了敲胸口。

"没有人会去找我们的。我们只要照顾好自己就好。"

她把酒罐递给了女孩，女孩摇了摇头。

"结果可能会更糟。"

"我要抓住机会。"斯克莱尔人又灌了一大口酒。

静寂笼罩着整座营地。罗阿已经离开了帐篷。随着静寂的降临，阿莎看着那个灌木地女孩穿过在她面前分开的人群。她穿着一条无袖棉连衣裙，领口很宽，但不低。她的皮肤在灯光下闪闪发光，她的眼睛就像一汪池水。

她走进了圈子的那一刻，整个人都仿佛变了。阿莎看到了一位王后。歌家族的女儿罗阿，优雅、尊贵……还有一点儿令人望而生畏。

"这份连结将永远不会被斩断！"没有守护者出席仪式，所以罗阿的弟弟走了过来，"我会将这两个人的生命编织成一个！只有死亡可以斩断这条纽带，将他们分开！"

罗阿首先复述了这句话，她的声音仿佛在闪亮："愿死亡降临！愿寒冷冻结我心中的爱。愿火焰将我的记忆化为灰烬。愿狂风把我推进它的门扉。愿时间耗尽我的忠诚。"

她望着达克斯，薇拉的话从嘴唇里吐了出来，带着一股力量。

"我会在死亡门前等你，达克斯。"

阿莎打了个冷战。

达克斯重复了这句话。罗阿的声音很平稳，但达克斯却因为激动而颤抖着。

"愿死亡降临！愿寒冷冻结我心中的爱。愿火焰将我的记忆化为灰烬。愿狂风把我推进它的门扉。愿时间耗尽我的忠诚。"

他无比温柔地牵起了她的手。

"我会在死亡门前等你，罗阿。"

他们手腕系在了一起，举起手来让整座营地的人见证。欢呼声此起彼伏。龙裔们将达克斯高高举过头顶，嘈杂逐渐平息。灌木地人举着罗阿，唱着歌，想把他们两个送进达克斯的帐篷。

阿莎看到这对夫妇盯着彼此的眼睛，她看到哥哥有点紧张地微笑着。然后他们就被带到了视线之外。

四十一

　　仪式结束后，音乐家们在那圈灯笼围起的地方开始了演奏，龙裔和灌木地人在围着他们跳舞。阿莎坐在围着舞者们的一张长凳上，等着萨菲尔带食物回来。

　　狂欢的人群对面，一名琴师用脚跟敲着节拍，手指在琉特琴上弹出一首又一首的曲子。他身边的灌木地人肩膀宽宽的，肚子圆圆的，眼睛闪闪发光，用手鼓和着他的节奏，唱着歌词，卡莉在托文另一边吹着芦苇管，跳着舞。

　　突然之间，有人来到了阿莎前面，把音乐家们挡在了视野之外。

　　阿莎抬头看到了浓密的睫毛下面那双友善的眼睛。英俊的雅正对着她微笑。他身上有豆蔻和柑橘的味道。

　　"我不跳舞。"没等对方问，阿莎就回答了。

　　"有人告诉我了。"他指着她旁边空荡荡的长凳，"我可以跟你坐在一起吗？"

　　她刚要开口说那是萨菲尔的位置，雅就坐了下来。

他们沉默了一会儿，盯着那些舞者。欢乐的舞者们已经变成了模糊而五彩斑斓的肢体和脸庞。阿莎看到卡莉赤脚旋转着，她的裙子也随之旋转。

"达克斯说，你喜欢古老的故事。"雅看着一个漂亮的灌木地女孩，她黑色的鬈发甩在背后。

阿莎看着他："我觉得他说得对。"

"他还说你烧毁了城内唯一的副本。"

想到这个，阿莎畏缩了一下。

看到她的反应，雅又继续说了起来："我想向歌家族正式递交邀请。"他瞥了一眼那个正在跳舞的灌木地女孩，从他眼中的深情看，阿莎认为她肯定是个朋友。"那么多的故事都散佚了，不过我们的图书馆里有一部分。如果你来参观，可以去看一看，还可以把它们抄录下来。"

阿莎不记得什么时候有过这样的陌生人对她这么友善了。这让她笑了，但只有一下。

看到她的笑容，雅也笑了起来。明媚闪亮的笑容从里到外点亮了他。

"至于那些已经散佚的故事，"他说，"也许你可以找到它们。"

阿莎皱起了眉头："我要从哪里开始找啊？"

"你是个猎人，对吧？除了猎龙以外……"他停了下来，想知道自己的话是不是冒犯到了她。"你可以寻找散佚的故事，把它们带回来。恢复咱们的传统，让这片大地再一次变得完整。"

但故事无法拯救这片大地。只有阿莎父亲的死亡能。

雅真是乐观，但阿莎并没有大声把这句话说出来。

"现在我觉得你应该跟我一起跳个舞了。"

阿莎看着他，惊讶地张开了嘴巴。她看了看那个跳着舞的灌木地女孩，她的鬓发搭在肩膀上。和另外两个女孩一起跳舞时，她的脸像星星般闪亮。

"为什么不去和你的朋友一起跳？"

雅看着阿莎看的方向。"谁？莉拉贝尔？"他咬着嘴唇，仿佛这个想法吓到了他。"她已经有两名舞伴了。"他转身面向阿莎，"另外，我是在邀请你。"

他似乎想要成为她的朋友。她的朋友。人们肯定会告诉他要去讨厌她，因为他是灌木地人，而她是龙裔。

这让阿莎感到一种……奇怪的荣幸。

"我不知道怎么跳。"她承认道。

"其实我也不太会。"

阿莎收起了微笑："好吧。那就跳一个吧。但是如果跳得很糟糕，可别怪我。我警告过你了。"

雅笑了。他把她拉了起来。但当他们进入舞者的海洋，裙子在她腿上开始跳动，阿莎的手开始出汗了。她想起了自己为什么不跳舞：这让她觉得自己笨拙而愚蠢。

她看着雅的朋友，她的微笑像月亮一样明媚。跳舞是其他女孩的事情，不适合夺命者。

雅把手搂在她的腰间。

"准备好了？"下一首歌开始了，他问道。

阿莎还没准备好。实际上她开始恐慌了。但是即使她能说出话来，鼓点、琉特琴与芦苇管流出的音符也把她的话淹没了。

接着，雅拉住了她的手，准备引领她的舞步，她突然看到了什么。

托文站在舞者们的边缘，就在阿莎刚刚坐的地方。他穿着一件朴素的白衬衫，领子处没有花边，这清晰地露出了他的锁骨。

他让她感觉心里一紧。

阿莎看了一眼音乐家那边。在卡莉身旁，一个瘦高个龙裔男孩站在那里拨着托文的琉特琴。

她又看了看托文。他也看到了她，而且正在看她和雅跳舞，他惊讶地张大了嘴巴，他的眼睛里含着……被伤害的眼神。

她还没来得及意识到为什么，他就消失在了帐篷之间。

四十二

　　阿莎并没有等到这首歌结束。还没放开雅的手，她就不跳了，还把他拉到了人群外面。

　　"你干吗……"

　　她一直把他拉到他的朋友身边。

　　"很抱歉打扰了。"等到那群灌木地女孩停下了舞步，转身面向他们时，阿莎说道。看出了她打算做什么，雅想要抽开手来逃跑，但阿莎紧紧抓着他。"恐怕我现在得走了，但我不想抛弃舞伴。所以……"阿莎一个接一个地打量着那些女孩，最后，目光落在了那个雅一直看着的女孩身上。莉拉贝尔，他是这么叫她的。"我想知道你是否愿意和他一起跳舞。"

　　莉拉贝尔用那双大眼睛惊讶地看看阿莎，又看看雅。她是一个有些柔弱的女孩，一张心形的脸蛋，一张温柔的嘴巴。莉拉贝尔害羞地低下了头，说："我感到很荣幸。"

　　就是这样了。

　　阿莎笑了。雅好像被吓到了，但等莉拉贝尔抬头看着他的脸，他吞了一口唾沫，走了过去。

阿莎放开了他的手。她转身挤出人群，朝着托文消失的方向，沿着帐篷之间的那条小路跟了过去。

她穿过噪音，穿过人群，终于在新港外围看到了他。

"托文！等等！"

听到她的声音，他放慢了速度，然后转过了身。

阿莎赶紧追了上去，然后在一个散发着铁的气味的倾斜结构前停了下来。这里没有门，只有一个小开口，在星光下，在一切都融化在阴影里之前，阿莎看到了一个铁砧的形状。锻冶场就坐落在营地的边缘。在这里，仿佛整个世界都沉默而黑暗，星星仿佛明亮的沙粒，正闪闪发光。

"你来这儿干什么？"他问道，"你应该……"

"和雅跳舞？"

托文扭过了头。

他是……嫉妒了？

"对我来说，刚刚见面时并不害怕我，还对我很好，是一种新奇的体验。"她抚摸着身上红色的裙子。这件衣服很粗糙，但她并不属于那些漂亮的萨布拉绸长袍，所以她不介意这一点，"这是他送给我的。"

"是吗？"托文的笑容中藏着阴翳，是假笑。"嗯，雅的品位肯定不错。你今晚真是特别漂亮。"他回头看着身后。"他可能想知道你去哪儿了。也许你们应该……"

"也许你应该告诉我到底怎么了。"

托文安静地走着，看着夜幕下的那一间间帐篷。阿莎观察着他的样子。他已经从龙骨的毒性中恢复过来了。他身材高大而强壮——不是亚雷克那种强壮，托文是精神上强壮。

她没有忘记他前几天在会议厅里说过的话。他曾说过，他会留下来，留到婚礼那天。现在婚礼已经结束了。

他们还在这里。

"今晚我听到了一些传言。"她向他走了过去，"斯克莱尔人打算离开费尔嘉德？"

他转开了目光，点点头："斯克莱尔人支持你哥哥，但大多数人会在拿下城市之后离开。"托文叹了口气，细长的手指拢过头发。"一切都结束以后，如果你的哥哥拿下了王位……灌木地人提议把我们带到沙漠上去。"

我们。听到这个词，她的心沉了下去。

但你不会去的，她盯着他，这样想着，你打算跑得更远。

"对于那些留下的人……"他耸耸肩，"没有人知道他们的命运会如何。"

"达克斯答应释放所有奴隶。"

他点了点头。

"那么，问题出在哪里？"

"说起来容易做起来难，阿莎。"

"他不可能会出尔反尔。"

"如果我们都获得了自由，谁来服侍你们穿衣服？谁来给你们做饭？谁来建设你们的神殿，管理你们的果园？你的生活方式会崩溃的，在这种崩溃之下，我们要在你们之间找到自己的位置？被你们平等对待？"

"是的。"她生气了，但不知是在气他的怀疑，还是自己的怀疑。

他摇了摇头："龙裔们大多不想失去奴隶。我们获得自由之后，要去哪里生活？谁来雇用我们？"他踢着脚下的泥土。"不经历黎明前的黑暗，就难以见到灿烂的朝阳。龙裔们会生气，斯克莱尔人很容易成为他们发泄的目标。对我们来说留在城里太危险了。"

"所以你要走了。"她说。

她希望声音里并没有透露出她有多么生气。

托文只是看了她一眼。

"什么时候？"她问道，这几天，这个问题一直让她非常焦虑，"今晚？明天？"

他吞了一口唾沫："军队向费尔嘉德进军的那天早上，我就要出发去达尔穆尔了。我已经把东西都打包好了。"

她心中仿佛有东西碎掉了。

"你应该走的。"她吐出了这句话，仿佛它们非常苦涩，仿佛她讨厌它们的味道。思考着他刚刚说的话，她没法看着他。他最想要的是自由。她盯着散布在山谷里的数百间帐篷。"远离这里你会更安全的。"

远离她。

托文陷入了沉默。过了一会儿，他走了过来。"安全？"他的目光钻进了她的身体，"这样……"她几乎可以听到他的想法在脑中旋转，"你希望我安全吗，阿莎？"

看着他会让她想离开。所以，为了保持目光不要相碰，她盯着他的锁骨，注意到它是如何突出在他那会优雅地哼着歌的喉咙旁的。

为了阻止自己伸出手去摸，她攥起了拳头。

"阿莎，看着我。"

但她没有抬头，所以他伸出了手。他的手指背擦过她的满布伤痕的皮肤，擦过她的发际，擦过她的脸颊和脖子。

阿莎看了一眼。他眼中的神情让她屏住了呼吸。就像看着星星的心：明亮地燃烧着。

"你知道看着你跟别人跳舞，而又知道和你跳舞的那个人永远不会是自己，是什么感觉吗？"他放下了胳膊，"知道你甚至不会去考虑……帐篷里的那件礼物是我送的，是什么感觉吗？"

阿莎低头看着她的衣服："这件礼服？"

他点点头："我知道你没有其他衣服穿了，而卡莉欠我一个人情。所以我让她为你做了这件衣服。"

"为什么之前不告诉我？"

突然，脚步声沿着小路传了过来。

他们分开了。托文转身面对闯入者。阿莎连忙后退。

站在托文那个位置的乐师站在他们面前，只是个十五岁的孩子。他拿着琉特琴，看看龙王的女儿，又看看那个斯克莱尔人。

"我是来告诉你，"他目瞪口呆地盯着阿莎脸上的疤痕，"他们希望你回去。"他把琉特琴往托文那里一推，"他们说我老是打乱他们的拍子。"

你知道这是什么感觉吗……

阿莎知道那是什么感觉。

托文接过琴："告诉他们我就回去。"那个龙裔男孩点点头，然后回去了。

"我得回去了，"托文说，"现在……"

"就像看着卡莉和你待在一起，知道她永远不会因为靠近你而让你身处危险之中。"

托文转身盯着她："什么？"

"你问我是否知道那是什么感觉。"

阿莎突然不再在意了，什么都不在意了。

婚礼或是战争或是他是一个斯克莱尔人，她是一个龙裔。

她把手指举到了他的锁骨处，抚摸着那里的疤痕。她触摸到他的喉咙窝，停在那里，托文倒吸了一口冷气，他的脉搏疯狂地跳着。

"阿莎……"

她想把他从这里带走。她想听到他一遍又一遍地叫她的名字。

"阿莎……"她的手指沿着他的喉咙，慢慢地向上滑过他的下巴，穿过他的颧骨。

他放下琉特琴，走了过来。他们是如此接近，阿莎几乎可以尝到他皮肤上的咸味。

他把手指插入她的头发，将她的头向后仰去。

然后，他的眼睛凝视着她，吻了她。开始很轻，接着加大了力气。仿佛他饥渴无比，而阿莎是唯一能够满足他渴望的人。

阿莎抓住了他的领子，吻了回去，比他更饥渴，更笨拙。

托文抓住她的腰，拉着她。

锻冶场在她身后。托文引导她进入黑暗的入口，直到她的背部撞上一面温暖的墙壁。她的手掌按在他的胸口和肩膀上。他把手插进她的头发里，亲吻着她的脖子。

阿莎发出柔和的声音。她想把自己举起来，把腿缠在他的腰上，但托文抓住了她的手腕，阻止了她。脚步声再次响了起来。

阿莎僵住了。托文把额头压在她的额上，听着。

"托文？"还是那个男孩。

托文龇着牙。

接着是更多的脚步声。"我发誓，他就在这里……"

另一个声音抱怨着。

托文紧紧靠着阿莎，额头顶着额头，将她压在那面温热的墙上。他放开了她的手腕，拇指慢慢地滑过她的下唇。脚步还在靠近，他的拇指停了下来。他们走远了之后，手指又开始移动。阿莎向前探身想吻他，但他并没有让她如愿，而是继续着他温柔的折磨。他的拇指沿着她的下巴和脖子抚过，穿过她的锁骨和肩膀。

阿莎闭上眼睛，仰着头，让他触摸着。

脚步声消失的这段过程就仿佛永无止尽。完全消失之后，阿莎长出了一口气。

托文吻着她的脖子："当我完成演奏之后……阿莎，我可以去你的帐篷吗？"

"我的帐篷？"这个想法吓到了她，"你会被看见的。"更不用说，她和萨菲尔同住一间帐篷。

"我不会的。"

这太冒险了。这是把他置于极大的危险之中。

我应该和他保持距离。为了保护他。

"求你了，"他低声对着她的皮肤说道，"我会很小心的。"

她想起了之前她将他的生命置于危险之中的所有情形。

他的额头压在她的额上。他的手捧住了她的头："那么你来找我怎么样呢？"

阿莎紧紧闭上了眼睛。她想起了他在沙滩上的帐篷。半夜偷偷溜出去，在星空下躺在他旁边。

早上，她就要去打仗了。这场战争，他们可能不会赢。

接着他会离开。一去不返。这是他们一起度过的最后一晚。

说不。

这里没有未来。她没有办法可以和这个男孩在一起。她需要切断她内心深处滋长的感情。斩草除根。他正要离开，她要留下来，即使事情发生变化……

她想到了萨菲尔的父母，一个龙裔，一个斯克莱尔人，他们如何将她母亲活活烧死，他们如何逼她父亲在下面看着。

想到托文可能会死，她内心出现了裂痕，但却产生了相反的效果。她没有说不，而是踮起脚尖吻了他。

托文露出了少见的笑容。这次他两边嘴角都翘起来了。

"这是'好'的意思吗？"他挣脱出来，低声问道。

她点点头。

他后退了几步，走出了锻冶场，仿佛想要记住眼中的她，想把这个场景带走一样。"那今晚见了，我的小野兽。"

四十三

音乐停了，人群的嘈杂声也消失了，阿莎躺在她的帐篷里。新港变得沉默静寂，已经有段时间了。她的身体却好像起了火，尖叫着要起床离开。现在，所有人都在睡觉。现在，没有人能看到她。

但她必须先确定一下。所以阿莎继续等着。

她等得太久了。

一声喊叫打破了营地的寂静，接着又是两声。警报的声音疯狂地响起。几次心跳之后，尖叫声爆发了，夹杂着钢铁相击的声音，仿佛暴风雨前的第一声惊雷。

阿莎和萨菲尔同时从铺盖里冲了出来。萨菲尔扔给阿莎一把刀。她们一同走出了帐篷，走进了那团混乱。

她父亲的纹章无处不在，装饰着紧紧包围着那些新港士兵的盾牌。萨菲尔扔着刀子。阿莎一个接一个地冲着天空大声讲出古老的故事，召唤着她之前那五天招来的龙。它们大多数已经在路上了，和骑手之间的纽带告诉它们，肯定是出事了。

看到空中盘旋的身影，士兵们迟疑了。更多的新港人已经醒来，他们全副武装做好了准备。罗阿站在战斗的最前沿，她用那把半月形的利刃不断劈砍着，而她的白鹰，埃希，尖叫着向敌人俯冲。每前进一步，罗阿都会喊出一个命令，一次心跳之后，凶猛的箭雨就会从她身后飞来，射中那些猝不及防的敌人。

阿莎来到营地的边缘，发现萨菲尔和雅带领着几百人埋伏在侧翼追击敌人。敌方士兵正在往树林中撤退。

阿莎看了看周围有多少人倒下了。不多。她看见达克斯正蹲在那里帮助一个腿上大量出血的人。阿莎撑起了那个人的另一只胳膊，两个人一起搭着他走进了帐篷。帐篷里，他的朋友剪开了他的裤子，查看伤口。

阿莎听到萨菲尔在远处喊着，组织人们在林中搜索。

"这是怎么回事？"

"我不知道。"看到雅走了过来，达克斯停下了脚步，把刀收进了刀鞘。

"他什么都知道了，"雅说，"咱们的人数，咱们的位置。他甚至有可能知道咱们有多少武器。"他指着那些栖息在悬崖上的阴影，"更不用说咱们有多少龙了。"

达克斯皱着眉头："召开会议。咱们得评估损失，然后决定下一步的计划。"

雅点点头。在他离开之前，阿莎抓住了他的胳膊："你看见托文了吗？"

他摇了摇头。"他没在新港休息，"在去执行她哥哥的命令之前，他说，"他比其他人安全多了。"

"我会让埃希给他发一封信，"看到她表情中的担忧，达克斯说，"你先去会议厅，我随后就到。"

钟声响起，新港人走进了会议厅。阿莎是第一批抵达的人。一个接一个地，人们慢慢拥了进来。萨菲尔，雅，铁匠，一只耳朵上挂着五枚金耳环的灌木地女孩。达克斯和罗阿是最后到的。

其中唯独缺了托文。

她哥哥走进帐篷的那一刹那，各种问题像日出时的鸟鸣声一样，一下子涌了过来。达克斯一个接一个地听着人们的问题，阿莎盯着帐篷的帆布帘，希望看到托文能走进来。他花的时间比其他人长。他不仅得收到消息，还得飞到森林边缘，来到营地里。

所以他还没赶到吧。

"咱们应该立即进攻，"萨菲尔说，"龙王肯定不会想到会遭到突然袭击，他肯定觉得咱们会犹豫。咱们应该追上他们，现在就发起攻击。"

帐篷帘那里传来了沙沙声，阿莎的心狂跳着，但来的只有埃希。它飞了进来，落在了罗阿的肩膀上。阿莎看到鹰啄着女孩的耳朵。

"找到他了吗？"阿莎问。

罗阿从鸟腿上解开了达克斯的信息："好像没有。"

那只鸟离开了罗阿的肩膀，又落在了达克斯肩上，大声尖叫着，打断了他对萨菲尔的回答。罗阿站起身来，叫埃希从王位继承人的肩上下来，把她带出帐篷。

阿莎应该自己去找托文。

"咱们还有隧道，"达克斯说，"行动需要加倍小心。"

帐篷帘又啪啪作响，掀到一边。但是进来的却是雅，他身后跟着两名灌木地士兵，其中一个人拿着一卷羊皮纸，上面封着蜡。

"伊斯卡利收。"

帐篷里的所有目光都集中到了阿莎身上。阿莎站起身来，接过羊皮纸，打开封蜡。她认出了封蜡上指挥官的纹章。她颤抖着手指打开了纸卷，上面写着：

如果你想让他活下去，今晚请把自己交出来。

上面的署名是：你心爱的丈夫。

羊皮纸落在了她的脚下。

"阿莎？"

她走向了帐篷口。达克斯拉住了她，强拉她看着他的眼睛："怎么了？"

"让我走。"

在她身后，萨菲尔捡起了那张纸："他抓住了托文……"

这句话动摇了她。阿莎比任何人都知道，这是什么意思。

她推开了达克斯，跑了出去。雅跟了上来，想拦住她，但她跑得太快了。阿莎跑到了营地边缘，冲进了森林里。萨菲尔跟在她身后，她清楚地知道这脚步声的含义。但是阿莎跑得更快了，召唤着木津。

她知道穿过树林的路。到达树林的另一边以后，在星光照耀下，龙祖正等着她。阿莎飞身爬上了龙背。

萨菲尔跌跌撞撞地从树林里跑了出来。

"阿莎。"

阿莎犹豫了一下。

"求你了，不要一个人去。"

阿莎回过头。萨菲尔仰着头。星光把她的皮肤照得闪闪发亮，她的眉毛因为担忧挤在了一起。

听到林中的动静，两个人都转过了头。阿莎俯下身来抓住了堂妹的胳膊，把她拉上了龙背。

"抓紧。"

萨菲尔的胳膊刚抱上阿莎的腰，木津就冲进了空中。

四十四

　　湖面映入眼帘，在那苍白的月光照耀下，阿莎看到了烧焦的石头。这里着过火。托文的帐篷变成了一摊破布。

　　但这还不是最糟糕的。

　　木津落在了地上，阿莎爬上了石头，萨菲尔跟着她，两人都盯着黑暗中的一个身影。

　　"暗影？"阿莎轻声叫道。那个身影并没有动。

　　萨菲尔停下了脚步，而阿莎则在继续靠近。她踩到了血。血在她周围的岩石上闪闪发光，在地面上的沟槽里聚集了起来。土红色的龙紧紧蜷着身体。它闭着眼睛。

　　"暗影？"阿莎的声音有气无力的。

　　苍白的眼睛慢慢地睁开了，但只睁到一半。

　　阿莎颤抖着呼出一口气："哦，暗影……"

　　她跪了下来，伸手摸着它的鼻子。它又闭上了眼睛。

　　"别。"她需要弄清楚伤口有多深，伤口在哪里，这样才能进行处理。"来吧，快点儿起来。"

苍白的眼睛又睁开了。它没有抬头，只是看着她，仿佛它太累了，仿佛它顽皮的火花已经熄灭了。它的目光让她想起了托文慢慢离去，想要在离开之前记住她的样子。

"起来！"她的声音在颤抖，她的手在颤抖。她站了起来，绕着它走了一圈。它的胸部缓缓起伏着，一点儿都不明显。

"阿莎……"萨菲尔从她身后轻声说道。

阿莎没有理会堂妹，推着它的臀部。她的声音更严厉了："起来，暗影。"

这次，它尝试了一下，抬起了脑袋，几次心跳之后，又抬起前腿。它的爪子上沾满了血迹，接着它摔倒了。

阿莎看到它胸前的伤口。太深了，就在心脏旁边，这让它每一次心跳都变得更加微弱。

阿莎的眼里充满泪水。

她可以感觉到它很紧张，可以感觉到它正在尝试，因为她希望它起来。因为它爱她，这是它能为她做的最后一件事。

"好的，暗影。"阿莎把手按在它的胸口低声说。它现在那么虚弱，仿佛大裂谷中逐渐消逝的回声。"你做得很好，暗影。你现在可以躺下了。躺下吧……"

暗影瘫倒在了地上。阿莎也跪了下来，龙黑色的血液浸透了她的衣服。

萨菲尔过来坐在了她旁边。

它眼中的星光正渐渐暗淡，阿莎把它的鼻子放在了自己的腿上。它闭上了眼睛，阿莎给它讲了最后一个故事。一个通过猎龙以抚平心中伤痛的女孩的故事，那条改变了她的龙的故事。

故事讲完之后，它胸口已经没有了起伏，也不再挣扎着尝试睁开苍白的眼睛了。

暗影停止了呼吸。

它走了。

"噢，阿莎。"萨菲尔低声说。

阿莎哭出她的愤怒和悲伤，萨菲尔用胳膊环过她，抱着她，在她哭泣时轻轻摇着她。

木津从阴影中走了出来。它用鼻子轻轻地点了点那条年轻的龙，还推了两次。暗影没有回应，一个声音撕裂了整个夜空，和着阿莎的啜泣。它在低沉地恸哭。

这是一首为死者而唱的龙之歌。

四十五

"我要杀了他。"

萨菲尔将阿莎从龙血聚成的池中拉出来，将她带到湖边，打算洗掉她膝盖和大腿上的血。

"我要赤手掏出他的心肝，把它们做成龙饵。"

她的衣服毁了，浸透了血。萨菲尔把她的身子洗干净之后，阿莎朝着木津走了过去。她今晚就要飞到城里，掏出亚雷克的心脏。

"阿莎。"萨菲尔抓住了她，"别。"

阿莎挣扎着："放手。"

"你需要冷静。"萨菲尔牢牢抓着阿莎，她比阿莎要强壮，"你得想办法智取，不能直接钻进他们的手心。"

两条龙从她们头顶飞过。阿莎不再挣扎，看着它们绕湖盘旋着。木津也看着它们。它们降落之后，龙祖也融入了黑暗之中。

那两条龙都很年轻，体型只有木津的一半大。左边的那条鳞片是土褐色的，角是黑色的。右边那条角是苍白色的，有一只断掉了，它的身体是炭灰色的。它们收起翅膀，等待骑手下来。

"如果我不去，亚雷克会杀了他。"

四名骑手爬下了龙背。两个人待在龙身边。另外两个人，达克斯和雅，走了过来。

"亚雷克需要托文活着来引诱你，"萨菲尔凑近了阿莎的头，达克斯走了过来，"他希望你去城里，想让你生气，让你变得鲁莽。不要给他他想要的东西。"

在雅手中的灯光照耀下，达克斯仿佛一晚上老了十岁。他的话和萨菲尔差不多。

"一旦你踏入城墙，"达克斯告诉她，"他就没有理由继续让托文活着了。你留在这里的时间越长，托文活得也越久。"

阿莎摇摇头，回想着沙克萨打在他背上发出的声音。她想起了托文相信的神明。

仁慈的死神。

"还有比死亡更糟糕的事情。"她低声说。

萨菲尔放下了搂着她肩膀的胳膊。阿莎看着暗影的身形。

如果托文一开始就出发前往达尔穆尔，他现在应该已经在船上，走了很远了。他肯定很安全。

为了阻止她心中的大坝决堤，阿莎把手紧紧地攥成了拳头。

"如果我刚刚在这里就好了！"

"如果你刚刚在这里，亚雷克会在你面前把托文杀死，然后把你带走。"达克斯轻声说，"他们有那么多人。你什么都做不了。"

"不，你什么都做不了。但我是伊斯卡利。"

她瞪着哥哥，等着他反驳。但他没有。

他抱着她的肩膀："我们会把他救出来的。我需要考虑一下，阿莎。不要鲁莽行事。答应我。"

阿莎无法答应这个要求。她知道达克斯是对的，亚雷克希望她去。他已经为她设好了陷阱。但如果她不去……

阿莎扫视着那片黑暗，寻找着木津。她可以在心中感觉到他就在那里，但在敌人面前，他显得非常不安。如果他不过来，她就过去找他。

阿莎想要绕过哥哥，但被挡住了。

"别挡路！"

"如果我不挡住你，你就会飞到费尔嘉德，将这里的所有人都置于危险之中。"达克斯说，"对不起，我不能让你那么做。"

第二天早上，整个新港都搬走了。他们不能再留在这里了，因为指挥官已经知道了他们的确切位置。所以他们拆掉了帐篷，备好了龙，准备出发。本来，阿莎应该领着龙骑士们进入大裂谷，前往秘密隧道的入口。但达克斯禁止她飞行，防止她直奔宫殿。所以阿莎选择了最好的骑手，让她带领队伍。

等到他们在大裂谷底部集合，达克斯召开了会议。他们聚集在一间临时帐篷里，他和雅简单描述了整个计划。达克斯将独自一人作为诱饵。他进入北门之后，雅和萨菲尔及其他新港人将穿过神殿地下的隧道。达克斯将与龙王进行谈判，雅和萨菲尔要占领城门，让等在墙外的军队有足够的时间进来。埃希依然是进军的信号。雅会带着鹰。城门打开之后，他会把鹰送上天空。

阿莎不能待在城市附近。她有太多的危险，没有人相信她依据计划行事。

"我知道这好像并不公平。"达克斯说。现在帐篷里只剩下他、阿莎和萨菲尔了。阿莎坐在地上，背靠着帐篷柱，低着头，脑袋压在膝盖上。萨菲尔坐在她旁边，磨着刀。达克斯在她们中间坐了下来。"但是在确保一切都安全之前，我需要你和军队一起在这里等着。"

阿莎没有看哥哥，只是说："你的意思是，要等到你杀死了国王。"

帐篷内一片沉默。阿莎抬头看着哥哥温柔的眼睛时，发现眼泪在闪闪发光。

"我必须去，阿莎。"

萨菲尔停下了磨刀的手。

"不，"阿莎说，"你要做的事情就是活下去，这样你才可以成为一位比他更好的国王。"

达克斯摇摇头："只要咱们的父亲还在呼吸，就没有人会认为我是国王。"

"那么想想罗阿吧。你会让一个灌木地人独自坐上王位？费尔嘉德会将她吞噬的。"

"相信我，"他收紧了下巴，"罗阿可以照顾自己。"

"我的希望呢？"萨菲尔问道，"阿莎的希望呢？"

达克斯用袖子擦了一下他的眼睛。

"我希望你能活下去。"萨菲尔有点愤怒地说。

"我希望你能统治这个国家。"阿莎说。

他推开了她们两个人。阿莎没有阻止他，让他站了起来。

"一个出色的领导人就应该这么做。"他不敢看她们两个人的眼睛。穿着肮脏的灌木地服饰，脸上挂着泪痕，他仿佛一位英雄，"要为人民献身。"

阿莎想起了她烧掉卷轴的那一天，达克斯告诉她，长者没有抛弃他们。他只是在等待合适的时机，合适的人。

他期待着下一位纳姆萨拉能够纠正错误。

当时，阿莎觉得达克斯真是个傻瓜。现在呢，看着哥哥转身离开了帐篷，她的想法完全变了。

不错。这就是我们的纳姆萨拉。

萨菲尔也留了下来，一边等待信号，一边磨着她的飞刀。

"你必须阻止他。"达克斯离开帐篷之后，阿莎说道。

萨菲尔继续着她的工作，没有抬头："我正在思考要怎么做。"

阿莎把头靠在帐篷的木柱上，听着钢刃擦过磨石的嘶嘶声。

萨菲尔突然停下手，把锋利的刀子放在了膝盖上。"无论以后会如何，我想让你知道，我爱你。"

阿莎看着堂妹的眼睛："什么？"

"我希望你能待在我身边，"她冲着帐篷门，冲着城市的方向点了点头，"如果出了什么事，想到亚雷克会怎么对你，我就完全无法忍受了。"

阿莎惊恐地盯着堂妹："他会怎么对我？想象他都是怎么对你的吧，萨菲。"

堂妹举起刀刃，检查着："我只需要一击就够了。"

阿莎不喜欢这个想法。她生气地扭过头。她们应该待在一起。但随着帐篷里越来越暗，萨菲尔离开的时间也越来越近了，阿莎把头靠在堂妹肩膀上。

她们静静地坐了很久，两个人都在思考，如果真的出了问题，结果将会怎样。她们依旧坐在那里，阿莎的头依旧靠着萨菲尔的肩膀，萨菲尔的刀放在膝上，脚踩着坚硬、干燥的土地。

"萨菲尔？"雅走进了帐篷，"是时候了。"

在起身出发之前，萨菲尔又凑近了一点："绝不准鲁莽行事。"

阿莎盯着堂妹站了起来，把锋利的刀子插在了腰带上。

"你也不要鲁莽行事。"阿莎回了一句。雅挑开帘子，萨菲尔从他身边走了过去。听到她的话，雅转身面对阿莎，庄严地把拳头贴在了胸前，然后放下帘子，两个人一起从阿莎的视线中消失了。

阿莎抽出了腰上的斧子，来到了堂妹留下的磨刀石前。满载武器的车一到新港，她就挑中了这把斧子。斧柄是金合欢木制成的，朴实无华，磨得锃亮。

慢慢地，仔细地，阿莎开始磨起了斧子。

四十六

阿莎不知道已经过去了多久。她只知道萨菲尔和雅离开的时候天刚黑,现在天还是黑的。

真是太黑了。

太安静了。

脚步声响起,踏在帐篷外散乱在地上的干松针上。阿莎从地上爬了起来,把斧子塞进了腰带。

没错。他们已经占领了城门。

帐篷门敞着。罗阿站在门口,手里拿着一支火炬。她拉上了身后的帐篷门。

"怎么了?"她用黑色的眼睛紧紧盯着阿莎,"埃希回来了,但城门关着。"

"什么?"

"我想他们被抓住了。"

恐惧刺痛着阿莎。她爱的所有人都在城里。他们不能被抓住。现在这种情况下,她爱的所有人都在那两个会毫不犹豫地伤害他们的人手里，而他们两个人这么做只是为了伤害她。

"也许守门的士兵太多了，"阿莎希望自己还靠在帐篷的柱子上，希望有东西可以撑住她，"也许他们正在重整旗鼓。"

"他们有一晚上时间返回营地，集结士兵。现在已经快早上了。"罗阿拉起帐篷帘，等着阿莎，"咱们得进城了。"

她们不能骑着龙进城，指挥官手里有那么多人质。罗阿担心，看到龙会让亚雷克开始杀人，从最不看重的人开始。

阿莎不喜欢考虑谁是她最不看重的人。

"那隧道呢？"

罗阿点点头，火光下，她的眼睛闪着光。

一种熟悉的渴望烟一般在阿莎的腹中升起。她想要狩猎，但不是猎龙。她再也不会去猎龙了。今晚她要狩猎自己的丈夫。

罗阿吹着口哨，拿起了火炬。黑暗中出现了两名年轻女子。达克斯和罗阿的婚礼之夜，阿莎见过她们。

"这是莉拉贝尔，"罗阿拍拍雅那位朋友的肩膀，又拍拍她旁边的那个人，"这是萨巴。"

莉拉贝尔用一条带子扎起了她闪亮的鬈发，把粗粗的辫子搭在了肩膀上；而萨巴把头发编成了两束辫子。从腰带上的箭袋和肩膀上的弓来看，她们是弓箭手。

三名全副武装的灌木地人对抗整支军队，这在阿莎眼中有些滑稽。尽管如此，她并没有把这话讲出来，因为她怕罗阿会改变想法,把她留下。

拿着火炬,阿莎带着她们走进了隧道。

罗阿的白鹰在她们身后冲了进来。

她们走进了岩洞,橙色的火光刺穿了黑暗。接近隧道的出口处,莉拉贝尔拍拍阿莎的肩膀,让她停下来。她从箭袋里抽出一支箭,凑到了火炬上。箭尖包着布,阿莎可以闻到,上面浸过酒精。

箭头燃烧了起来,光炽烈而明亮。莉拉贝尔将箭头射进了地下室,照亮了相当大的一片范围,让她们看清是否有人埋伏在黑暗中。

看到前面没人,莉拉贝尔先走了出来。阿莎跟着她,带着她们穿过地下室,爬上拱顶楼梯,进入神殿。莉拉贝尔一直射着火箭,确保没有敌人埋伏在前面。

抵达前门的时候,她们遇到了一个人——一个守护者,或者是士兵。但是整座神殿都空荡荡的,十分寂静。这让阿莎胳膊上的寒毛都立起来了。

罗阿双手紧贴在前门上,准备推开门,这时阿莎踩到了什么东西。

"等等。"她抬起脚,然后蹲在了地上。火炬的光芒照亮了一把刀,刀柄由象牙和珍珠母贝制成。

萨菲尔的刀,她在帐篷里磨的那把刀。

阿莎把刀捡了起来。刀柄很凉。

萨菲尔从来不会丢下武器,别说遇到事故,就算是战斗中也不会。这意味着她是有意将它留在这里的。

阿莎抬头看着刀尖指的地方：神殿入口。罗阿的手掌仍然按在门上。她看见了阿莎的目光，阿莎摇了摇头。她站起身来，打手势让三名灌木地人跟着她。无论萨菲尔有什么理由，阿莎都需要在她们和入口之间留出足够的空间。

她领着她们来到了对着石榴树的窗户旁。下面的街道和神殿一样，空荡荡的。狭窄的街道上没有燃烧的火炬，唯一的光来自星星。

那士兵都在哪里呢？

"你知道怎么从这里走到城门那边吗？"

罗阿敲了敲自己的脑袋："你哥哥的地图在这里呢。"

阿莎摇摇头："不要走主干道。"她蹲下身子，把火炬贴在地面上，草草画出了一幅地图。"这样走花的时间会比较多，但道路分支更多。"罗阿也蹲了下来，看着她画着地图。"要是遇到什么危险，就能有更多的逃生路线了。没有人会觉得你会去走最麻烦的那条路。"

罗阿记住了阿莎指尖画出的道路。

阿莎递出了火炬："你会需要箭的。"

罗阿点了点头："愿长者指引你的脚步。"

阿莎爬出窗户，跳进了石榴树的树枝，然后赶紧回过头。

"罗阿？"

窗口的女孩停了下来。

"别伤了我哥哥的心。"

罗阿笑了一下："这是威胁吗，伊斯卡利？"接着她不发一语地把拳头贴在了胸口。

阿莎落在了下面的街道上。包围着她的黑暗仿佛一件斗篷，她穿过阴影，独自潜入宫中。她一直都觉得木津就在她的心中，焦虑不安地踱着步，想知道她在哪里。

四十七

没有士兵们的脚步声，也没有夜市飘来的香味，整座城市仿佛都丧失了生命力。没有驴子的叫声，没有乞丐伸出的手掌，也没有商人的叫卖，寂静的夜晚包围着阿莎。靴子踏过尘土飞扬的街道，踏过铺满瓦片的屋顶，脚步声在她耳中回响。所以她把靴子丢在了后面，赤着脚继续前进。

这感觉就像踏进了陷阱。

阿莎确实曾经踏进过陷阱。那时候，她正在狩猎一条很老的龙。两天后，她发现自己正在原地打转。第三天，她意识到是龙正带着她原地打转。它在跟踪她，自己却藏在一边，藏在视线之外。

阿莎能击败它的唯一原因就是她假装不知道自己目前的处境。她和它玩了一场游戏，踏进了陷阱。龙将她逼入绝境之后，阿莎才显露出来她的目光有多么敏锐，她的爪子有多么锋利。

现在，等着她的陷阱与那条龙的并没有什么不同。现在唯一能做的就是钻进去。

她跳下屋顶，来到了宫中一处游廊的顶部，阿莎停在了拱窗那里，扫视着那边的阴影。刚要跳下去，那边传来的声音让她停下了动作。

阿莎听到了达克斯的声音，接着是她父亲的声音。她赤脚踩着大理石地板，循着声音的方向往父亲最大的那处庭院走了过去。就在这处庭院，埃洛玛曾呼唤阿莎。

"不。"达克斯说。

"那我就要一个个把他们杀死了。从这个开始。"

阿莎走进了拱门。墙上插满了点燃的火炬。在火光照耀下，龙王手中握着的那把熟悉的黑色战刃正闪闪发光。这是屠戮之刃的其中一把。上次见到它们，她还在草地上保护木津。

她父亲把战刃压在了脖子上。

托文的脖子。

"住手。"

龙王望着拱门。"你来了啊。"父亲的声音听起来很奇怪。尽管经历了这些，仿佛看到伊斯卡利依旧安慰了他的灵魂。

达克斯转过了身。他的双手反绑在背后，两名士兵拿着他的武器。

"阿莎，"达克斯说，"我告诉你不要……"

"罗阿向你致以爱意。"她用眼神告诉他不要说话，希望她传达出了这个信息：罗阿正在赶来的路上。

但是萨菲尔和雅在哪里？阿莎瞥了一眼。

庭院内空空如也。

她的目光定在了托文身上。他看起来还好。看到庭院对面出现的阿莎，他甚至没有露出害怕的表情，仿佛他已经放弃了。仿佛他知道即将降临的命运，而他会毫不犹豫地直面一切。

这座庭院的两端从来没有像现在这么远，这么难以跨越。

"似乎我这里有一些你想要的东西，亲爱的。"

"那么是什么呢？"她想让自己的声音显得冷静，由狩猎的本能引导着自己，向父亲走了过去。

慢慢地，不要有什么突然的动作。

感觉到了她在做什么，她父亲开始将她的战刃滑过托文的脖子。血渗了出来，托文的身体紧绷着。

阿莎停下脚步，举起手来。

"别！求你了。我不会再靠近了。"

她的父亲放下战刃，微笑着。如果他之前还不确定，现在已经完全清楚了。他手里确实有她想要的东西。

阿莎的心在疯狂地跳动，她盯着托文衬衫领口处的血迹。这是她曾经亲吻过的那件衬衫。

现在的状况和计划中的并不一样。

思考啊，阿莎。

在她的脑海里，一个阴影动了一下。

焦虑不安。

不，她想。她的父亲知道他们有龙。这意味着他会做好准备。

阿莎不能让木津来这里，他们会杀了他的。

所以她采取了行动，当时她只能想到这个了：继续拖延时间，把希望寄托在罗阿身上。

"你想用龙骨毒死达克斯。你想杀死自己的儿子。"她看看哥哥，又看看父亲，"为什么？"

他们的父亲露出了残酷的笑容。

"你终于发现了，是吗？你一直都是比较聪明的那个。你我都知道，亲爱的，你的哥哥永远不会成为国王。我一直认为他对敌人的爱对王位是一个威胁。看，今晚，他向我证明了我是对的。"

他眯起眼睛看着达克斯："我希望戒指能杀死他。那会是与灌木地开战的绝佳理由，接着，我将击败他们。"

"你要杀死你的继承人……来挑起一场战争？"达克斯明白了阿莎在做什么，也开始帮助她拖延着时间。

"死掉的继承人比叛国者更有用。"

听到这句话，愤怒烧灼着阿莎的全身："把你妻子害死也是出于同样的原因吗？"

半次心跳之后，一种奇怪的表情出现在了父亲的脸上，也许是惊讶，或是悔悟。无论如何，他的表情迅速恢复了，手里紧紧抓住女儿的战刃。

"你的母亲不服从律法，阿莎。她破坏了我的规则。我需要一个例子立威。"

"她是我的母亲。"

"她让你堕落。"

阿莎的手希望能握住斧子。

龙王看着她的身后。

"啊，"一个声音让阿莎感觉一股凉意从脚底直冲到头顶，"我发现您找到我的妻子了。"

阿莎转过身，看到了站在拱门处的亚雷克。他穿着一件午夜般的黑色短袍。在月光照耀下，衣服闪闪发光，而亚雷克饥渴的眼神却将这个美丽的场景变得无比可怕。

在他身后，列队进军的脚步声和金属的撞击声越来越近。刚刚无处可寻的士兵现在正在从他身后的黑暗中拥出来，穿过门口冲进庭院。

她视野的边缘变成了橙色。令人惊讶的是，阿莎看到，屋顶上有几百名拿着火炬的士兵正盯着她。

"现在是时候结束咱们的交易了，亲爱的。当然，取消婚约为时已晚。但是如果你引出龙祖，结束这一切，我倒愿意放过亚雷克的奴隶。"

听到这些话，阿莎又感觉到一个黑影正浮现在她的脑海里。木津知道她在哪里，也知道她处境危险。她踏入陷阱的那一刻，它就知道了。

而且它现在正离这里越来越近。

不，阿莎思索着屋顶上的士兵，所有人都带着弓箭。一名弓箭手无法对抗巨龙。但几十个呢？阿莎的狩猎奴只用弓箭就帮她杀死了那么多条龙。

"那么你选择哪一样呢？"她父亲用力按着手中那压在托文脖子上的战刃，斯克莱尔人被迫抬起了下巴，"龙还是奴隶？"

阿莎一直盯着托文。

"它来了。"她低声说道。她恨自己，经历了这一切之后，她的父亲依然有权力让她依照他的旨意行事。

龙王对着女儿眯起了眼睛："不要以为你可以骗过我，阿莎。"

"它知道我在哪里。我踏进这处庭院的一瞬间它就知道了，"她盯着龙王，"因为我是它的骑手。"

她的父亲把脸沉了下来。

龙王冲着亚雷克一挥手，她那把黑色的战刃闪烁着。四周的墙上，弓箭手们占据了有利的位置，长戟和矛头闪闪发光。

"如果你想让这个奴隶活下去，木津来了之后，你要击倒它，"龙王说，"如果你没能做到，我会在你面前切下他的脑袋。"

阿莎比谁都清楚，不能相信一个骗子。就算遵照他的要求，托文依旧会死。而她的父亲也会拥有他想要的东西。他没有理由让他活下去。如果选择木津而让托文死去，在它逃跑之前，士兵们也会杀死木津。

她会同时失去他们两个。

"愿死亡降临。"托文轻声的话语打断了她的思绪。阿莎盯着他。他也盯着她，仿佛她是这个失去控制的世界中一个稳定的支点。

"愿寒冷冻结我心中的爱……"

"闭嘴。"国王愤怒地说道。

"愿火焰将我的记忆化为灰烬……"

龙王的刀压得更紧了，他想阻止托文继续。但是，如果压得太用力，他会杀死他的。他不能杀死他，起码木津来之前不行。

"愿狂风把我推进它的门扉……"

这是薇拉的话。结婚誓言，但也不仅仅是结婚誓言。

死亡是一种解脱，他曾这样告诉她。

"愿时间耗尽我的忠诚……"

"不。"阿莎朝着他走了过去。

"停下。"她父亲警告。

阿莎停了下来。她正与托文对视。"你不敢杀他。"

托文的目光没有离开她的脸，他的眼中满溢着悲伤："我会在死神门前等你，阿莎。"

阿莎想象死神呼唤着薇拉的名字。

她握紧了拳头："死神不是你的神。"

一片阴影掠过头顶，熄灭了天上的星星。她的父亲向天空望去，士兵们不安地移动着。这时传来了一个声音，仿佛是谁叹了一口气，阿莎感到一股熟悉的风吹过她的脸。

炽焰铺满了天空，照亮了屋顶上她父亲一半的弓箭手。他们尖叫着甩着胳膊，死去之前浑身都烧得通亮。

木津落在它的骑手身旁。地面因为它而抖动着，黑色鳞片在火光中闪闪发亮，看到龙王，它眯起了黄色的眼睛，用身体围住了阿莎。

"放箭！"亚雷克命令道。

箭如雨下。

"不！"阿莎尖叫着。

箭头没入了它的皮肤，撕破它的翅膀，木津咆哮着。

"攻击！"龙王说。

木津嘶嘶地叫着冲了出去。箭杆从它的身上露出来。它不知道应该先攻击谁。弓箭手还是国王？谁的威胁更大？

"立刻攻击！"

阿莎的目光在托文和木津之间游移着。

更多的箭射了过来。木津愤怒而痛苦地咆哮着。血从它的翅膀上滴下来，流过它的腹部。

龙祖下定了决心。它突然转身冲向了阿莎的父亲，把毫无防备的阿莎留在了院子中央。

从眼角的余光中，她看见亚雷克拔出了他的军刀。她感觉他正往这边走来。

惊恐中，龙王转过身，把奴隶留在了他和喷火的怪物之间，把奴隶当作盾牌。

阿莎盯着父亲的后背。一次心跳时间里，过去、现在和未来如挂毯一般编织在了一起。

她的母亲躺在床上，浑身冰冷。

她的哥哥没有赢得人民的忠诚。

她爱的男孩正穿过死亡之门，独自一人。

国王必须得死。

她的手指缠在猎斧柄上，把它从腰带上抽了出来。阿莎握紧了斧子。她知道弑君的惩罚。她知道只要斧子离开她的手，她也就放弃了生命。

但她还是扔了出去。

"不!"达克斯尖叫起来。

阿莎的斧子朝着龙王飞了过去,划开空气,然后轻轻地撕裂了肉体和骨头。四下一片令人毛骨悚然的沉默。

亚雷克在离阿莎几步的地方停下了脚步。他盯着他的国王,闪亮的军刀落在了地上。

深红色的血液渗透了龙王的金色礼袍。阿莎的战刃落在了地面的石头上,叮当作响。龙王踉跄了一下,放开了斯克莱尔人,转身面向女儿。她的斧子插进了他的胸膛,劈开了他的心脏。

她的父亲抚摸着自己的王冠,王冠上沾满了他的血。他大口喘着气,血液流成了一摊。

"阿莎……"

他的声音回响在庭院的墙壁上,但这声音并没有回响在她体内,捏住她的心脏。

龙王跌倒在了她的脚下,他的身体扭曲,血液积聚在周围,就像阿莎杀死的那些龙一样。他用无神的眼睛凝视着她。阿莎盯了回去,她无法移开目光。

黑暗包围了她。托文把她的脸压在了胸口,不让她去看父亲的尸体。他捧着她的头,紧紧捧着,而她摇着头,抓着他的衬衫。

"离她远点儿,斯克莱尔人。"亚雷克咆哮道。

托文紧紧抱着她。

接着,一只鹰刺耳的叫声划过空气。

托文松开了阿莎，一支火箭穿过他们头顶的天空。每个箭头都击中了目标，没入了墙上的那些弓箭手的胸膛。

随着灌木地人大军的拥入，庭院内一片混乱。军队里还有龙裔和斯克莱尔人，全部武装到了牙齿。罗阿正带领着他们。她凝视着人群，双刃剑已经沾满了鲜血。她的身边站着萨菲尔，她的眼中喷出了愤怒的火焰。

罗阿下达着命令。她的鹰朝达克斯飞了过去。

"杀了他们！"亚雷克冲着士兵们尖叫着，"把他们全杀了！"

但他的士兵已经不够了，龙王也死了。下一波箭雨落下，密度可能只有之前的一半。

阿莎来到了浑身是血、插满了断箭的木津身旁。龙祖平静地用它细缝似的眼睛看着她。

它用身体围着她，而她一边拔箭，一边回想着暗影，回想着从它胸口流出的血液。

但是木津的伤口都很小。木津能活下去。

托文抓过死去的弓箭手留下的一把弓，又拿过了一支射下来的箭，把箭迅速射了回去，一个一个地把露台上的弓箭手射下来。士兵开始冲锋，金属相击的声音越来越大。阿莎听着利刃切过人体那恶心的声音。

达克斯站在罗阿身边。他们背靠背攻击着敌人，埃希在他们头顶紧张地兜着圈子。

而远处却是一阵阵翅膀扇动的声音。

片刻之后，火焰从龙的肚子里涌出，在屋顶上亮起，像头顶的乌云一样涌动着。屋顶上的弓箭手都消失了。群龙降落，翅膀卷起了狂风。屋顶变得太拥挤了，其他龙就在上空盘旋着。

庭院中异常安静。被包围的士兵们开始放下武器投降。只有亚雷克盯着达克斯，他的双手还握着军刀。

达克斯踩着胜利的步伐走了过去："你已经完了。"

亚雷克在达克斯的脚上吐了口口水："就算死，我也会捍卫真正的国王。"

"那就死吧。"那边传来了一个声音。一把刀切开了空气，接着又是一把。它们从萨菲尔的手中飞进了亚雷克的胸口。

他的军刀落在了大理石地板上。他想握住刀柄，想把它捡起来。灌木地士兵冲了过来，把他按在地上，在他的手腕和脚踝系上了铁链。

萨菲尔站在他身旁，喘着粗气，她最后一把飞刀正攥在手里。"我早就应该这样做了。"

说完，她把刀刺进了他的心脏。

四十八

　　他们火化了龙王的尸体。阿莎没有去看，因为她被锁在地牢潮湿的墙上。但后来，萨菲尔给她讲了火焰如何吞噬了他的尸体。空气中充斥着烟雾，整个费尔嘉德都在哀悼，而木津站在城墙上看着。

　　萨菲尔尽力找机会探访阿莎，但达克斯任命她为指挥官之后，她几乎完全不来了。并不是每个人都喜欢看到达克斯继承王位。他们对他来自灌木地的妻子也很不满意。所以达克斯任命了斯克莱尔血统的指挥官之后，骚乱爆发了。龙裔们把他们的敌意转向了成群结队逃离城市的斯克莱尔人。等到所有斯克莱尔替罪羊都离开之后，龙裔们开始自相残杀。

　　这让萨菲尔忙得焦头烂额。

　　龙帮了一些忙。它们和骑手担任着维和部队的角色，在天空中进行巡逻。但它们看到的总归有限。

　　达克斯、萨菲尔和罗阿都在努力阻止城市的崩溃，阿莎似乎已经被忘记了。她靠着守卫换岗的情况估计时间，靠着偷听了解信息。她了解到，拒绝服从新指挥官命令的士兵都被赶走了，这把整支军队撕成了两半。她了解到，失去了奴隶当牛做马，人们只能勉强维持着生活。

最重要的是，她了解到，她的行刑被安排在三天以后。

将阿莎推到断头台上的前一天，他们让达克斯加冕成为国王。

通常来说，新的统治者登上王位之后，会沿街游行，后面跟着鼓点和小号，费尔嘉德的居民会撒着玫瑰花瓣，唱着加冕的赞歌。而达克斯的加冕却并非如此。仪式举行得十分低调，安排在宫中最小的一处庭院，靠近橄榄园。下午稍晚的时候下起了雨，整座宫殿都是冷冽潮湿的石膏的气味。

这是他们唯——一次允许阿莎离开她的牢房。一群卫兵将她重重包围，还在她的脚踝系上了沉重的镣铐。她只能在台阶上待着，远离人群。而人们看到她之后，都指着她窃窃私语着。

"夺命人。"他们说。

"死亡使者。"

"伊斯卡利。"

他们的目光让阿莎非常想回到牢房，锁好大门。她从怪物手中拯救了他们，但他们却还在害怕她。一直以来，她都没有救赎自己的可能。在人民眼里，她永远是伊斯卡利。

不久之后，他们就再也不用看到她的脸了。很快，阿莎就要死了。

托文下落不明。感觉到他不在，阿莎抓住了栏杆。她不知道托文是死是活，是留在了城里还是早就跑到了灌木地。过去的几个星期里，只要她的卫兵提到又发生了一次针对斯克莱尔人的袭击，阿莎的心就会揪起来，紧紧抓住铁链。哥哥把她带进了地牢，把自己的妹妹锁进了牢房，泪水从他脸颊上淌下。从那以后她再也没见过托文，无论多少次扫视这座庭院，她都没找到托文。

这片喧闹之上，就在墙外，鸟鸣声宣布了夜晚的降临。阿莎斜倚在栏杆上，让冷硬的大理石撑住她的身子，盯着灯光笼罩的庭院，她依旧在寻找着托文。但在盆栽的金橘和木槿树篱之间，她发现衣着五颜六色的灌木地人、没戴项圈的斯克莱尔人和龙裔们和平相处。一派未来的景象，未来的费尔嘉德可以变成这样。

达克斯站在白色地板铺就的地面上。在他身边，罗阿穿着一件蓝金相间的长袍，腰带高高束着，长袍如水纹般波动，她整个人都仿佛在闪闪发光。她的耳朵后面别着一枝深红色的花。七个花瓣。就算旁边站着达克斯，配着她蓝金色的衣服，她也仿佛天生就是一位女王。父亲的纪念章挂在哥哥胸前。达克斯显得很疲惫，还有些伤心，但是他挺胸昂首而立，似乎是在表示面对将来的工作，这些感觉都无关紧要。

发现阿莎之后，他的微笑消失了。他们的目光相碰之后，悲伤闪过他的脸。他举起拳头放在胸口，面无表情地做出了那个灌木地人致敬的姿势。阿莎予以回礼。

整座庭院都陷入了沉默，所有人都看着他们的新国王看的那个方向。一股寒意爬上阿莎的后背，因为所有的灌木地人、龙裔和斯克莱尔人都盯着她。在闪闪发光的长袍和丝绸短袍中，他们无礼地盯着阿莎身上的锁链和脏兮兮的衣服。

她还是不属于这里，也永远不会属于这里。

阿莎是她哥哥的污点。

柔和的影子落在她身上。回到院子里，她发现最年长的那名卫兵站在她面前。他长着一副一直都该刮了的灰胡子，皱着眉头。

"该走了，伊斯卡利。"

阿莎点点头，让他抓住了胳膊。

其他卫兵前后围住她，他把她带下了楼梯，走进了庭院。

守卫们穿过拱廊，制止着准备冲过来的围观者，院子里一下变得喧闹了起来。阿莎盯着那扇高耸的大门，拱顶上嵌着红色和黄色的马赛克瓷砖。

走到一半，她的卫兵停下了脚步，阿莎也停了下来。在卫兵面前，她看到了一双穿着拖鞋的脚，然后是闪着蓝金色的长袍，最后是王后的脸。

罗阿径直站在了他们前面，挡住了走出庭院的路。

守卫鞠了个躬。

"让开。"罗阿说。

站在阿莎和王后之间的那两名卫兵互相看了一眼："尊敬的王后陛下，她……很危险。"

罗阿优雅地挑起了眉毛："要我再重复一遍吗？"

两名守卫顿了一下，不知道他们是不是能测试一下新王后的忍耐力。最后，他们摇了摇头，退到了一边。

"还有你。"罗阿冲着阿莎旁边的灰发警卫一点头。

他顺从地放开了阿莎的胳膊。一次心跳之后，阿莎站到了罗阿面前。

每一双眼睛都盯着她，王后冲着她面前的罪犯鞠了一躬。

"木津每晚都在城市上空盘旋，寻找着你，盼望着它的纳姆萨拉。"

低语和喘息涟漪般在院子里扩散开来。阿莎胳膊上的寒毛都立起来了。

她？纳姆萨拉？生命使者？

怎么可能！

阿莎一辈子都在杀戮。人们讨厌她，恐惧她。她可是伊斯卡利，和罗阿的想法正相反。

"你错了，"阿莎低头盯着一躬到底的王后，"我哥哥……"

"你哥哥说，你比谁都更了解古老的故事。"罗阿挑起了眉毛，"这表明，你知道长者派出了谁陪伴他的纳姆萨拉。"

阿莎张大了嘴巴。故事在她心中闪闪发光，她翻找着。

长者把木津派到了尼什兰面前，就像他之前把木津送给了埃洛玛，同样，他也让木津来到了……阿莎面前，而且是那么多年以前。

小时候，她以为是她的邪恶引来了木津。就像她的邪恶让她讲出古老的故事而不被它们毒害。

但故事并不邪恶，阿莎也不邪恶。

证据就在故事中：木津是纳姆萨拉的标志。而阿莎是木津的骑手。他们之间的纽带可以证明这一点。

就算所有这些都是真的，阿莎这辈子都在猎龙，都在致力于废除古道，她不会是纳姆萨拉。

罗阿走近了一步，庭院内安静了下来。

"还有其他的证据，不是吗？"

阿莎想到了尼什兰。长者给了他夜视能力，让他可以找到敌人的营地。长者给了埃洛玛席卡，一个从僭主手中拯救了城市的女孩。

长者同样给了阿莎礼物：战刃、龙、火肤，并让她去执行他的任务。

她一直都在努力地压抑着那些故事，她一直沉迷于狩猎木津，没把这两件事放到一起。多年之前，她的母亲被火化之后，她走进了洞窟的最深处……

"长者选中了我？"她盯着罗阿的眼睛，低声说道。

但埃洛玛呢？如果她是纳姆萨拉，埃洛玛会告诉她啊。

除非……他一直以来不都在这样做吗？

我是纳姆萨拉。她几乎不敢相信。

罗阿举起了耳朵后面的那朵花，她的眼睛仿佛在闪闪发光。七片血红色的花瓣卷曲着，黄色的雄蕊掉落花粉，在花瓣上留下了橙色斑点。这花和病房地板上的图案一样，和神殿门上雕的一样。

这花那么罕见，简直像个神话。

罗阿上前一步，把花插在了阿莎耳后，轻声说道："古老的故事说，纳姆萨拉会将世界缝合在一起。"

阿莎被震惊得说不出话来。

"咱们的世界需要缝合。"

然后，罗阿走了，她冲着阿莎的卫兵点点头，在他们之间留出了空间。卫兵们回到了自己的位置，把阿莎和王后隔开。在庭院里所有人的注视下，罗阿回到了丈夫身边。达克斯却似乎是最吃惊的那个人。

她的身后一片沉默。士兵们抓住了阿莎的胳膊，带着她穿过陷入震惊的庭院。他们穿过拱门，通过走廊，径直回到了地牢中。

但这一次，他们的脚步似乎没有那么坚定了。

四十九

那天晚上，阿莎无法入眠。她坐在黑暗中，坐在牢房阴冷潮湿的地板上，罗阿的话一遍又一遍地划过她的大脑。但就算罗阿说的是真的，又有什么用呢？律法依旧不会改变：阿莎杀死了一位国王，她必须为此受到死亡的惩罚。

可能她确实是纳姆萨拉，但很快就要变成死掉的纳姆萨拉了。

黎明临近，就要踏上通往广场的漫漫长路了。

茉莉娅是怎么勇敢地走上断头台的？

阿莎颤抖着抱住身子，她闭上眼睛。她想着大裂谷，希望这会让她平静下来。她想着窃窃私语的树丛和松间吹过的风声。

她想着星星，就像摊在天空的卷轴上的文字，还有明亮而酷热的太阳。

她想到了自己最爱的那个人。

萨菲尔。泪水在她眼中涌动。

还有达克斯。她的视野模糊不清。

还有……

远处响起了脚步声，重重敲击着她的思绪。阿莎转过头去听。有人为她带来了早餐。

这会是她这辈子吃的最后一餐了。

卫兵笨拙地找到钥匙，塞进锁孔，时间仿佛过去了很久很久。接着，钥匙转动，咔嗒一声，沉重的铁门开了，橙色的灯光扫过牢房。

在照进来的长方形光线下，站着一名披着羊毛披风的帮厨。他的脸掩藏在兜帽下面，躲避着伊斯卡利致命的目光。他手中带盖的银托盘在火光下闪亮着。

警卫收回了钥匙："你来吧。"

这句话出口的一瞬间，那名帮厨用托盘猛击他的脸。响亮的声音弹在墙上。还没等那名卫兵倒下，他的钥匙就落在了地上。

并没有食物从托盘上滚落，上面是一块布。

看着同事倒了下来，第二名卫兵抽出了军刀。

他冲着那个帮厨刺了过去，但对方却用银盘盖挡住了刀，一脚踢在了他的腹股沟，还把盖子砸到了他的头上。

那个人像一块石头一样倒在了地上。

两名卫兵都不省人事地躺下了，那个帮厨弯腰捡起了钥匙，走进了牢房。

阿莎回到了寒冷潮湿的墙边，手腕和脚踝上的镣铐叮当作响，她心跳如鼓。

"你是谁？"

他上前三步，穿过了他们之间的距离，接着蹲了下来，伸出手，用拇指抚摸着她手腕上的凸起的骨头。他的手指上起着茧子，但很温柔。

一股暖意流过阿莎的身体。她知道这样的触摸。她盯着兜帽下的黑暗，就算看不见，也知道里面的那张脸。

他翻找着钥匙，最后终于找到了能插进她手腕上的镣铐里的那一把。钥匙滑入锁孔，轻轻一转，沉重的枷锁掉了下来，摊在了地上。他正要打开她脚踝上的锁链，阿莎抓住了他的羊毛披风，用颤抖的手指拉下了他的兜帽。

火光照亮了他的头发，照亮了他的皮肤，露出了好多雀斑，还有满是担忧的眼神。

"托文……"

听到名字，他抬起头来。四目相对之时，他放开了枷锁——只有那么一会儿——把她拉到了怀中，呼吸着她的味道，把脸埋在她的头发里。阿莎搂着他的肩膀，狠狠地抱着，不想放手。

他又回身在钥匙里面寻找合适的那一把，先要赶紧解开她身上的枷锁。找到了！咔嚓一声。她身上那沉重的链条也落了下来。地牢里冰冷的空气擦过她赤裸的脚踝，阿莎放开了他。

托文依然蹲在她面前，凝视着她的眼睛。

"阿莎……"

在这声音里，她听到的不仅仅是自己的名字。

她听到了他在城墙上踱步的所有不眠之夜，思索着她究竟会如何。她听到了他和她哥哥之间所有的争论。哥哥被古律法束缚，判处了自己的妹妹死刑。她听到了他进入宫殿腹地的路途，背后有两个失去意识的卫兵，手里还有她牢房的钥匙。

"你这是疯了吧。"她低声说。

托文露出了她最喜欢的笑容，双手搂住她的脖子，吻了她。

那个习惯了地牢里的冷冽空气的阿莎，把手指插进了他的头发里。她把他拉进了怀里，渴求着他的温暖。

"也许我确实疯了，"他低声脱口而出，"走吧。"

他抓住了她的手，拉着她站起来，然后弯下腰去捡起了地板上的什么东西。是那件从餐盘里掉出来的衣服，一件松绿色的斗篷。他靠近一步，把披风围在了阿莎肩上，在她的脖子上系上了帽缨，然后拉上兜帽遮住了她的脸。

他们一起走出地牢点满了火炬的侧厅。穿过从墙上延伸出来的长长阴影，阿莎看到了更多失去意识的卫兵。有些躺在泥土里，还有一些靠在墙上。其中有个人已经醒了，轻声呻吟着。

"都是你干的？"

"有人帮我。"

他们迅速穿过火光与阴影，爬上台阶进入了宫殿。他们跑过寂静的走廊和铺满剪影的花园。士兵们正在夜间换岗。等到他们发现经过的是谁，阿莎和托文已经走进大厅里，或是穿过了这处庭院、花园。

他们身后传来了疯狂的叫喊声和脚步声。阿莎以为他们正往前门跑，但看到托文拐进了通往宫殿中央的走廊，她停了下来。她以为托文不知道要去哪里，想要把他拉到相反的方向。

"不，"他答道，"这边走。"

三名士兵离他们只有不到二十步远，阿莎决定相信他。

就在他们快要走进一条死路的时候，托文把她拉进了一扇朴素的木门。关上沉重的门，阿莎发现自己正身处一条狭窄、尘土飞扬、散发着霉味的通道里。

一条秘密通道。

阿莎是听着宫中密道的传说长大的，但她从来都没发现过，所以一直都当它们仅仅是传说。

"你是怎么找到这条路的？"

"达克斯告诉我的。"

阿莎震惊了。这些年来，哥哥那里藏了多少秘密啊。

"过来啊。"

他把她拉了过去，穿过黑暗的石壁，来到了一扇更古老的门前。这扇门铰链已经生锈了，木头脆弱腐朽。托文把眼睛贴在了划破黑暗的一束银光前，观察着对面的房间，看看那里是否已经被占领了。

阿莎靠在寒冷潮湿的墙上。她的心跳缓了下来，呼吸也变得更加轻松顺畅了，但造成这一切的原因依然紧紧把她裹挟其中。他们被包围了，这座城市里，所有士兵都在寻找他们。一旦被抓住了，她就会再一次失去他。

"托文，咱们无处可去。"

他没有意识到这一点吗？他们在宫殿深处，每一名士兵都提高警惕，寻找着他们。

托文紧盯着那处缝隙，什么都没说。

"就算咱们能避开他们，就算有一个安全的地方可去，我哥哥也会继续追捕我的。他不会让我离开的。"

托文转身面向她。

"听着，"他搂住她的肩膀，"咱们现在待在一起。所以咱们可以去自首，也可以逃跑。但无论要做什么，咱们都要待在一起。"

阿莎抬头望着他阴影中的脸。她抬起手指，抚摸着他的颧骨和下巴。

"好，"她说，"我觉得咱们应该逃跑。"

他抓住她的手腕，吻了一下她的手掌，然后转身回到门口。

"准备好了？"他把生锈的钉子从铰链上拆下来，扔到地板上。

"什么准备好了？"

"门锁着。咱们必须把它打开。"

阿莎愣住了："什么？"

"数到三。"他和她一起站在了墙边。

"一……"

"托文……"

"二……"他扣住了她的手指。

"我觉得不行……"

"三！"

他们冲向了那扇门，用肩膀猛力一顶。第一次尝试门就开了。生锈的铰链和腐朽的木头从锁上裂开。大门落在地上，阿莎趴在门上，托文趴在她身上。

"天哪，你是爬过来的吗？"

一个熟悉的身影靠在墙上。双臂环抱，膝盖弯曲。

"我把你扔在地牢里好几年了。"

托文冲着萨菲尔咧嘴一笑，抓住阿莎的手，把她拉起来。

"来吧，"新的指挥官一推墙壁，"咱们得快点儿。"

这里是一座果园。萨菲尔带领他们穿过树木的剪影，扭曲的树枝伸向天空。

黎明降临。

"罗阿说服了灌木地人，你是新的纳姆萨拉！"来到果园的另一边之后，萨菲尔解释道。她把钥匙插入锁中。锁咔嚓一声开了。门应声而开。"他们为你提供了避难所。至少在一段时间内，你是安全的……"

托文首先踏上了楼梯。阿莎跟在他后面，最后是萨菲尔，她锁上了身后的门。

他们一起爬进了一个黑暗的房间，在那里，托文抓起了一些袋子，把它们扛在肩上。

走上屋顶露台之后，他们发现一条如夜晚般漆黑的龙睁着一只黄色的眼睛在他们面前徘徊，正等着他们。它已经等了很久，黑色的爪子在晨曦中闪闪发光。

"木津。"

一声咆哮回应了她。

托文打开袋子，掏出两件飞行服、两副手套和两条纱巾。

阿莎转过身面对堂妹。

"托文有你需要的一切。"说完，萨菲尔紧紧拥抱了阿莎，把她勒得喘不过气来。阿莎也抱了回去，视线被眼泪模糊了。

"我已经开始想你了。"阿莎低声说。萨菲尔抱得更紧了。

远处的声音让她们分开。她们转身望着城市，火把在街道上飘过，紧紧抓在士兵们的手中，他们已经开始寻找逃跑的伊斯卡利了。

"我必须得走了，"萨菲尔说，"不能让他们发现我帮了你。"

阿莎转身发现托文已经换好衣服，拿着她的外套。她把胳膊穿过袖子，然后迅速把扣子扣了起来，接着把纱巾围在脖子上，拉过头顶。阿莎先爬上了木津，后面跟着托文。

"不要鲁莽行事，纳姆萨拉。"地面上，萨菲尔说。

阿莎不知道是该笑还是该哭。

"你也不要鲁莽行事。"

很近的地方传来了一声呼喊。萨菲尔赶紧回过头。此时，托文已经把胳膊环在了阿莎腰间。

"我得走了……"萨菲尔看着下面的士兵。

还没有准备好让她离开，阿莎冲着萨菲尔伸出了手。尽管很害怕，萨菲尔还是努力地伸手握住了阿莎。

"我爱你。"阿莎说。

托文冲着木津一弹舌，她们的手指滑开了。木津展开了它的翅膀。萨菲尔走到了露台拱门下，隐藏着自己的身影。木津助跑了一段，接着潜入空中。风吹过，阿莎向前冲了出去。她赶紧回头看了一眼，但是阴影却吞噬了萨菲尔。阿莎望着她，看向宫殿的楼顶和铜制穹顶，然后看向居住区。有一盏灯亮在窗口。如果阿莎眯起眼睛，她可以看到有人站在那里，望着夜空，看着一个罪犯和一个斯克莱尔人逃进了清晨的天空中。

五十

　　星星挤在天上，他们一直飞到下一次天黑。就算这个时候，托文似乎依旧很激动。仿佛他想一刻不停地飞到灌木地。尽管他的嘴边露出了疲惫的皱纹，尽管他的眼睛下面一弯黑眼圈，尽管他弓着身子啃硬面包吃坚果，他还是想继续前进，尽可能地拉开与他们抛在身后的恐怖的距离。

　　看着他，阿莎想到了暗影。托文应该看见了亚雷克给它的那致命一击。他应该感觉到了暗影生命消逝的那一刹那。就算现在，他应该也能感觉到他那土红色的同伴已经不在了。

　　阿莎不知道要如何抚慰这种伤害，甚至不知道这种伤害能不能抚平。

　　他们吃东西的时候，她紧挨着他。她的大腿紧紧贴着他的。他看过来的时候，她冲着他笑。

　　但是，就算他交握着她的手指，用拇指擦过她的脸颊，盯着她，仿佛不相信他们已经自由了，他依然那么沉默。而且他们之间的空间也仿佛线头般凌乱，仿佛一块未完成的挂毯。

　　"我会守夜的。"搭起帐篷之后,她说。

　　托文摇了摇头。"反正我也不睡觉。你先休息吧。"他抓过了琉特琴,亲吻了她伤痕累累的脸颊,朝着长着草的沙丘走了过去,"明天也会是漫长的一天。"

　　阿莎看着他离开了,黑暗吞噬了他。

　　她爬进了帐篷里。

　　过了一会儿,她听到熟悉的音乐——他那把琉特琴流畅闪亮的声音。阿莎坐在那里,静静聆听。接着,疲惫击倒了她。

　　她躺了下来,闭上了眼睛,托文的歌让她沉入了安眠。

　　烟和灰的气味唤醒了她。她坐起来发现,埃洛玛正蹲在一个仅仅照亮他的脸的篝火旁。

　　现在她太累了,没力气抱怨他要从她身上索要些什么,她过去坐在了他旁边。

　　"咱们的事情还没结束吗?"为了防止颤抖,她紧紧把膝盖抱在胸前,"我按照长者的吩咐把事情都做完了。还有什么事?"

　　埃洛玛笑了,他的眼中反射着火光。他脸上的凹陷被阴影笼罩。"恐怕还有很多事情。你的工作刚刚开始,纳姆萨拉。"

　　纳姆萨拉这个名字她还需要一段时间来适应。

　　埃洛玛打了个响指,站了起来:"我来这里是为了向你赠送最后的礼物——席卡。"

　　阿莎抱着膝盖的手松开了。席卡。就像薇拉之于埃洛玛。

　　"什……什么?"她结结巴巴地说。

埃洛玛没有回答。"一个只为你而生的席卡。就像那副战刃是为了你的手而生的。就像天空是为大地而生的。来看看他的脸。"

但阿莎呆坐在原地，更紧地抱住了自己的双腿。"我是一个罪人，"她说，"我犯了弑君之罪。不管你选择了谁，他都会陷入危险之中。我宁愿你放了他。"

然而，所有的原因之下，真正的原因是：阿莎已经爱上了某人。

她站了起来。

她并不打算去看火。她只想离开。

但是，她盯住了火光中的脸。

阿莎走近了一步。一个男孩看着她。他的皮肤上仿佛刻着星星。他的眼睛和她自己的两把战刃一样锐利。

阿莎的心脏猛撞着她的肋骨。

她退后一步。

龙裔和斯克莱尔人结合产生了什么结果，长者和阿莎一样清楚。那些故事只能以悲剧告终。

"你不能这样对他。"阿莎看着埃洛玛，"这是死刑。"

和阿莎在一起意味着要冒生命危险。

"死亡对这个人来说并不陌生。"埃洛玛起身面对她，"这种事是他的选择吗？"

她想，他别无选择。如果长者下了命令，那就不存在选择了。而且，托文一生都不允许做出自己的选择。

"不行，"她低声说，"我不能成为他必须服从的另一个主人。"

她转过身，脚步沉入冰冷的沙子。

"问他晚上梦见了谁，"埃洛玛在她身后说道，"问问他在过去十八年的生命中，他每晚都梦见了什么。"

阿莎停下了脚步。

托文的声音在她脑海中响起。我曾经以为她是某位女神，在神殿里，解释他经常做噩梦的时候，他曾这样告诉她。我曾经以为她在我面前现身是因为她选择了我背负某种伟大的命运。

还有，在她哥哥的营地里，梦里总是有你。

埃洛玛站在她身后。她能感觉到他的影子爬到了她的背上。

"你知道我第一次看到薇拉的时候为什么能认出她吗？"

阿莎转过身来，抬头看着最初的纳姆萨拉的眼睛。

"因为我一生都在梦到她。"

他微笑的时候，仿佛两颗太阳在他的眼睛里温暖而明亮地燃烧。"薇拉最终选择了爱情。"他轻轻地把手放在了阿莎肩上，"现在轮到你做出选择了。因为，不管你怎么想，你都可以进行选择，他也一样。"

阿莎想起了哥哥曾经说过的事情。如果拉扬不那么自私，达克斯说，如果他没有追求莉莉安，他们两个现在都还活着。但是这么说否认了莉莉安做出的选择，否认了莉莉安的权利。而且更重要的是，这么说意味着从他们的故事里得到的教训是，死亡比爱情更强大。

阿莎并不相信这一点。

"之后，"埃洛玛说，"还有更多的工作要做。要去搜寻故事，要让这片土地再次变得完整。"

埃洛玛冲着阿莎温柔地微笑着，火焰在他身后咆哮。

"你我很快就会再见面的，纳姆萨拉。"

火焰熄灭，阿莎陷入了黑暗。

她静静地呆站了很久，迷失在思绪的风中。

纳姆萨拉。沙漠中可以治愈任何疾病的稀有花朵。

那就是阿莎。

五十一

阿莎醒来的时候，一首歌在空中飘扬。她静静地躺了几次心跳的时间，让声音融化在她的身体里，让她充满渴望。

最初的纳姆萨拉的话浮现在了心中，她起身和着那首歌。

阿莎在沙滩上找到了那个正弹着琉特琴的人，他就像星空下的剪影，仿佛银像一般。她看着他摇晃着的肩膀，看着他歪着的头。

看着他的样子，阿莎突然有些紧张。

他一定感觉到了有人在注视他，因为歌声停了下来，他从琴上抬起头来，把目光投向黑暗。

"阿莎，是你吗？"

阿莎仍然站在那里。

他又开始弹琴了。另一首歌。熟悉的曲调让她感到惊奇。这是他在大裂谷中哼唱的那首未曾完成的歌曲。阿莎在帐篷里睡着的时候，他一直努力完成的一首歌。

现在，这首歌完成了，他正在弹。阿莎觉得，他弹琴的时候，一直盯着她站的这个方向。

"格蕾塔曾经说过，"他说，"每个人都生来就有一首深埋在心底的歌，一首属于自己的歌。人生使命就是找到那首歌。"

他的歌声像刀子一样锋利，又像他缝合伤口的手指一样柔和。歌声潜入黑暗，然后又向着光明飘升。它本身就是一个故事，引诱阿莎逃离阴影的故事。

慢慢地，托文朝她走来。

"再给我讲讲你的噩梦吧。"她说。

手指仍在拨弦，他又走了一步，听从了她的要求。

"并不总是噩梦。曾经它们只是梦而已。"她感到他在黑暗中微笑着，思考着。"我梦见一个生着疤痕的女孩骑着黑龙。"

他放下了琉特琴，歌声停了下来。琴轻轻地落在了沙滩上。

"火焰烧灼着你。那个时候，我知道，那个我梦到的女孩就是你。到这里，梦变成了噩梦。"

阿莎吞了一口唾沫。

"我知道那意味着什么，"他说，"我一直都知道那意味着什么。"

阿莎感觉自己的眼里充满了泪水。

"我会把你置于危险之中。"她承认了自己最深的恐惧。

"咱们不是已经经历过那么多危险了吗？我喜欢危险。"

"托文。"

"阿莎。"他的声音变得柔和细腻。"我只想要三样东西。一把我自己的琴，用来弹奏音乐。一份我自己的生活，做我想做的事情。还有那个我一直梦到的女孩，只要我能记得她。一个总是遥不可及的女孩……"

他伸出了手，握住了她的胳膊，弥合他们之间的距离，把他们之间松散的线头接在了一起。

"你会死的。"她低声说。

"万物都会走向死亡，"他低声回答，"我害怕的东西比死亡可怕得多。"

阿莎感觉如鲠在喉。她想到了薇拉曾经说过："让死亡降临。"

托文用手捧着她的脖子，抚摸着她的前额。

"愿寒冷冻结我心中的爱……"

他的拇指温柔地从她下巴上掠过。

"愿火焰将我的记忆化为灰烬……"

他把嘴巴压在她的脖子上，让阿莎说不出话来。

"愿狂风把我推进它的门扉……"

他沿着她的脖子吻着，阿莎只得闭上双眼，反抗着他的拉扯。

"愿时间耗尽我的忠诚……"

吻停了。

"我会在死亡门前等你，托文……"

最后的这句话因为他柔软的嘴唇失去了声音。

几次心跳之后，阿莎挣脱开来，要完成最后这句话。

"我会在死亡门前等你。"

挂毯织好了，上面已经不再有磨损的线头了。

一块挂毯，完整的挂毯。

"你答应了吗？"他低声说，抓住她的手腕，把她拉近。

她点点头。

"啊，但是你之前答应我的事情到现在也没有兑现。我要怎么才能相信你？"

阿莎皱起了眉头："答应了什么？"

他把她的手放在他的脖子上，搂住她的腰，因为从他的喉咙深处响起了一阵甜蜜的嗡嗡声。这是他刚刚弹的歌。当他哼唱的时候，他带着她慢慢地跳了三步。

"托文？"

"嗯？"

"你在干什么？"

"跟你跳舞。"

"我不会。"

"好吧，但你要学，对不对？"

他的歌声弥漫在他们周围，阿莎微笑着。他想带着她的舞步，却被她绊倒在地，她嘲笑了他。不过，她找到了脚下的节奏。不久，她就能在沙滩上转圈了。

他把她拉进了怀里。

"你美丽又可爱，"他低声说，"我爱你。"

阿莎抬头看着他，在星空下，她发现自己开始相信所有的这一切都是真的。

也许格蕾塔说得对，也许每个人都确实有一首歌，或者一个故事，它们完全属于自己。如果真的是这样，那阿莎已经找到了她的那一份。

现在，她正站在故事开始的地方。

后记

我十七岁的时候就开始写这本书了。那时候，我非常迷恋木兰、伊欧玟、西娜和幽灵公主[1]这样的女孩子。我拼命地搜寻着讲述年轻女孩挥舞武器、前往战场或是展现她们勇猛无畏的故事。那时，我还没有意识到，我寻找的其实是把女性从固有印象的束缚中解脱出来，自己来决定要成为什么样的人的故事。我厌倦了这样的叙述：女性天生就是弱者，天生就是受害者。我不会这么看待自己，也不会这么看待身边的女性。

我想要一些不同的东西。所以，我开始写这个故事。

但是去写这个故事只是开始。从书架上拿起一本书的时候，你看不到为了把它放到书架上，有多少人付出了努力。虽然我的名字就写在封面上，但《最后的纳姆萨拉》绝不是我一个人的成就。下面就是那些曾帮助我获得今天的成绩的人……

首先是希瑟·弗莱厄蒂，我乐观的代理人，也是那个为我的世界带来光明的人。感谢你为了我，为了这本书付出了那么多的辛

---

[1] 分别指动画电影《花木兰》主人公木兰、托尔金作品《魔戒》中的人物伊欧玟、电视剧《战士公主西娜》主人公西娜和动画电影《幽灵公主》主人公幽灵公主。

苦。我们都在等你。

克里斯汀·佩蒂特，我那亲切而无与伦比的编辑。我真崇拜你。感谢你，不仅让我的书变得更好，也为我提供了那么多的支持。

本特经纪公司的团队，包括詹妮·本特（你实现了我那么多梦想），维多利亚·卡佩罗（对我和我问不完的问题那么耐心），特别是我的英国经纪人吉马·库珀，你在英国为我的书找到了一个完美的家。

非常感谢哈珀青少年图书出版公司的整个团队，你们帮助我们把这本书变成了一个美丽的现实，尤其是：芮妮·卡菲罗，艾利森·布朗，玛莎·施瓦茨，梅根·简德尔，文森特·库森扎，奥黛丽·迪斯特尔坎普，奥莉薇亚·拉索，米歇尔·陶尔米纳（我甚至不知道我在这本书的封面里陶醉了多久），还有伊丽莎白·林奇（你真是令人赞叹，尤其是你做的书封，真是太漂亮了，都把我感动哭了）。

格兰茨出版公司的整个团队，特别是吉莉安·雷德费恩和雷切尔·温特伯顿。作为格兰茨大家庭的一员，我感到兴奋而自豪。

我的国际合伙人和外国出版商：我从来没有想过我的故事会被翻译成其他语言，并在遥远的国家出售。

感谢您相信这本书。

阅读了我各个版本的草稿的读者：卡桑德拉·罗奇，凯利·金尼尔，香农·汤姆森，莱斯利·莫根森，安伯·桑迪，安德烈亚·布雷姆，雷切尔·史塔克，艾米莉·格雷夫，弗兰妮·比林斯利，崔西·徐，蕾妮·艾迪，克里斯·卡贝纳，琼·何，米歇尔·多梅尼奇，霍普·库克，美林·怀亚特，卡米·勒里，希瑟·史密斯，艾米·马瑟斯，托米·阿德耶米，伊莎贝尔·伊巴涅斯，基特·格兰特，莱拉·西迪基和杰夫·马丁。我可能忘了一些人，对此我表示非常抱歉！

特别感谢：弗兰妮·比林斯利，你教会了我如何讲故事。

莱拉·西迪基，你在十一小时内就给出了诚实的反馈和善意的帮助。

阿特·鲍曼和莫娜·鲍曼，你们在我需要逃离这个世界安心写作的时候让我使用小屋。

莱斯利·莫根森，多年前你曾告诉我，我其实是一名作家。你给了我任性的勇气。

希瑟·史密斯和南·弗莱勒，感谢你们的咖啡、友谊还有恶作剧。

和我一起参加推书之战[1]的同仁，我从来没有想过自己会爱上你们，和你们一起旅行真是开心。

我参加推书之战的导师崔西·徐和蕾妮·艾迪，谢谢你们把我从我自己挖出来的坑中拉出来，相信并支持这本书。你们为我提供了最棒的指导，远远超出了我在图书出版过程中受到的帮助。

布伦达·德雷克，感谢你不知疲倦地在推书之战幕后做出的努力。你改变了我的生活。

米歇尔·多梅尼奇和琼·何，感谢你们的友谊、关注，以及当

---

[1] 推书之战 Pitch Wars，作者参加的一项竞赛活动。在这项活动中，参加的作家或编辑需要每个人挑选一部作品，在导师的帮助下对这部作品提供建议，以便向经纪公司推荐这部作品。

我需要新的眼光和另一个视角的时候，甘愿为了我而放弃一切。抱抱你们。

伊莎贝尔·伊巴涅斯，感谢从查尔斯顿到奥兰多的路上，咱们在后座上的对话。感谢你像"一头饥饿的狼"一样读完了这本书。最重要的是，感谢你的爱和支持。亲爱的朋友：你真棒。

霍普·库克，感谢你在我陷入自怨自艾或是暴跳如雷时，总能立刻给我发来消息。我爱你，小机灵鬼。

克里斯·卡贝纳，感谢你和我下棋，提醒我参加SAGA的活动，耐心地听我絮叨在组织情节过程中遇到的问题。我比你想象的更珍惜你。

托米·阿德耶米，感谢你的友谊、智慧和支持。感谢你说服我从天台上下来，把我带回到自己的本心之中。但最重要的是，感谢你会为我感到骄傲。

乔安娜·哈撒韦，我不知道如果没有你，今年我要怎么活下去。感谢你让我变得更加勇敢。

阿斯纳克·达巴拉，我的兄弟和最亲爱的朋友，感谢你让我随便用你的打印机。Nilimuuliza Mungu kwa ajili ya rafiki na akakuleta wewe.[1]感谢你永远都待在我身边。

整个塞萨尔家族：如果没有你们，我就不会是今天这个样子。特别感谢南希·麦克劳克林、玛丽·德容格和西尔维亚·塞萨尔，感谢你们教会了我爱、勇敢和忠于自我；拉里·德容格、布兰·巴

[1] 斯瓦西里语，大意为：我祈求上帝，求他赐我一位朋友，于是他送来了你。

尔多尼和吉姆·麦克劳克林，感谢你们让我的童年变成了一场快乐的冒险；爷爷，感谢你在那十年时间里每天晚上都把我抱回床上（我们怀念你）；波比，感谢你为我做午餐，送我去约会，教我如何编辫子……你不仅仅是我的奶奶。成为你们的一员是我此生最大的乐趣。感谢你们抚养我长大。

乔丹·德容格，感谢你陪伴着我一起成长，一起写作、冒险，思索如何做人。我爱你。

爸爸，感谢你总是支持我、保护我。能成为你的女儿，我很自豪。乔琳，感谢你总是为我的作品感到骄傲。内森和格雷姆，你们是我生命中的两座灯塔。

妈妈，你是我遇到的最好的人。你的爱炽热而浓郁，是我今生最宝贵的礼物。

乔，感谢你永远不会怀疑我。感谢你和我进行讨论，以及其他的所有事情。你一直一直能让我找回自己。现在，一起去追寻你的梦想吧，我的爱人。

最后，亲爱的读者，感谢你读完了这本书。永远不要忘记：不要让别人告诉你成为什么样的人，坚持真正的自己。